Peggy Sue et les fantômes

LE PAPILLON DES ABÎMES

# L'auteur

Serge Brussolo est né en 1951. Après des études de lettres
et de psychologie, il décide de se consacrer entièrement
à la littérature. Il écrit alors des romans fantastiques, récompensés
par de nombreux prix littéraires, qui lui vaudront d'être considéré
comme le Stephen King français. Une trentaine de romans
plus tard, il s'attaque à la littérature générale et surtout au thriller.
Là encore, il remporte un formidable succès. *Le jour du chien bleu*,
tome I de la série « Peggy Sue et les fantômes », est le premier livre
de Serge Brussolo pour la jeunesse.

## Du même auteur, dans la même collection :

Serge BRUSSOLO

Peggy Sue et les fantômes

# Le papillon des abîmes

PLON

## Note de l'auteur

Il doit être admis une fois pour toutes que lorsque Peggy Sue, le chien bleu et Sebastian bavardent entre eux, ils le font par télépathie. L'auteur n'a pas jugé utile d'indiquer chaque fois « mentalement » ou « par la pensée », cela aurait fini par devenir plutôt casse-pieds, *non* ?

Loi n° 49-956 du 16 juillet 1949 sur les publications destinées à la jeunesse : octobre 2003.
Publié avec l'autorisation des éditions Plon.

ISBN 2-266-13306-3

# Sommaire

# Les personnages

*Peggy Sue*

Collégienne de 14 ans, elle est la seule à savoir que des créatures invisibles sortent des murs et se promènent au milieu des villes pour accabler les pauvres humains de farces souvent mortelles. Personne ne veut la croire, mais, grâce à ses lunettes magiques, elle parvient à brûler la peau des fantômes et à contrarier leurs manigances. Cette mission n'est pas facile car les fantômes ont plus d'un tour dans leur sac.

*Les fantômes*

Ils préfèrent être appelés « Invisibles ». Mous, transparents, ils peuvent également prendre l'apparence et la couleur qui leur conviennent. Ils prétendent avoir créé la Terre, les dinosaures… *et les hommes!* Mais peut-on leur faire confiance ? Il se pourrait bien que leurs déclarations ne soient qu'un tissu de mensonges. Comme ils s'ennuient, ils multiplient les méchantes blagues. Ce qui les amuse cause souvent la mort de leurs victimes. Ils détestent Peggy Sue mais ne peuvent la supprimer, car un enchantement la protège.

*Le chien bleu*

D'abord pauvre chien errant, il s'est trouvé exposé aux rayons du soleil bleu, un astre magique créé par les Invisibles, qui avait le pouvoir de rendre tout le monde intelligent. Il est ainsi devenu télépathe et hypnotiseur. Il a, un temps, gouverné une ville et tous ses habitants. Guéri de sa folie des grandeurs, il s'est lié d'amitié avec Peggy Sue qui l'a recueilli. Râleur, entêté, il obéit quand il en a envie, mais il est brave et n'a pas son pareil pour détecter les dangers cachés.

*Sebastian*

C'est le petit ami de Peggy Sue. Il a 70 ans mais garde l'apparence extérieure d'un garçon de 14 ans. Pour fuir la misère, il avait trouvé refuge dans l'univers fabuleux des mirages où les années passent sans qu'on vieillisse d'un seul jour. Au terme d'une incroyable aventure (voir *Le Sommeil du démon*), il a réussi à fuir sa prison. Hélas, pour rester avec Peggy Sue, il a dû accepter de devenir une sorte de statue de sable vivante qui tombe en poussière dès qu'elle n'est plus humidifiée. Son existence n'est pas simple car il ne peut reprendre forme humaine qu'à condition de se baigner dans une eau 100 % pure ! Peggy Sue le transporte dans une valise à l'insu de tout le monde.

*La famille de Peggy Sue*

**Barney**, le père, est charpentier et va de ville en ville, pour travailler là où se construit un nouveau building. Il juge les filles « trop compliquées ». Il aurait préféré un fils avec qui il aurait pu parler « football ».

**Maggy**, la mère, se désespère de la conduite bizarre de sa fille cadette, Peggy Sue, qu'on croit folle parce qu'elle distingue des choses que personne ne voit. Elle aspire à une existence tranquille, où rien d'étrange ne se produirait. Elle souhaiterait vivre dans un ranch et élever des chevaux.

**Julia**, 17 ans, la sœur aînée. Serveuse dans un fast-food, elle voudrait diriger sa propre entreprise d'une poigne de fer. Elle n'a pas très bon caractère et a un peu honte de sa petite sœur.

N'oubliez pas de consulter
le courrier des lecteurs à la fin du volume !

*Lire un roman fantastique, c'est essayer de lorgner le diable par le trou de serrure de la grande porte des Enfers.*

Le Chien bleu. *Mémoires aboyés.*
(Enregistrements sur cassettes à l'usage des animaux,
disponibles dans tous les salons
de toilettage pour chiens.)

# 1

## Les voleurs d'étoiles

Les créatures avaient attendu la nuit pour sauter du nuage, au-dessus de la ville. Elles aimaient l'obscurité, il leur semblait qu'elles volaient mieux dans les ténèbres. Elles ne savaient pas pourquoi. C'était peut-être une idée idiote, comme de croire qu'une voiture *noire* roule mieux sur une route peinte en *noir*… Mais elles avaient souvent des idées stupides. Elles ricanè-rent entre elles, excitées à la pensée de ce qu'elles allaient faire. Personne ne risquait de les voir ; dans une minute elles fileraient vers la lune, frôlant le tissu noir de la voûte céleste. Dans une minute, elles déro-beraient une étoile, *une de plus…*

Elles adoraient cela. Il suffisait d'être cinq et de sai-sir toutes ensemble, à la même seconde, les branches du petit astre. Les étoiles ne savaient pas se défendre. Elles se comportaient comme ces pieuvres timides cachées au fond des océans. Quand elles sentaient les griffes des créatures crisser à leur surface, elles pous-saient un cri étrange, cristallin, qui, sur la Terre, faisait frémir les dormeurs au fond des lits et transformait les rêves des enfants en cauchemars. Un cri ressemblant à celui de la lizurine à bec rose quand elle est attrapée par un chacomac à poil bleu (un animal presque *uniquement* composé de dents !) qui – comme l'on sait – vit dans la zone équatoriale de l'imaginaire.

Les créatures filaient dans l'obscurité, avec la fluidité d'une goutte d'huile sur l'acier d'une carrosserie. Il leur fallait une étoile ! Quand elles l'arracheraient de la voûte céleste, il se produirait un déchirement soyeux, un accroc sur le fond du ciel. Cet accroc cicatriserait en quelques heures, sans que les humains s'en aperçoivent. Les savants barbichus qui vivaient l'œil rivé à leur télescope s'étonneraient à peine de la disparition de l'étoile.

« Elle est morte, penseraient-ils. C'est curieux, les astres d'aujourd'hui s'éteignent plus vite que ceux de jadis. Une question de vitamines, probablement… »

Et ils rayeraient son nom, d'un trait de crayon, dans le gros annuaire des constellations.

Aucun d'eux n'envisagerait un nouveau raid des voleurs embusqués sur les nuages.

Ceux-ci, tels des ninjas, ramèneraient l'étoile prisonnière dans leur repaire. Là, ils la casseraient en morceaux pour la mettre à cuire, pour la mettre à fondre…

Ce qu'ils en feraient ensuite ?

C'est une autre histoire. Une histoire que nous allons vous raconter maintenant.

*Et tant pis si elle vous fait peur !*

# 2

## La vieille dame déguisée en singe…

Le train s'immobilisa en rase campagne, réveillant Peggy Sue qui somnolait, sa valise sur les genoux.

— C'est curieux, chuchota l'une des voyageuses avec une mimique apeurée, on ne fait jamais halte ici, d'habitude.

Aussitôt, un homme fronça les sourcils, lui signifiant de se taire. Il eut ensuite un petit geste du menton pour désigner Peggy Sue, en une mimique qu'il croyait discrète.

« Bizarre, pensa Peggy. On dirait qu'ils ont peur de moi. »

— Non, corrigea la voix mentale du chien bleu dans son esprit. Ils ont peur de cet endroit. Ils se forcent à ne jamais y penser, ils s'appliquent à faire comme s'il n'existait pas. Regarde-les ! Ils n'osent même pas jeter un coup d'œil par la fenêtre.

Il avait raison. Dans le compartiment, les gens avaient fébrilement déployé des magazines devant leur visage. Quelques-uns, frappés par un sommeil subit, feignaient de dormir. Le contrôleur s'avança à tâtons dans le couloir. Il avait lui aussi les yeux fermés !

— Kandarec ! Shaka-Kandarec ! hoqueta-t-il, *vingt secondes d'arrêt...* La personne qui descend est priée de sauter sur le quai au plus vite.

Peggy se dressa, saisit la lourde valise qui contenait ses vêtements, mais aussi son petit ami (sous la forme d'un sac de sable magique). Personne ne fit mine de l'aider.

Au moment où elle ouvrait la portière, l'une des femmes murmura :

— La compagnie ne devrait pas faire voyager de telles créatures avec les gens normaux. Pourquoi ne les enferme-t-on pas dans un wagon spécial ? Un wagon avec des barreaux, par exemple !

Peggy n'eut pas le temps de répliquer, le contrôleur l'avait déjà poussée dehors. Le plus étonnant, c'était qu'il avait accompli cet exploit sans ouvrir les yeux. La valise contenant Sebastian s'écrasa sur le sol. Le chien bleu émit un grognement de colère.

Déjà, le train repartait, abandonnant les trois amis dans la brume. Peggy Sue distingua alors, à travers le rideau de brouillard noyant la lande, les contours d'une bicoque effondrée.

« C'est tout ce qui reste de la gare, pensa-t-elle. Où sommes-nous tombés ? »

Les mauvaises herbes avaient envahi le quai, des buissons de ronces poussaient à l'intérieur de la salle d'attente, l'horloge avait perdu ses aiguilles... Suspendu à une chaîne rouillée, un panneau grinçait dans le vent. On y lisait :

SHAKA-KANDAREC, PAYS DES ORAGES.
*(N'oubliez pas votre paratonnerre.)*

— Quel drôle de nom ! s'étonna Peggy Sue. C'est sûrement du gaélique…

— Du quoi ? grogna le chien.

— Une langue ancienne, parlée par les Celtes, expliqua la jeune fille.

— Les quoi ?

Elle n'eut pas le temps d'en dire plus. Une étrange créature venait de surgir du brouillard. C'était une femme d'environ 70, 80… voire 103 ans, de petite taille, assez boulotte, et enveloppée dans un invraisemblable manteau de fourrure qui semblait taillé dans la peau d'un gorille à demi pelé.

— C'est elle ! pensa Peggy à l'intention du chien bleu, c'est ma grand-mère maternelle, Granny Katy. C'est la première fois que je la rencontre.

— Quelle horreur ! s'exclama mentalement l'animal. Tu as vu comment elle est accoutrée ? C'est Mamy Tarzan !

La petite femme s'avança d'un pas rapide. Son manteau de singe était cousu en dépit du bon sens. Quand elle leva le bras en signe de bienvenue, une grosse touffe de poils s'envola dans le vent.

— Bonjour, dit-elle en fronçant un drôle de petit nez retroussé, je suis Katy Erin Flanaghan, ta grand-mère. Comment te nommes-tu, déjà ?

— Peggy Sue, répondit Peggy Sue.

— C'est trop long, soupira la vieille femme. À mon âge, on n'a pas de temps à perdre, je t'appellerai Peggy, tout court.

C'était une curieuse créature toute ronde, aux mains potelées, à la peau de ce rose bonbon qui fait penser à la matière dont on se sert pour fabriquer les poupées. Ses cheveux blancs poussaient tel un buisson de ronces sur sa tête. Peggy eut soudain la certitude qu'ils bougeaient tout seuls. Pas sous l'effet du vent, non... *Tout seuls,* comme les tentacules d'une pieuvre.

— J'ai dû te voir une fois, quand tu étais bébé, dit Granny Katy en fronçant les sourcils. Évidemment, tu as pas mal grandi depuis... surtout des jambes et des pieds. (Se penchant vers le chien bleu, elle ajouta :) Et lui, c'est ton frère ?

— Non, c'est un chien, bredouilla Peggy.

— L'un n'empêche pas l'autre, grommela mystérieusement la vieille femme. J'aime bien sa couleur. Il ressemble plutôt à ton père, non ?

Peggy Sue se dandinait, mal à l'aise. Il n'y avait aucune voiture devant la gare, et elle se demandait comment sa grand-mère avait fait pour venir. L'adolescente avait beau plisser les yeux, elle ne voyait pas la moindre maison aux environs.

— Je suis désolée, fit Granny, je n'ai pas utilisé ma carriole ; mon cheval a peur des orages et n'aime guère traverser la lande. Maintenant que tu es là, il conviendrait de se mettre en marche car il y a un bon bout de chemin à faire. Il faudra avancer d'un bon pas si nous voulons arriver avant la nuit.

— Ah ! oui ? s'enquit Peggy Sue. C'est loin ?

— Environ 200 kilomètres, fit la vieille dame. Nous en profiterons pour faire connaissance.

— 200 kilomètres ? hoqueta l'adolescente. *À pied ?*

— Mais oui, gloussa Granny Katy. Ne panique pas. Je t'ai apporté un manteau, tu n'auras qu'à l'enfiler et tout ira bien.

— Un manteau ? répéta Peggy qui commençait à se demander si elle ne perdait pas la tête.

« C'est une folle ! lui souffla mentalement le chien bleu, fichons le camp ! »

La vieille dame alla récupérer un sac posé sur un banc ; elle en tira une deuxième peau de gorille où la pelade dessinait de grosses taches blanches.

— Tu as l'air un peu perdue, dit-elle en dévisageant sa petite-fille. Je vais t'expliquer. C'est un manteau magique. Dès que tu l'enfiles, tu deviens infatigable. La fourrure absorbe toute ta lassitude, tes crampes, ton épuisement. Tu restes fraîche et dispose, comme si tu venais de te réveiller, et cela même alors que tu te livres aux travaux les plus exténuants.

— C'est… c'est pour ça que tu es habillée de cette manière ? souffla Peggy.

— Bien sûr, confirma Granny Katy. Je me suis levée de bonne heure et je suis venue à pied. Le manteau a « mangé » ma fatigue. C'est d'ailleurs pour cette raison qu'il perd ses poils. Quand un manteau magique commence à s'épuiser, sa fourrure s'éclaircit. Une fois la dernière touffe envolée, il n'y a qu'à le jeter. Il ne sert plus à rien. Ce n'est qu'une vieille peau, toute nue… et pas très belle.

Peggy enfila le vêtement avec une certaine répulsion. Il s'en dégageait une odeur bizarre. Les manches, trop longues, lui recouvraient les mains, toutefois, à peine l'étrange pelure endossée, elle sentit sa fatigue s'envoler en un clin d'œil.

« Ça marche ! » songea-t-elle.

— Bien sûr, dit la vieille dame comme si elle avait lu dans ses pensées. À Shaka-Kandarec, tout le monde porte des manteaux mangeurs de fatigue, grâce à eux on peut abattre une besogne formidable sans l'aide de personne. Certains de mes clients ont ainsi construit leur maison en l'espace d'une journée. Tu vas voir. Dès que nous aurons commencé à marcher, tu iras de plus en plus vite, sans même t'en apercevoir, et ton corps n'en souffrira pas. Rien ne te sera pénible. Ni ta valise trop lourde, ni le chien que tu porteras sous ton bras. Tu voleras comme le vent. Tu courras plus vite qu'une championne.

« Demande-lui un peu d'où proviennent ces peaux ? grogna mentalement le chien bleu. J'espère qu'elles ne sont pas d'origine canine ! »

— Ton frère est télépathe, gloussa Granny Katy. Moi aussi. J'entends tout ce qu'il te dit.

— Ce n'est pas mon frère, répéta Peggy. C'est mon chien.

— L'un n'empêche pas l'autre, dit sentencieusement la vieille dame.

« Elle est folle », soupira le chien.

— *J'ai entendu !* siffla Granny sans paraître se formaliser pour autant.

Faisant face à la plaine, elle ajouta :

— Ici commence le pays des orages. C'est pour cette raison que les gens ne descendent jamais du train. Ils ont peur d'être foudroyés par le feu du ciel. Si l'on a le moindre morceau de métal sur soi, on devient une cible pour les éclairs. À Shaka-Kandarec, nous n'utilisons rien qui soit en fer. Nos pièces de monnaie sont en bois, nos casseroles en pierre, nos boucles de ceinture en corne. Il faudra vite te débarrasser de toutes tes possessions métalliques, ma petite-fille.

— Même de ma montre ?

— Oui, je t'en donnerai une dont les rouages sont en bois. Elle ne fonctionne pas très bien, mais ça n'a pas d'importance, de toute manière personne ne se soucie de l'heure qu'il est à Shaka-Kandarec.

Peggy renonça à s'étonner. D'ailleurs, l'étrange vieille dame commençait à lui plaire.

Sans attendre, Granny Katy s'élança sur la route déserte qui serpentait entre les collines. Peggy n'eut que le temps de saisir sa valise, son chien, et de se jeter à sa poursuite, car la vieille dame filait comme le vent.

*

Pendant qu'elle courait, Peggy se remémora l'enchaînement de circonstances qui l'avait amenée ici.

Tout avait débuté trois semaines auparavant, à la veille des vacances d'été, quand sa mère avait soudain déclaré, au beau milieu du petit déjeuner :

— Peggy, ton père et moi avons décidé que tu passerais les vacances chez ta grand-mère maternelle. Granny Katy, ma mère... tu ne la connais pas. C'est... c'est une curieuse vieille dame, mais tu devrais t'entendre avec elle.

M'man avait bafouillé ainsi durant trois minutes, tricotant des phrases entortillées. Au fur et à mesure qu'elle s'engluait dans ses explications, ses joues devenaient rouges.

Plus tard, Julia, la sœur aînée de Peggy Sue, avait résumé la décision parentale de manière beaucoup plus sèche :

— Tu dois te faire une raison, ma vieille. Les parents ont peur de toi. Ils commencent à se rendre compte que tu provoques des choses bizarres. Ils ne savent plus comment se comporter quand tu es dans les parages. Maman pense que grand-mère Katy pourra peut-être t'aider.

— Grand-mère Katy ? s'étonna Peggy. Mais je ne l'ai jamais rencontrée. C'est curieux, d'ailleurs. Pourquoi n'allons-nous jamais la voir ?

— Parce que Maman a peur d'elle, répondit Julia d'une voix sourde. Il paraît que c'est une espèce de... de sorcière. Elle vit dans une contrée que les gens normaux évitent comme la peste. Un patelin au nom imprononçable : *Crachat-Cran d'Arrêt*, un truc comme ça, qui n'annonce rien de bon. P'pa et M'man pensent que vous pourriez vous entendre, toutes les deux... entre... entre...

— Entre sorcières ? compléta Peggy.

18

— Ouais, grommela Julia. Puisque tu le dis. Si tu acceptais, ça nous ferait des vacances.

Peggy Sue serra les dents pour dissimuler sa colère, mais elle se mettait à la place de ses parents. C'est vrai qu'ils ne devaient pas comprendre grand-chose aux bouleversements maléfiques se produisant au voisinage de leur fille cadette.

— D'accord, capitula-t-elle. J'irai chez cette grand-mère inconnue. Peut-être pourra-t-elle effectivement me venir en aide.

— *Cool !* lança Julia, on va enfin pouvoir mener une vie normale !

C'est ainsi qu'en compagnie du chien bleu elle avait pris le train pour « Crachat-Cran d'Arrêt ». Quand le contrôleur avait lu la destination imprimée sur son billet, il était devenu d'une pâleur de navet.

« Il faudra descendre en vitesse, murmura mentalement le chien bleu, ou bien ce brave homme n'hésitera pas une seconde à nous jeter du train en marche ! »

# 3

## Les pommes atomiques

Depuis deux heures, Peggy courait aux côtés de sa grand-mère sans éprouver la moindre lassitude. En vérité, elle se sentait dans une forme olympique. Non seulement le manteau mangeait sa fatigue, mais il décuplait ses performances physiques. Seul le chien bleu se plaignait d'avoir la bouche pleine des poils que le vent arrachait au vêtement magique.

Soudain, alors que les « sprinteuses » atteignaient le sommet d'une colline, la silhouette d'un arbre étrange se dessina à l'horizon. Peggy, surprise, ralentit le pas. Les branches, dépourvues de feuillage, présentaient une forme inhabituelle de main crispée. Une main noircie, aux ongles acérés et noircis par le feu.

— Attention, lui souffla le chien bleu. Ne t'en approche pas… C'est dangereux. Je sens des choses qui bourdonnent. Une énergie formidable. Ça grésille comme des saucisses atomiques dans une poêle à frire géante.

— C'est un pommier ! s'étonna Peggy en apercevant des fruits jaunes et rouges accrochés aux ramures sans feuilles.

Une haute grille de fer forgé entourait le pommier malade qui semblait ainsi prisonnier d'une cage, tel un fauve dans un zoo.

— Cet arbre est en fait un paratonnerre, annonça Granny Katy en s'immobilisant à son tour. Tu en verras d'autres ; je dois t'expliquer de quoi il retourne avant que tu ne fasses une bêtise.

— Un paratonnerre ? fit la jeune fille. Comme ceux qu'on dresse sur les toits pour attirer la foudre ?

— Oui, dit la vieille dame. On a planté celui-ci il y a plus de 60 ans, mais il est toujours en état de marche. Examine-le, mais ne touche pas aux barreaux…

Curieuse, l'adolescente s'approcha du pommier prisonnier. Les branches nues se tendaient avidement vers le ciel comme si elles essayaient d'agripper une proie invisible.

Il était impossible de s'avancer jusqu'au tronc ; la grille avec ses barreaux noircis formait une cage cylindrique. Peggy en fit le tour, examinant l'arbre sous tous les angles. Il ne lui fallut pas longtemps pour remarquer le compteur fixé sur l'écorce, à mi-hauteur.

« Ça ressemble à une caisse enregistreuse de supermarché », se dit-elle.

Des chiffres s'affichaient dans la découpe des petites fenêtres. Des chiffres noirs qui disaient :

### 23954 ORAGES

— Bien sûr, le nombre change à chaque nouvelle tempête, commenta Granny Katy. Le compteur est là pour effectuer l'addition à notre place. Il n'y a que cinq arbres à foudre sur la plaine. Tu apprendras à connaître leur emplacement. Ils ne sont pas difficiles à identifier.

Levant la tête, Peggy s'étonna encore de voir pendre des pommes aux bifurcations des branches. Le bois sec, noirci, semblait en effet peu propice à l'éclosion de ces gros fruits charnus.

— Évidemment, ce n'est pas parfait, soupira Granny. Mais ça aide. Avant leur installation, c'était l'enfer ! Les éclairs découpaient le ciel comme un puzzle. Tu aurais vu ça ! Zoui ! Zoui ! Ça tombait de partout. La foudre ravageait tout, les fermes brûlaient les unes après les autres. Il aurait fallu vivre sous terre comme des taupes. Rien n'y faisait, les paratonnerres normaux fondaient dès les premiers éclairs. Beaucoup de mes voisins sont morts. Certains sont partis, abandonnant leur bien pour aller mendier sur les routes. Et puis une magicienne est passée. Elle nous a donné des graines mystérieuses, et nous avons planté ces arbres. Des arbres mangeurs de foudre. Ils ont la propriété d'attirer le feu du ciel. Ils l'avalent, l'absorbent, le digèrent… *et l'utilisent pour faire mûrir leurs pommes.*

Peggy Sue hocha la tête.

— Tout s'additionne dans les fruits, expliqua la vieille dame. La force du tonnerre, l'électricité, la foudre. Ça se roule en boule à l'intérieur des pommes ! Tu les as vues ? Elles ne tombent jamais. Elles mûrissent à perpétuité, grossissant un peu plus à chaque orage. Leur peau est aussi dure que du cuir, mais, en dessous, elles sont creuses, comme les boules qu'on accroche dans les sapins de Noël. C'est dans ce vide que s'emmagasine le feu du ciel.

— Alors on ne peut pas les manger ? demanda l'adolescente.

— Petite malheureuse ! hoqueta Granny. Surtout pas ! Si tu les croquais, tu libérerais le pouvoir destructeur qui dort en elles !

Peggy recula instinctivement.

— Si quelqu'un plantait les dents dans l'un de ces fruits, insista Katy, il déclencherait une explosion formidable. Tu sais qu'on évalue la puissance d'une bombe atomique en mégatonnes ? Ici, il faudrait plutôt parler de « mégapommes ». Le problème, c'est que les cochons ne comprennent pas grand-chose au danger qui nous guette.

« Voilà autre chose ! » soupira la voix du chien bleu dans l'esprit de Peggy Sue.

— Les cochons aiment les pommes, marmonna Katy. Ils sont assez forts pour tordre les barreaux de la grille et se faufiler jusqu'au tronc ; là, ils donnent des coups dans le tronc, dans l'espoir de faire tomber les fruits. Jusqu'à présent, leurs tentatives ont échoué, mais le danger subsiste. Tu imagines ce qui se passerait si l'un deux parvenait à croquer une seule de ces pommes ?

— Plus ou moins, bredouilla Peggy.

— Toute la région serait rayée de la carte, gronda la vieille femme. Ce sera là ton premier travail…

— Quel travail ? s'étonna l'adolescente.

— À la campagne, personne ne se croise les bras, riposta Katy Flanaghan. Dans une ferme, tout le monde gagne son pain. Puisque tu as un chien, tu monteras la garde auprès des arbres à foudre. Ta mission consistera à repousser les assauts des cochons gourmands. C'est d'ailleurs à cause de la présence du chien que j'ai accepté ta venue. Ta mère m'a écrit qu'il ne te quittait jamais et qu'il était courageux. Ça tombe bien, ici, nos chiens ont trop peur des cochons pour faire de bons gardiens.

Elle fit une pause avant d'ajouter :

— Et puis il nous en reste très peu. Les gorets les ont presque tous mangés.

« Super ! couina le chien bleu au fond de la tête de Peggy Sue, me voilà devenu chien gladiateur ! »

— *J'ai entendu !* siffla Granny, tu ferais bien de dire à ton frère de se montrer moins insolent !

— Ce n'est pas mon frère, commença Peggy, c'est mon…

Mais elle ne put terminer car l'étrange vieille dame en manteau de singe s'était déjà remise à courir.

**4**

# Des tigres rouge vif

Quand elles arrivèrent à destination, les manteaux avaient perdu leur fourrure.

— Ils étaient déjà pas mal usés, soupira Granny. À présent, ils ne serviront plus à grand-chose.

— D'où proviennent les peaux ? s'enquit Peggy Sue.

— D'animaux féroces, aujourd'hui disparus, et qui vivaient dans les montagnes, répondit la vieille dame. Ils étaient infatigables, et les chasseurs avaient le plus grand mal à les attraper, comme tu peux t'en douter. Heureusement, j'ai pu mettre de côté tout un stock de leurs fourrures. Je les loue aux gens qui ont une tâche difficile à accomplir. Des personnes âgées, par exemple, qui veulent construire une maison ou entreprendre un long voyage. Grâce à mes manteaux, elles peuvent le faire sans éprouver la moindre fatigue. C'est de cela que je vis.

— Ainsi Julia avait raison, murmura Peggy. Tu es une sorte de… sorcière ?

— Sorcière est un mot inventé par les imbéciles, répliqua Katy Flanaghan. Les vraies sorcières n'ont jamais porté de chapeau pointu ni chevauché de balais. En fait, tout le monde peut devenir « sorcier » ; point n'est besoin d'aller dans une quelconque école (d'ailleurs, des écoles de ce genre n'existent pas !), il suffit de rester près de la nature et d'être à l'écoute des forces secrètes qui pulsent dans les veines du monde. Les adultes…, et surtout les gens de la ville, ont perdu ce pouvoir. Ils sont devenus sourds, aveugles aux messages mystérieux que nous envoient les puissances naturelles : les arbres, les pierres, l'eau, le feu…

— C'est ce qui s'est passé pour ma mère ?

— Oui, tout cela lui faisait peur… elle préférait croire aux choses claires, carrées. Elle aimait s'imaginer le monde comme un grand placard plein de tiroirs soigneusement étiquetés. Un placard où tout était repassé et bien rangé. Elle détestait le mystère, l'inexplicable. Elle était à peine plus âgée que toi quand elle s'est enfuie de la maison pour chercher refuge dans « le monde normal », comme elle disait. Elle a chassé de sa mémoire tout ce qu'elle avait vécu ici. Je crois même qu'elle a réussi à se convaincre que cela relevait du domaine de l'imagination pure. C'était plus commode.

— Vous ne vous êtes jamais revues ?

— Si, de temps à autre. Pour la naissance de Julia… ou la tienne. Mais jamais longtemps. Et puis, c'était moi qui lui rendais visite. Elle ne voulait surtout pas revenir ici. Je ne lui en tiens pas grief. Certaines personnes sont totalement affolées par ce qu'elles appellent

« l'irrationnel ». Elles ne peuvent admettre qu'il existe un autre monde. Moi, c'est votre univers qui me paraît horrible… Tellement limité. Votre « réalité » me fait l'effet d'un vêtement trop étroit, il me serait impossible de l'enfiler sans en faire craquer les coutures. Et si, par miracle, je parvenais à en fermer les boutons, j'y étoufferais.

En devisant de la sorte, elles étaient arrivées au seuil d'une jolie maison ancienne, au toit de chaume… mais qui semblait bizarrement montée sur quatre grosses roues, comme un camion. Peggy, décontenancée, n'osa se montrer curieuse. La nuit tombait. En regardant autour d'elle, la jeune fille constata que toutes les habitations étaient fort éloignées les unes des autres ; de douces collines les séparaient. Les champs, immenses, s'étendaient à perte de vue. Il régnait sur cette campagne à demi déserte une atmosphère paisible dépourvue de chouettes, de chauves-souris ou de squelettes en maraude.

— Entre donc ! ordonna Granny Katy. Ici, personne ne verrouille sa porte.

Peggy poussa le battant constitué de grosses planches disjointes. La maison sentait la tarte aux pommes, la cire d'abeille, la lavande glissée entre les piles de draps dans le secret des grosses armoires. Un fouillis digne d'un brocanteur l'encombrait. Partout ce n'était que livres anciens, lampes poussiéreuses, collections de théières aux formes extravagantes (éléphant, kangourou, baleine…), pantoufles dépareillées. Un gros chat aux poils roses s'enfuit en apercevant le chien bleu.

— Ah! zut, marmonna Katy Flanaghan, je ne pensais plus à lui.

— C'est ton chat? demanda Peggy en serrant plus fort le chien pour l'empêcher de se jeter à la poursuite du petit félin.

— Oui et non, soupira la vieille dame. Il fait partie du matériel que je loue. Une sorcière est une commerçante, que veux-tu! Je tiens boutique, il me faut faire des bénéfices.

— Tu loues des chats? s'étonna l'adolescente.

— Oui, fit la grand-mère, mais ce sont des bêtes un peu spéciales. Elles sont là pour absorber la mauvaise humeur de leurs maîtres.

— Comment cela?

— Les chats de sérénité (c'est ainsi qu'on les appelle) fonctionnent comme des éponges. Ils absorbent les soucis des gens qui les caressent. Dès qu'on se sent maussade, inquiet, ou que la moutarde vous monte au nez, il suffit d'attirer le chat sur vos genoux et de le caresser. Aussitôt, les ondes négatives qui vous faisaient grincer des dents passent dans l'animal, et l'on se sent de nouveau heureux.

— Ça alors! souffla Peggy. Quelle drôle d'invention!

Granny Katy toussota.

— Il n'y a qu'un seul problème, marmonna-t-elle. Au bout d'un moment, à force de se remplir de la colère et de l'angoisse des humains, les animaux deviennent féroces. Ils retournent alors à la sauvagerie et s'échappent. C'est aussi bien comme ça, du reste, sinon ils mettraient leurs maîtres en pièces à coups de griffes.

Peggy sentait la tête lui tourner. À aucun moment, en grimpant dans le train, elle ne s'était attendue à débarquer dans un monde aussi fou.

— Au fur et à mesure qu'ils se remplissent de colère, les chats de sérénité voient leur pelage passer progressivement du blanc au rouge sang, expliqua Granny Katy. Celui qui vient de se cacher au sommet de l'armoire est tout juste rose ; il pourra servir encore de longs mois, à condition toutefois que son maître ne soit pas du genre super stressé. Grâce à eux, beaucoup de gens jusqu'alors insupportables sont devenus charmants. C'est le cas de Flaherty MacMolloy, mon voisin, un vieux grincheux comme il en existe peu. Avant d'utiliser les chats de sérénité, il me jetait des pierres. Aujourd'hui, il m'offre des fleurs… cette vieille baderne s'est mis en tête de m'épouser !

— Mais que deviennent les chats rouges, une fois qu'ils ont pris la fuite ? demanda Peggy Sue.

— Ils se transforment en tigres miniatures, fit la vieille dame. Il convient de s'en tenir éloigné si l'on ne veut pas se faire déchiqueter. Avec le temps, la colère les quitte. Ils redeviennent roses, puis blancs… On peut alors les réutiliser. Ce sera ton travail de les capturer.

— Quoi ? hoqueta Peggy. Mais je dois déjà faire la guerre aux cochons !

— Quand tu en auras fini avec les gorets, tu te reposeras en attrapant des chats, répliqua la grand-mère avec un haussement d'épaules. À ton âge, on a de l'énergie à revendre. Un seul détail cependant : ne capture pas les chats rouges, ils sont dangereux et inutilisables. Ce serait prendre des risques pour rien.

La jeune fille ne trouva rien à répliquer. Le chien bleu la bombardait d'ondes de terreur.

— Installez-vous, ton frère et toi, lança la vieille dame. Je vais préparer le dîner.

Peggy obéit. Elle aurait donné n'importe quoi pour que Sebastian soit assis à côté d'elle. Il aurait sans doute su la conseiller, lui. Hélas ! pour l'heure il se trouvait toujours réduit à l'état de sac de sable dans la valise de sa petite amie. Depuis l'affaire du mirage [1], Peggy Sue avait maintes fois essayé de lui redonner forme humaine en l'arrosant d'eau minérale. Malheureusement, les conditions posées par le génie étaient impossibles à respecter. Selon les termes du contrat le liant au démon qui lui avait rendu sa liberté, Sebastian ne pouvait reprendre corps qu'à condition d'être aspergé d'eau totalement pure… or l'eau pure à 100 % n'existait pas dans le commerce. Quand on lisait sa composition sur les étiquettes des bouteilles, on s'apercevait toujours qu'elle conservait des traces de quelque chose : sels minéraux, nitrates… bref, des tas de trucs invisibles mais qui permettaient au génie de ne pas faire du tas de sable alourdissant la valise de Peggy Sue un adolescent de 14 ans au visage adorablement boudeur.

1. Voir *Le Sommeil du démon*.

« Le génie vous a bien possédés ! avait déclaré le chien bleu lorsque la jeune fille lui avait parlé de ses problèmes. Mais il en va toujours ainsi avec les démons, ils s'arrangent pour ne jamais tenir leur promesse. Celui-ci s'est magnifiquement débrouillé pour se venger de Sebastian sans en avoir l'air. Le pauvre garçon a cru reprendre sa liberté, alors qu'en réalité il tombait dans un nouveau piège. »

C'était en partie ce casse-tête qui avait décidé Peggy à quitter sa famille. Quand elle avait demandé à sa mère s'il existait des sources d'eau pure là où habitait Granny Katy, celle-ci lui avait répondu :

— Oui, là-bas les torrents ne sont pas pollués. Ils descendent directement des montagnes. Tu boiras l'eau la plus cristalline qui existe au monde.

Cette assurance avait redonné de l'espoir à la jeune fille, car à quoi bon avoir un petit ami si c'est pour le conserver dans un sac au fond d'une valise, je vous le demande ?

Elle se promit de se renseigner auprès de sa grand-mère dès qu'elle aurait recouvré ses esprits car, pour le moment, elle se sentait plutôt perdue dans l'univers étrange de Shaka-Kandarec.

La vieille dame réapparut, tenant des écuelles en terre cuite.

— Tu trouveras des couverts en bois dans ce tiroir, lança-t-elle. Comme tu le vois, il n'y a aucun objet métallique dans cette maison. Ce soir, avant de te mettre au lit, tu me donneras ta montre, tes barrettes…

La monture de tes lunettes est en plastique, ça va, tu n'auras pas à t'en séparer. Ici, nous ne prenons pas ces précautions à la légère. La foudre ne plaisante pas. Tu apprendras au fur et à mesure les lois du pays. Si tu les respectes, il ne t'arrivera rien de fâcheux. Dans le cas contraire, il faut t'attendre au pire.

Le chien bleu dut s'asseoir sur une chaise pour manger dans l'écuelle que Granny Katy avait posée sur la table. Comme il plongeait le museau dans la nourriture, la vieille dame émit un « Tss… Tss… » réprobateur.

— À son âge, souffla-t-elle à l'adresse de Peggy, il pourrait bien utiliser les couverts, tout de même. C'est bien la peine de porter une cravate si l'on bâfre comme un cochon !

La jeune fille n'avait aucune idée de ce qu'elle mangeait, mais le goût en était agréable. Elle supposa qu'il s'agissait de champignons. La maison de sa grand-mère la faisait penser à une coquille de noix géante. Une coquille de noix tapissée de fourrure douillette. Elle s'y sentait bien.

— Maintenant au lit ! ordonna Granny. Demain tu auras beaucoup à faire et beaucoup à apprendre. Le mieux est de se coucher tôt.

*

Peggy Sue et le chien bleu s'installèrent dans la délicieuse chambre jaune bouton d'or que leur avait réservée Granny Katy. Ni l'un ni l'autre ne se rendirent compte que la vieille femme restait aux aguets dans l'obscurité de la salle à manger. Embusquée près d'une fenêtre, elle scrutait le ciel d'un air inquiet et, de temps à autre, tendait l'oreille pour écouter craquer les branches dans le vent.

À plusieurs reprises, elle hocha la tête d'un air entendu, et murmura sombrement :

— Il va revenir, c'est sûr… Il est peut-être déjà là mais personne ne peut le voir. Alors la guerre recommencera.

# 5

## Mystère + mystère + mystère = ???

Le lendemain matin, une fois le petit déjeuner expédié, Granny remit à Peggy Sue un sac en toile, un bâton, et une paire de gants de cuir.

— Le bâton, c'est pour les cochons, expliqua-t-elle. Le sac et les gants te serviront si tu dois attraper un chat. Tu trouveras des souris mortes dans la poche de ta veste, utilise-les pour attirer les matous, ils en sont très friands, mais surtout, ne te fais pas griffer. Tu deviendrais aussitôt folle de colère et tu te mettrais à tout casser autour de toi. C'est arrivé à un gamin du coin. Après avoir fracassé ce qui se trouvait à sa portée, il a entrepris de se briser les deux jambes. Je ne te raconte pas cela pour t'effrayer mais pour t'encourager à la prudence.

— Merci, bredouilla la jeune fille en se saisissant des différents objets.

— Les gens du pays sont prévenus de ton arrivée, dit encore Granny. N'hésite pas à bavarder avec eux, ils t'apprendront les lois qui gouvernent Shaka-Kandarec.

Je t'ai dessiné une carte indiquant l'emplacement des pommiers paratonnerres. Promène-toi de l'un à l'autre. Cela devrait suffire à éloigner les cochons.

Peggy et le chien bleu s'élancèrent dans les collines par un petit chemin caillouteux. L'adolescente hésitait à plonger la main dans sa poche à cause des souris mortes dont la présence ne l'enthousiasmait guère.

— Que penses-tu de tout cela ? demanda-t-elle à son compagnon à quatre pattes.

— Je crois que ta grand-mère ne nous dit pas tout, chuchota mentalement le chien bleu. Il y a du danger dans l'air… Pas seulement à cause des cochons ou des chats-tigres, non, il s'agit d'autre chose. Une menace qui vient du ciel.

Peggy frissonna. Le chien se trompait rarement en matière de catastrophes. Elle examina le paysage, d'une grande beauté.

— C'est curieux, tout de même, murmura-t-elle. Il n'y a pas de voitures dans le village mais la campagne est sillonnée de pistes aussi larges qu'une autoroute.

— Oui, grogna son compagnon à poil bleu. Elles sont impressionnantes… et bien entretenues. Pourtant elles ont un tracé bizarre. Elles vont dans tous les sens, décrivent des boucles. On dirait un circuit de compétition automobile.

— Elles ne vont nulle part, conclut la jeune fille. Elles tournent autour du village, avec des tas d'embranchements inutiles. Voilà un mystère qu'il nous faudra élucider.

Alors qu'ils gravissaient le versant de la colline, ils rencontrèrent un homme habillé d'une cape de berger, et qui se promenait en fumant sa pipe… un chat sous le bras. Le chat était d'un rose soutenu.

— Bonjour! lança-t-il avec jovialité. Tu es la petite-fille de Katy Flanaghan, n'est-ce pas? J'espère que tu vas te plaire ici. Belle journée, non?

Il souriait, mais sa main droite caressait frénétiquement le dos du matou.

— Je vais surveiller les cochons, répondit Peggy en désignant le pommier planté au sommet de la colline.

— Oui, bien sûr, fit l'homme en câlinant le chat de plus belle. C'est rigolo, tu verras. On s'amuse beaucoup à Shaka-Kandarec. On y est terriblement heureux… il suffit pour cela d'avoir un matou sous la main. Tu diras à ta grand-mère de m'en réserver un autre pour la fin de la semaine, celui-ci sera trop rouge d'ici trois jours. Je suis un grand nerveux.

Après avoir vanté les beautés de la région, il prit congé. Peggy et le chien bleu gagnèrent le sommet de la colline; là, ils s'assirent sur l'herbe pour souffler un peu. Accrochées aux branches de l'arbre tordu, les pommes grésillaient comme des ampoules électriques s'apprêtant à exploser.

— Tu as vu? fit remarquer le chien. La grille est tordue. Les cochons ont essayé de la forcer. Ils doivent être sacrément forts. De vrais sangliers. Tu crois qu'on pourra les repousser avec un simple bâton?

— Je ne sais pas, fit la jeune fille. Le mieux serait sans doute de projeter dans leur esprit des images effrayantes qui les pousseraient à faire demi-tour.

— Oui, approuva le chien bleu, c'est une bonne idée. Je les bombarderai avec des visions de saucisses, de jambons et de boudin. Je leur montrerai un charcutier en train d'aiguiser ses couteaux.

— Espérons qu'ils seront assez intelligents pour comprendre ce que cela signifie, murmura Peggy.

À peine avait-elle prononcé ces mots que le premier porc apparut, énorme et rose, roulant telle une barrique montée sur de courtes pattes. Il avançait, le groin en bataille, prêt à en découdre. Peggy leva son gourdin. Le chien bleu ferma les yeux pour se concentrer. L'adolescente se rendit compte qu'elle avait peur.

« Un chat rose me serait bien utile ! » songea-t-elle. Elle comprenait soudain pourquoi les habitants de la région ne pouvaient plus se passer de ces matous magiques.

La bataille dura un moment, car le cochon s'entêtait. Effrayé par les images que le chien bleu projetait dans son cerveau, il faisait demi-tour, puis, sitôt sa peur oubliée, revenait à la charge. Trois autres gorets vinrent à sa rescousse. Ils avançaient tels des rhinocéros, se moquant des coups de bâtons que leur distribuait Peggy Sue. Les pommes à foudre les hypnotisaient. Ils finirent toutefois par s'en aller, mécontents, inquiets, ne comprenant pas ce qui leur arrivait.

— Nom d'une saucisse atomique ! jura le chien

bleu, ces barriques de saindoux ambulantes m'ont fichu une de ces migraines !

— Félicitations ! souffla la jeune fille. Tu as réussi. Sans toi je ne m'en serais pas sortie.

— Il y avait des images curieuses dans leur mémoire, fit le chien en plissant le museau. Des choses qu'ils ont vues ici… Des choses bizarres.

— Quoi, par exemple ?

— Ils semblaient tous obsédés par une espèce de papillon. *Un papillon gigantesque.* Plus grand qu'une ville. C'est un souvenir qu'on ne s'attend guère à trouver dans le cerveau d'un porc. Le plus étrange, c'est qu'ils y pensaient tous.

— Un papillon ? répéta Peggy.

— Oui, insista le chien. Un papillon dont les couleurs changeaient sans cesse, comme celles d'un caméléon.

— Ils en avaient peur ?

— Non, au contraire. Ils souhaitaient son retour.

Les cochons ne faisant pas mine de revenir, Peggy Sue et le chien bleu entreprirent de descendre le versant nord de la colline à la recherche des chats colériques. Très vite, la végétation les encercla. Çà et là, se dressaient des troncs d'arbres calcinés. Il fallait faire attention où l'on mettait les pieds car des lézardes fissuraient le sol… comme si quelque chose était tombé du haut du ciel pour s'enfoncer dans la terre.

— Le bord des crevasses est carbonisé, nota Peggy Sue.

— C'est vrai, fit le chien. La chose qui a creusé ce trou était brûlante. On dirait qu'on a plongé une épée géante dans l'herbe. Une épée chauffée à blanc.

À cette idée, les deux amis frissonnèrent. Ils ne purent s'empêcher de lever la tête pour vérifier qu'aucun colosse en armure ne se cachait à l'abri du feuillage.

Le chien bleu s'approcha de l'excavation et la renifla.

— Ça sent le feu, diagnostiqua-t-il. C'était brûlant, liquide comme la lave en fusion... Puis ça a refroidi au contact du sol. *C'est toujours dedans...*

— Quoi ? haleta Peggy.

— C'est toujours dedans, répéta l'animal. Comme une lame d'épée qui se serait cassée en se plantant dans un tronc d'arbre. Regarde : quand on se penche, ça brille au fond du trou.

— C'est vrai, admit la jeune fille. On dirait une petite lumière qui palpite, comme de l'or, très loin au bout d'un tunnel.

Elle se redressa, intriguée.

Ayant repris leur marche, l'adolescente et le chien arrivèrent bientôt dans une clairière où s'entassait une incroyable montagne d'objets métalliques. Casseroles, couverts, marmites voisinaient avec des automobiles, et même un vieil autobus. Tout cela était à demi fondu et formait un seul agglomérat d'acier posé sur le sol telle une monstrueuse sculpture.

— Ce sont les objets en fer du village, souffla Peggy Sue. On les a exilés dans ce dépotoir pour attirer la foudre à l'écart. Regarde : il y a des centaines de montres, de bagues… et des outils à n'en plus finir.

— Tout est à moitié fondu, grogna le chien. On dirait une bougie qui a coulé… mais une bougie d'acier !

— Hé ! Vous ! gronda une voix derrière eux. Il ne faut pas rester là ! C'est dangereux.

Peggy pivota sur elle-même. Un adolescent d'une épouvantable saleté émergea des buissons. Couvert de terre, il portait un casque de mineur rabattu sur les sourcils. De larges bretelles barraient son torse nu, retenant un pantalon amidonné par la glaise des tunnels.

— Salut, dit-il, je suis Sean Doggerty, l'aîné des fils Doggerty. On creuse dans le coin. Ta grand-mère nous a prévenus de ton arrivée. On va essayer de faire ton éducation. Ce n'est pas simple de vivre à Shaka-Kandarec quand on ne se promène pas toute la journée avec un chat de sérénité sous le bras.

— Tu n'en as pas, toi ? s'enquit la jeune fille.

— Non, grogna le garçon. Dans ma famille, on pense que ça ne sert à rien de fuir la réalité. Les gens ont beau sourire béatement en caressant leurs matous, ça ne change pas grand-chose aux dangers qui nous menacent.

— Tu veux parler de la foudre ? demanda Peggy.

Sean Doggerty se renfrogna. Pour se donner une contenance, il ôta son casque et tenta de se nettoyer le visage avec un chiffon crasseux. Le résultat ne fut guère probant.

— C'est un casque en bois, grommela-t-il. La terre, nous la creusons avec des pioches en granit. C'est la loi. Le grand dépotoir sert d'appât (ajouta-t-il en désignant le cimetière des voitures fondues). Les gens l'utilisent pour dévier les éclairs, ils espèrent que le magnétisme des épaves métalliques attirera le feu du ciel. Alors chaque fois que la foudre tombe ici, les objets fondent un peu plus. Tu as vu cet autobus ? On dirait un caramel géant oublié au soleil. Un caramel chromé.

— Mais pourquoi y a-t-il tant d'orages dans la région ? C'est normal ?

Sean baissa le nez.

— J'ai pas le droit de te le dire, souffla-t-il. Tu as trop de choses à apprendre, ça t'embrouillerait.

Il hésita, se dandinant d'un pied sur l'autre, puis lança avec rudesse :

— Oh ! et puis zut ! Que tu le saches maintenant ou dans une semaine ne changera pas grand-chose à l'affaire. Ce ne sont pas de vrais éclairs… ce sont des projectiles qu'on nous envoie du haut des nuages. Il ne s'agit pas d'un orage mais d'une guerre. *On nous bombarde.* Nos ennemis sont là-haut, embusqués dans le ciel, sur les strato-cumulus et les cumulo-nimbus comme disent les types de la météo. Ils nous tirent dessus.

Peggy Sue leva la tête pour examiner le ciel. Il se révéla d'un bleu vif. De gros nuages s'y traînaient paresseusement.

— On croit que ce sont des nuages, grommela Sean, mais, en réalité, ce sont des forteresses. ILS sont là-haut. ILS nous observent en permanence.

— Qui ça?

— Je ne sais pas. Personne n'a jamais vu leur figure.

Peggy se mordilla la lèvre inférieure. Son instinct lui soufflait que Sean Doggerty ne mentait pas.

— Ta grand-mère ne t'a donc rien dit? soupira le jeune homme. Probable qu'elle n'a pas voulu t'effrayer dès le premier jour. C'est une bonne sorcière, mais son commerce de chats conduit les gens à vivre la tête dans le sable, comme les autruches quand elles ont peur.

Peggy désigna, à ses pieds, l'un des cratères ouverts par les impacts de la foudre.

— Qu'y a-t-il dans le fond? interrogea-t-elle. En se penchant, on voit un truc qui brille.

Sean se gratta la tête.

— C'est l'éclair, chuchota-t-il. La foudre, si tu préfères. Elle est fichée dans la terre comme un bout d'épée brisée.

— Tu te moques de moi, riposta l'adolescente. La foudre est composée d'électricité. On ne peut pas la toucher. Ce n'est pas une matière solide.

Le jeune mineur haussa les épaules.

— La foudre de chez toi, p't'être bien, lança-t-il. La foudre de Shaka-Kandarec, c'est différent. Les créatures embusquées sur les nuages la fabriquent à partir de morceaux d'étoiles. Quand ils repèrent une étoile bien brillante, ils en cassent une branche et la mettent à fondre dans un haut fourneau, comme si c'était un lingot. Une fois qu'elle est bien liquide, ils renversent la marmite, et l'étoile ramollie coule sur nos têtes.

— Comme les soldats du Moyen Âge avec l'huile bouillante ? fit Peggy Sue.

— Exact, confirma Sean Doggerty. Une étoile liquide, c'est pire que la foudre, ça détruit tout sur son passage. En touchant le sol, le fluide commence à se refroidir, et lorsqu'il s'est suffisamment enfoncé dans la terre il durcit. Quand il est tout à fait froid, il prend l'aspect d'un gros morceau de métal... et ce métal, *c'est de l'or.*

— D'accord, je comprends tout, soupira Peggy. Voilà pourquoi vous creusez, toi et tes frères.

— Oui, dit Sean. Nous sommes des prospecteurs. Nous espérons bien ramasser assez d'or pour quitter Shaka-Kandarec et aller refaire notre vie ailleurs. Les étoiles fondues donnent l'or le plus pur qui puisse exister. Hélas, il est difficile à extraire avec des outils de silex. On n'arrive pas à le fragmenter.

— Mais tu n'as pas peur ? s'enquit Peggy Sue.

— Si, bien sûr ! avoua Sean. Tu peux croire que je n'en mène pas large lorsque je creuse au fond d'un tunnel.

— Pourtant tu continues...

— Oui, on ne peut pas rester à Shaka-Kandarec. C'est un pays de fous. Tu t'en rendras compte. Pour le moment ça va, tout est paisible, la campagne est belle, hélas, ça ne durera pas.

— Je ne comprends pas pourquoi les gens des nuages vous versent des étoiles fondues sur la tête, insista la jeune fille. Il existe une raison à cela ?

— Ça suffit, éluda Sean en s'éloignant. Je t'en ai assez dit. Si tu veux des renseignements, adresse-toi à ta grand-mère. En attendant, ne traîne pas dans le coin. Et si j'ai un conseil à te donner : laisse les chats rouges tranquilles.

Sur ce, il disparut dans les buissons.

— Tu penses qu'il disait la vérité ? demanda mentalement Peggy au chien bleu.

— Oui, dit ce dernier. Je crois qu'il se passe de drôles de choses dans la région. Nous risquons de passer de bien curieuses vacances.

Pensifs, ils sortirent du bois. À plusieurs reprises, ils entendirent feuler des matous en colère dans les fourrés, toutefois Peggy décida de ne pas chercher à les capturer tant qu'elle n'en saurait pas un peu plus sur les mystères de Shaka-Kandarec. Dès qu'ils furent à découvert, les deux amis entreprirent d'observer le ciel avec attention.

— C'est vrai qu'ils ont une drôle de forme, ces nuages, dit le chien bleu. On dirait des châteaux volants. Tu ne trouves pas ?

— Si, avoua Peggy. Mais ta vue est meilleure que la mienne. Je ne sais pas pourquoi, j'ai l'impression qu'ils se comportent curieusement. Est-ce qu'ils ne tournent pas en rond ?

— Mais oui ! Tu as raison, sifflota l'animal. C'est comme s'ils avaient décidé de ne jamais s'éloigner. Ils volent en cercle, pour nous observer, à la manière des vautours. Ce n'est pas normal.

Peggy fronça les sourcils, Plus elle les examinait, plus les nuées lui semblaient suspectes.

« Des tourelles, pensait-elle. Des donjons… et là, des remparts. Mais ça ne prouve rien, quand on fixe un nuage, on finit toujours par trouver qu'il ressemble à quelque chose. »

— Je ne jurerais de rien, dit tout à coup le chien bleu, pourtant j'ai l'impression qu'il y a des gens sur ces nuages.

— Des gens ? s'étonna l'adolescente.

— Oui. Je vois des silhouettes qui se déplacent, des ombres minuscules.

— Des oiseaux ?

— Non, c'est beaucoup plus grand… Ça y est, on ne voit plus rien. Ça s'est caché.

Peggy soupira.

— Bien, bien, siffla-t-elle, voilà qui confirme nos soupçons. Il va falloir que grand-mère se décide à nous en dire un peu plus.

# 6

## La guerre des nuages

De retour à la maison, Peggy exposa ses préoccupations à sa grand-mère.

— Oh ! soupira la vieille dame, je vois que tu as rencontré cette tête brûlée de Sean Doggerty. Il a dû t'en dire de belles à mon sujet. Je sais qu'il me reproche de louer trop de chats, mais sans mes matous tranquillisants la plupart des gens auraient déjà fui le village. Je pense, moi, qu'il faut lutter.

— Je veux bien me battre, fit Peggy Sue d'un ton décidé, à condition de savoir contre quoi !

La vieille femme sourit et lui prit la main.

— Viens, murmura-t-elle, descendons dans le jardin. Ce que j'ai à te dire est un peu compliqué.

Elles sortirent, le chien bleu sur les talons.

— Il ne faut pas parler en levant la tête, dit Granny d'un ton sourd, ceux qui vivent sur les nuages pourraient déchiffrer les mouvements de nos lèvres.

— Il y a donc quelqu'un là-haut ? insista Peggy.

— Oui, murmura Katy Flanaghan. Personne n'a jamais vu à quoi ils ressemblaient, mais pour eux les nuages sont tout à la fois des forteresses et des aciéries où l'on fond les étoiles. Quand un nuage devient noir, ce n'est pas parce qu'il va pleuvoir, en réalité c'est la fumée de la forge qui l'assombrit… La forge où l'on liquéfie les étoiles brisées. Quand la nuit tombe, on voit très bien que toute cette partie du ciel est plongée dans l'obscurité. Aucune étoile ne l'éclaire plus… Elles ont toutes finies dans les creusets des forgerons qui les ont transformées en éclairs. Là-haut, ils fabriquent des zigzags de foudre comme jadis on martelait des lames d'épée.

— Contre qui veut-on tourner ces « épées » ?

Granny Katy se rapprocha de sa petite-fille pour la fixer intensément.

— Je sais que tu vois des fantômes, dit-elle. Dans le monde normal, on te prend pour une folle, mais ici, à Shaka-Kandarec, personne ne doutera de tes dons. Je vais te dire la vérité : en fait, c'est moi qui ai suggéré à ta mère de te placer ici… Nous attendions ton arrivée avec impatience. Nous comptons énormément sur toi pour nous tirer d'affaire.

— Je suis très impressionnée, bredouilla Peggy, mais j'aimerais comprendre ce qui vous préoccupe.

— Regarde le ciel, chuchota Granny Katy. Exception faite des nuages, il te semble normal, n'est-ce pas ?

— Oui. Il fait beau, mais il n'y a aucun oiseau.

— C'est parce qu'ils ont peur de l'animal gigantesque qui s'y déplace.

— *Le papillon ?* fit Peggy.

— Ah ! tu sais déjà, dit la vieille dame. Oui. Un papillon géant habite le ciel depuis la nuit des temps. Il est assez grand pour que son ombre recouvre toute une ville. La plupart du temps, il se contente de planer en utilisant les courants aériens, mais, quand il bat des ailes, il provoque des turbulences qu'on prend pour des tempêtes.

— Un papillon gigantesque… répéta Peggy Sue.

— Oui, confirma sa grand-mère. Nul ne sait d'où il vient. D'une autre planète, peut-être… Il n'est pas méchant. Il vole au-dessus du monde en essayant de ne pas se faire voir, pour cela, il se camoufle en devenant transparent. De temps à autre, les radars le repèrent quand même, et le prennent pour un OVNI. C'est de là que proviennent ces histoires de soucoupes volantes dont on nous rebat les oreilles depuis un siècle. Au fil du temps, le vent a usé ses ailes, et il est aujourd'hui beaucoup moins grand qu'il y a quatre cents ans, mais il est encore de belle taille.

— Les gens semblent désirer sa venue. Pourquoi ?

— Ne va pas trop vite. Sinon tu ne comprendras rien à nos problèmes. Avant, le papillon redevenait visible au-dessus de Shaka-Kandarec. Il se mettait alors à décrire des cercles interminables, projetant son ombre sur le sol.

— Mais pourquoi ici, et seulement ici ?

— Parce qu'il sait bien que nous admettons son existence sans nous poser de question… Et que nous le respectons. Ailleurs, dans le monde normal, on enverrait des avions de chasse pour l'abattre ou le capturer.

Ici, au contraire, nous le vénérons. Voilà pourquoi, traditionnellement, il nous faisait l'honneur de redevenir visible lorsqu'il approchait de la contrée. Et nous fêtions ce privilège comme il se doit. Hélas, un jour, les choses se sont gâtées…

— Je devine que tu vas me parler des créatures embusquées sur les nuages.

— Oui, ma petite-fille. Les forgerons détestent le papillon. Ne me demande pas pourquoi, je n'en sais rien. Quoi qu'il en soit, dès que le papillon arrive audessus de Shaka-Kandarec, ils le bombardent avec les éclairs sortis des aciéries. Ils essayent de lui brûler les ailes, de le détruire.

— Alors, pour leur échapper, il reste translucide[1], compléta Peggy. Je comprends bien, mais en quoi cela vous attriste-t-il ? Est-ce vraiment si important de le voir ?

Granny Katy se tortilla, trahissant une certaine gêne.

« Elle va enfin cracher le morceau ! » souffla mentalement le chien bleu à Peggy.

— Oh ! s'offusqua la vieille dame, comme c'est vulgaire de parler ainsi ! À quoi bon porter une cravate si c'est pour s'exprimer dans un langage de voyou ?

— Je t'en prie, grand-mère, murmura l'adolescente, assez de finasseries, dis-nous la vérité. Je ne pourrai rien faire si tu me caches des choses.

Katy Flanaghan hocha la tête.

---

1. Transparent comme du papier calque.

— C'est vrai, admit-elle. Mais c'est une grande responsabilité pour moi que de révéler le secret du papillon. Cet insecte a un pouvoir extraordinaire. Quand il s'interpose entre le soleil et la terre, son corps projette une ombre gigantesque sur le sol. Cette ombre rend formidablement heureux tous ceux qu'elle recouvre. Tant qu'on vit à l'ombre du papillon, on est dans un état de joie et de bonheur sans égal. C'est indescriptible… *tout devient beau.* On se met à aimer tout le monde, le moindre objet nous paraît une œuvre d'art ; une croûte de pain rassis prend soudain le goût de la brioche fraîche. Tout est ravissement, extase. Il m'est arrivé de pleurer de joie en ouvrant mes volets tellement la campagne me semblait belle. On est projeté hors de soi-même, dans un état d'exaltation qui rappelle un peu ce qu'on éprouve quand on est amoureuse. Tu vois ?

— Oui, à peu près, dit Peggy (en rougissant parce qu'elle pensait à Sebastian). Mais il y a quelque chose que je ne comprends pas : Comment pouvez-vous vivre à l'ombre du papillon ? S'il vole, il se déplace sans cesse… *et très vite.* Son ombre doit filer sur le sol aussi rapidement que de l'eau qui coule, comment faites-vous pour demeurer dans la zone sombre ?

Granny Katy eut un petit rire malicieux.

— Les maisons ont des roues, dit-elle. Et un moteur… On peut les conduire comme une voiture. Voilà pourquoi nous avons construit des routes au tracé bizarre. Elles reproduisent le vol de l'insecte.

— Il n'y a jamais d'accidents ? demanda Peggy.

— Si, fit la vieille dame. Il faut savoir confier le volant à un bon pilote. En ce qui me concerne, j'ai l'habitude d'engager le jeune Sean Doggerty.

Peggy hocha la tête. Les pièces du puzzle se mettaient en place.

— Combien de temps le papillon reste-t-il au-dessus de Shaka-Kandarec ? s'enquit-elle.

— C'est très variable, soupira sa grand-mère. Jadis il s'attardait plusieurs mois. La moitié de l'année, pourrait-on dire. C'était le bon temps, tu ne peux pas savoir comme nous étions heureux ! Les choses les plus banales nous emplissaient d'une joie si forte que j'en étais souvent sur le point de défaillir. Le simple fait de manger une part de tarte aux pommes nous submergeait d'une allégresse inimaginable. Le moindre petit bonheur se trouvait multiplié par dix…

Les yeux de la vieille dame s'étaient mis à briller d'un éclat mélancolique.

— Parfois, murmura-t-elle, nous ne faisions rien d'autre, ton grand-père et moi, que de rester assis sur la véranda, à nous tenir la main en contemplant le paysage… mais ces moments nous semblaient éternels. Hélas, depuis l'arrivée des forgerons, le papillon écourte ses visites. Il sait qu'à la seconde où il cesse d'être translucide il se transforme en cible volante. Une cible qu'on bombardera d'éclairs. S'il commettait l'erreur de se montrer, la foudre lui trouerait les ailes.

— Alors il reste invisible, fit Peggy. Il essaye de passer sous les nuages sans se faire repérer. Comme il a la transparence d'une vitre bien nettoyée, il ne projette pas d'ombre sur le sol… et vous n'êtes plus heureux.

— Voilà, soupira Granny Katy avec un sourire amer. Tu as tout compris. Lorsque l'insecte se rapproche, ses battements d'ailes provoquent une aspiration que les gens du « dehors » prennent pour un cyclone. Les objets s'envolent dans les airs. C'est de cette manière qu'on devine sa présence, même lorsqu'il est « déguisé ».

— Qu'attends-tu exactement de moi ? interrogea Peggy.

— Je sais que tu as triomphé des pièges incroyables du mirage [1], chuchota la vieille dame. Dans le monde des sorcières, ces choses se colportent vite. Nous espérions que tu pourrais t'attaquer aux forgerons des nuages et… détruire leurs aciéries.

— Rien que ça ! s'exclama Peggy.

— Tout le monde compte sur toi, supplia Granny. J'ai parlé en ton nom au conseil du village, je leur ai affirmé que tu étais la seule capable d'en finir avec les ennemis du papillon.

— Et maintenant ils attendent que j'accomplisse un miracle ! grogna la jeune fille. Merci de m'avoir demandé mon avis !

— Nous sommes dans une situation impossible, plaida la vieille dame. Il n'y a que des gens paisibles à Shaka-Kandarec, aucun d'eux ne serait capable de se lancer dans une telle aventure. Toi, tu en as l'habitude.

1. Voir *Le Sommeil du démon*.

« Je savais bien que c'était un piège ! gronda mentalement le chien bleu. Nous nous sommes fait berner dans les grandes largeurs ! La foudre va nous tomber dessus et nous transformer en côtelettes calcinées ! »

— Il y a un télescope dans le grenier, insista Katy Flanaghan. Sers-t'en pour examiner les nuages, au moins.

— D'accord. Allons-y.

Grand-mère ouvrant la marche, ils se hissèrent au grenier par un escalier en colimaçon. Peggy et le chien bleu furent assez surpris de ce qu'ils découvrirent là-haut. En effet, un énorme moteur en porcelaine occupait tout l'espace. Certaines pièces étaient en bois, d'autres en pierre taillée. Des lanières de cuir actionnaient des roues dentées de granit. Devant la baie vitrée trouant le toit, trônaient un volant, un levier de vitesse… et le fauteuil du conducteur.

— C'est le poste de pilotage de la maison roulante, confirma Katy Flanaghan. Tu vois, il y a même des essuie-glace sur la fenêtre. Le moteur ne comporte aucune pièce métallique susceptible d'attirer la foudre. Il faut avoir une certaine habileté pour ne pas verser dans les virages, mais je dois reconnaître que le jeune Doggerty se débrouille plutôt bien. Le télescope est ici.

Peggy s'approcha de la baie vitrée qui tenait lieu de pare-brise. Une antique lunette d'astronomie montée sur trépied pointait sa lentille vers le ciel. La jeune fille se pencha pour amener son œil droit à la hauteur de l'oculaire.

— Mais… mais… balbutia-t-elle. *Il y a des animaux là-haut !*

— Oui, fit Katy Flanaghan. On peut effectivement marcher sur les nuages. Je n'ai aucune idée de la matière qui les compose.

— Je vois des vaches ! lança Peggy. Et un âne… Ils… ils broutent une espèce d'herbe blanche.

— Les nuées sont comme des îles volantes, confirma la grand-mère. Quand la tourmente se lève, il arrive qu'elle emporte des animaux dans les airs, comme n'importe quel cyclone. Tu as dû voir ça à la télévision. Ici, puisque les nuages sont solides et qu'ils volent bas, il arrive que les bêtes enlevées par la bourrasque échouent à leur surface. Évidemment, il ne leur est guère possible de redescendre.

— Mais l'herbe ? s'étonna l'adolescente. Je les vois brouter.

— Le vent charrie des graines, du pollen… ces semences échouent, elles aussi, sur le nuage. Et, lorsqu'il pleut, elles germent. Bien plus vite que sur la terre. C'est ainsi qu'on voit une curieuse végétation pousser là-haut. De l'herbe blanche, des arbres blancs. Il faut l'admettre et ne point s'en étonner.

Peggy Sue tourna la molette de l'oculaire pour parfaire la mise au point. La brume enveloppant le cumulo-nimbus rendait les images floues. Elle eut beau explorer la surface moutonneuse, elle ne releva aucune trace des mystérieux forgerons.

« Il est possible que la nuée soit un camouflage, songea-t-elle. Une espèce d'enveloppe qui dissimulerait un vaisseau de guerre immobilisé en vol stationnaire. »

— Vois-tu le papillon ? demanda anxieusement Katy Flanaghan.

— Non, fit Peggy, mais le ciel est vaste. Quand le papillon devient visible, de quelle couleur est-il ?

— Généralement jaune et bleu, répondit sa grand-mère. Toutefois, il est capable de changer de couleur.

— Il fonctionne comme un caméléon ?

— Oui, un peu. Je suppose qu'il est capable de prendre la couleur du ciel, de se fondre dans le décor s'il en a envie. Nous n'avons jamais vraiment cherché à entrer en contact avec lui. (Elle fit une pause avant d'ajouter d'un ton las :) Je suis trop vieille aujourd'hui pour affronter les forgerons, je n'en ai plus ni la force ni le courage. Mes pauvres trucs de sorcière seraient sans effet. C'est à toi de prendre le relais, d'empêcher la destruction du papillon, car c'est cela qu'ils complotent. Un jour ou l'autre, la foudre le frappera mortellement, et Shaka-Kandarec ne connaîtra plus jamais le bonheur.

— D'accord, capitula Peggy, je vais réfléchir à ce que nous pouvons faire.

# 7

# Les visiteurs sont priés de ne pas se pencher au-dessus des abîmes S.V.P.

Peggy Sue et le chien bleu passèrent une mauvaise nuit car les feulements des chats rouges s'affrontant dans la lande les réveillèrent toutes les heures. Le lendemain matin, en sortant de la maison, la jeune fille eut la surprise de découvrir Sean Doggerty qui l'attendait dans le jardin. D'abord, elle faillit ne pas le reconnaître car il s'était décrassé pour la circonstance et avait passé des habits propres. En fait, il avait un visage assez amusant, avec un nez comme une petite pomme de terre, et des cheveux si roux qu'ils paraissaient orange vif. Ses mains énormes jaillissaient des manches de son veston trop court.

— B'jour ! dit-il en touchant sa casquette de l'index. Ta grand-mère m'a demandé de venir réviser le moteur de la maison et de regonfler les roues. Quand j'aurai fini, j'en profiterai pour t'expliquer ce qui se prépare.

— D'accord, fit Peggy.

« Il est amoureux de toi… chuchota dans sa tête la voix du chien bleu.

— Arrête ! ordonna la jeune fille. On se connaît à peine.

— Quelle importance ! répliqua l'animal. Si tu le regardes trois secondes de plus, il va devenir aussi rouge que ses cheveux. »

Affreusement gênée, Peggy se détourna en bredouillant une excuse maladroite.

Le chien bleu n'en faisait jamais d'autres ! Maintenant elle allait être incapable d'adresser la parole à Sean sans devenir elle-même rouge comme une pivoine. C'était horriblement gênant, surtout avec Sebastian toujours entassé dans sa valise ! Il n'entrait pas dans ses intentions de jouer les séductrices.

« Allons ! Allons ! ricana le chien bleu. Toutes les filles aiment ça. Et puis il y a encore de la place dans la valise. Tu pourras y ranger Sean Doggerty quand il se sera transformé en pop-corn sous l'effet d'une quelconque malédiction ! »

Peggy décida de ne pas répondre à la provocation. Le chien bleu se conduisait avec elle comme un frère trop taquin. Elle l'adorait, mais parfois elle avait également envie de lui envoyer de solides coups de pied dans le derrière. « L'un n'empêche pas l'autre, n'est-ce pas ? » comme disait grand-mère Katy.

— La maison est en bon état ? demanda-t-elle quand Sean la rejoignit au terme de ses diverses vérifications.

— Oui, Mam'zelle ! fit-il en s'essuyant les mains à un mouchoir affreusement crasseux qu'il venait de tirer de sa poche. (On avait l'impression que 40 000 personnes s'étaient mouchées dedans !) Elle est équipée d'un sacré bon moteur. J'aime bien la piloter. Avant, je conduisais celle du voisin, mais elle est trop lente, mal équilibrée. La dernière fois on a perdu la cheminée en grimpant la côte de Préjoli.

— J'avoue que j'ai du mal à me représenter toutes ces maisons en train de se poursuivre sur la route, fit Peggy, pour dire quelque chose. (En fait, elle se sentait horriblement embarrassée. Et les joues lui cuisaient comme un hamburger sur la plaque chauffante d'un fast-food.)

— Sûr que c'est pas commun, grogna Sean. Mais on n'est pas là pour faire gentiment la causette. Je dois te mettre au courant de la procédure de sécurité.

Peggy Sue examina l'azur. Elle ne distingua rien à l'horizon. Si l'insecte fabuleux était un as du camouflage, il serait difficile de le repérer ; surtout s'il s'appliquait à prendre la couleur du ciel !

— C'est le calme avant la tempête, dit le garçon d'une voix soudain changée.

— À quelle altitude vole-t-il ? demanda l'adolescente.

— Ça dépend, grommela Sean Doggerty. Avant, il planait haut dans le ciel, si bien qu'on encaissait peu de turbulences. Aujourd'hui, il se déplace presque en rase-mottes, pour avoir le temps de corriger sa trajectoire lorsque les éclairs le prennent pour cible. Dès qu'il repère la lumière de la foudre, il change de cap, et, comme il est près du sol, ses ailes brassent l'air à la manière d'une tornade. Nous prenons ces gifles de plein fouet, et ça secoue dur. Quand le vent se lève, mieux vaut rester chez soi, c'est sûr...

— Je commence à comprendre pourquoi tu cherches à quitter Shaka-Kandarec, fit Peggy.

— *Le bonheur!* ragea le garçon, ils n'ont que ce mot à la bouche. Je suis d'accord, le bonheur c'est bien, mais pas à n'importe quel prix. Avant, c'était cool, mais depuis que les forgerons se sont mis à fondre les étoiles pour fabriquer des éclairs, c'est devenu intenable.

Peggy plissa les yeux pour scruter l'horizon. Elle *sentait* une présence, quelque chose d'indéfinissable.

— Tu ne vois rien? demanda Sean.

— Non, fit la jeune fille. Tu penses qu'il est déjà là?

— C'est possible, fit le garçon. S'il s'est rendu transparent, il plane peut-être au-dessus de nos têtes sans bouger les ailes. Il lui suffit pour ça de se caler dans les courants ascendants et de se laisser porter... comme un cerf-volant.

— Peut-il rester invisible indéfiniment?

— Non, je ne crois pas. « Fabriquer » de l'invisibilité implique une grosse consommation d'énergie. S'il maintenait trop longtemps son camouflage, il mourrait d'épuisement. Il va réapparaître. Il ne peut pas faire autrement.

— Alors les forgerons le prendront pour cible?

— Oui, entre eux c'est la guerre totale. Ils vont encore une fois essayer de l'abattre, et lui va les défier en nous accordant notre dose annuelle de bonheur.

Peggy aspira l'air à pleins poumons.

— Le papillon, murmura-t-elle. A-t-il une odeur ? Un parfum qui le trahirait ?

— Non, fit Sean. Mais, parfois, la poudre de ses ailes tombe en pluie, et tout ce qu'elle touche devient invisible. Si tu vois quelque chose disparaître, cela signifiera que le papillon est en train de planer au-dessus de toi. Ça l'amuse de faire la nique à ses ennemis.

— Oui, fit Peggy avec un sourire. Je l'imagine bien passant au ras des nuages par simple provocation.

— Ta grand-mère a dû te le dire, soupira Doggerty. Avant, il restait plusieurs mois dans la région. À présent, il se contente d'un petit tour de piste et se dépêche d'aller hiberner à l'abri de ses ennemis.

— Où ça ?

Le jeune homme désigna un point vague, au-delà des collines.

— Là-bas s'ouvre un gouffre, expliqua-t-il. Un ancien volcan. C'est un puits où règne la nuit totale. On raconte qu'il mène au centre de la terre. Le papillon y plonge une fois son tour du monde fini. Il passe là tout l'hiver et ressort au printemps. Voilà pourquoi on l'appelle le papillon des abîmes. Je t'y mènerai cet après-midi, mais il faudra être prudent.

*

Ils pique-niquèrent sur un talus. Sean improvisa un déjeuner en tirant de ses poches les nourritures les plus diverses : saucisson bleu parfumé à la violette, fromage rose aux myrtilles, biscuits secs à la farine de tourlouzine. Pour se désaltérer, ils burent à une fontaine.

— Cette eau est-elle pure ? s'enquit Peggy.

— Je pense, répondit le jeune homme. Comme tu as pu le voir, nous n'avons ici ni industrie ni voitures. D'une certaine manière, les orages nous ont rendu service en nous poussant à nous débarrasser des objets métalliques. Difficile de se lancer dans une mécanisation intensive dès qu'on doit se contenter d'utiliser le bois, la glaise…

Peggy se demanda si cette eau serait capable de redonner forme humaine à Sebastian. Il lui faudrait essayer le plus vite possible. Son absence lui serrait le cœur.

— À partir de maintenant, tu vas devoir faire ce que je te dis, annonça Sean Doggerty au moment de reprendre la route. Je ne plaisante pas. Le gouffre est un endroit dangereux. La plupart du temps, il ressemble à un volcan éteint, mais, parfois, il se réveille et se met à aspirer tout ce qui l'entoure.

— Et le papillon s'y cache ?

— Oui… Certains pensent que le tunnel conduit dans une caverne géante, où la bestiole hiberne pour reprendre des forces.

Sean se tut car le paysage changeait. Peggy remarqua que les arbres étaient inclinés du même côté.

— Tout penche, murmura-t-elle. Les arbres, les clôtures. Même l'herbe semble « peignée » dans le même sens.

— C'est à cause de l'aspiration, expliqua le garçon. Quand elle se déclenche, les oiseaux sont emportés, eux aussi.

— Mais quelle est la raison de ce phénomène ?

Sean se gratta la tête.

— Je crois que l'aspiration est là pour aider le papillon à plonger dans le gouffre, dit-il. Quand il arrive au-dessus de Shaka-Kandarec, il est épuisé, il n'aurait pas la force de descendre au centre de la terre, alors l'aspiration se charge de le convoyer vers sa cachette secrète, là où il panse ses blessures, où il attend que ses ailes cicatrisent.

— Hé ! aboya un homme de forte carrure qui venait de jaillir d'une baraque penchée. Qu'est-ce que vous fichez ici ? Vous entrez dans la zone interdite. À partir d'ici, vous devez vous conformer aux règles de sécurité.

Les sangles d'un sac à dos rempli de briques lui sciaient les aisselles, et il était équipé d'énormes chaussures plombées, comme un scaphandrier.

— Ah ! c'est toi, Doggerty, fit-il en identifiant Sean. As-tu mis des cailloux dans tes poches ? (Se tournant vers Peggy, il ajouta :) Il faut le faire sans attendre, Mademoiselle, sinon l'aspiration vous arrachera vos vêtements et vous vous retrouverez toute nue !

— Je te présente Samuel Paddington, le gardien du gouffre, lança Sean à l'adresse de Peggy Sue. Il faut lui obéir, ou bien il ne nous laissera jamais passer.

— Ça, c'est bien vrai ! gronda le colosse. Vous êtes bien trop maigres !

Il avait le visage tout déformé, comme si l'aspiration lui avait déporté le nez et la bouche sur la gauche. De ce côté-là, son oreille était beaucoup plus grande… et terriblement décollée.

— Je monte la garde, expliqua Paddington en se radoucissant. Sans moi, des tas de gens en profiteraient pour se jeter dans l'abîme.

— C'est vrai ? s'exclama Peggy.

— Oui, fit l'homme. Ils s'imaginent qu'en sautant dans le vide ils tomberont dans la cachette du papillon et qu'ils y vivront plus heureux qu'ici. On ne peut pas les laisser faire. On ne sait pas ce qu'il y a en bas.

— Ça n'empêche que des dizaines de types ont déjà sauté, grogna Sean. On ne les a jamais revus.

— En tout cas, marmonna Paddington, ils ne sont pas tous morts. De temps à autre, ils écrivent un message sur les ailes d'un oiseau et le jettent dans le tunnel. Bien sûr, la bestiole se dirige vers la lumière et finit par remonter à l'air libre. J'en ai capturé plusieurs.

— Vous avez pu lire ce qui se trouvait inscrit sur leurs ailes ? demanda Peggy.

— Oui, fit Paddington d'un air renfrogné, ça disait : *Venez nous rejoindre ! C'est merveilleux ici !* Mais moi je n'y crois pas. Je pense que c'est un piège pour nous convaincre de nous jeter dans le vide. Oui, c'est ce que je pense. Un piège démoniaque.

Après avoir remercié l'étrange sentinelle, les deux adolescents rebroussèrent chemin.

Peggy Sue avançait sans un mot. De temps en temps, elle jetait un bref coup d'œil en direction des nuages.

« Je sens qu'il est là, pensa-t-elle. Il joue avec moi. Il plane en donnant à ses ailes la couleur exacte du ciel. Il est rusé. Il n'est pas fabriqué dans la même matière que les Invisibles, sinon je l'aurais déjà repéré. Sa transparence n'a rien de commun avec la leur. Sans doute vient-il d'une autre planète. »

# 8

## Épées de feu, sabres de lumière, tonnerre dans la nuit…

Le papillon était là, Peggy Sue en avait la conviction. Elle fixait le ciel jusqu'à s'en faire mal aux yeux, guettant le moment où l'insecte trahirait sa présence.

— Tu le vois ? ne cessait de lui demander le chien bleu.

— Non, répondait la jeune fille. Il n'est pas de la même race que les fantômes. Ce serait trop facile. En outre, ses pouvoirs sont beaucoup plus puissants que les miens. Si tu veux une comparaison, je dirais que je suis une pauvre sarbacane… et lui un vaisseau spatial hérissé de canons lasers. S'il veut rester invisible, je ne pourrai pas vaincre ses enchantements. Pas de doute, il est très fort.

— Tu crois qu'il est là ?

— J'en suis certaine. Il a beau essayer de battre des ailes le moins possible, de petits indices trahissent sa présence. Ainsi, les courants aériens émiettent la poudre qui les recouvre. Quand cette poudre tombe sur le sol, elle se dépose sur les objets et les rend invisibles. Tu vois cette maison, là-bas ? Il y a une heure, elle avait une cheminée… À présent elle n'en a plus.

— C'est vrai, ma foi, jappa le chien bleu. Et… et là-bas, n'est-ce pas un lapin sans tête qui gambade dans la lande ?

— Exactement, souffla Peggy. Le papillon est en train de saupoudrer la campagne de poudre d'invisibilité. C'est dingue ! Quand on regarde bien, on s'aperçoit que de nombreuses choses se sont volatilisées.

Dès lors ce fut comme un jeu. Les deux amis scrutèrent le paysage à la recherche de nouvelles anomalies. Là où la poudre s'était déposée, s'ouvraient à présent des « trous visuels » pour le moins cocasses : le toit d'une maison était devenu transparent, si bien qu'on voyait tout ce qui se passait à l'intérieur. Dans un champ, un paysan occupé à travailler avait reçu une pleine poignée de poussière magique sur la tête ; ses cheveux avaient disparu, ainsi que sa calotte crânienne. Ne s'étant rendu compte de rien, il bêchait avec ardeur, le cerveau aussi nu que sur l'illustration anatomique d'un manuel de sciences naturelles.

— Tout de même, ça fait drôle, dit Peggy en frissonnant.

— Hé ! suggéra le chien bleu soudain inquiet. Il serait peut-être plus prudent d'aller chercher un parapluie.

— Tu as raison, approuva la jeune fille. Nous sommes trop exposés.

Ils se dépêchèrent de regagner la maison.

— Granny ! lança Peggy en courant vers Katy Flanaghan, il se passe des choses bizarres !

Et elle évoqua les prodiges auxquels elle venait d'assister.

— C'est très mauvais, grommela la vieille dame. Si les forgerons nous observent (et je ne doute pas qu'ils le fassent !), ils comprendront vite ce qui est en train de se produire. Aussitôt, il commenceront à nous bombarder d'éclairs, au hasard, dans l'espoir d'atteindre le papillon.

— Comme à la bataille navale ? demanda Peggy.

— Exactement ! Si les nuages deviennent noirs au cours des prochaines heures, c'est que les seigneurs des forges ont mis des étoiles à fondre en prévision de l'attaque. C'est terrible, j'espérais que nous disposerions d'un peu plus de temps.

— Qu'est-ce qu'on peut faire ? s'enquit l'adolescente.

— Pas grand-chose, soupira Katy Flanaghan. À part espérer que la foudre ne nous frappe pas. Quand les forgerons renversent leurs bassines, ils ne se soucient pas d'épargner les humains. Les pommiers-paratonnerres capteront une grande partie de l'énergie des éclairs, mais ils ne sont pas assez nombreux pour tout absorber, nous serons forcément touchés.

Peggy sentit une boule se former dans sa gorge.

— Je grimpe au grenier, annonça-t-elle, j'observerai les nuages au moyen du télescope.

— D'accord, acquiesça Granny Katy. Moi, je vais préparer les chats de sérénité. Si les gens voient le ciel noircir, ils prendront peur et accourront ici pour louer des matous bien blancs.

*

Comme l'avait prévu Katy Flanaghan, les nuages s'assombrirent. Le spectacle de ces masses d'un noir charbonneux suspendues dans un ciel d'un bleu éclatant avait quelque chose d'étrange. En braquant le télescope sur les forteresses volantes, Peggy repéra, à travers la silhouette cotonneuse des cumulo-nimbus, des rougeoiements de mauvais augure.

— On dirait une aciérie en plein travail, chuchota-t-elle. Regarde-moi ça ! On distingue des jets d'étincelles.

— Alors c'est qu'ils ont mis une étoile à fondre, dit l'animal. Le bombardement est imminent. Crois-tu que le papillon va prendre la fuite et plonger dans le gouffre pour se mettre hors de portée ?

— Je ne pense pas, lâcha Peggy Sue. Il ne renoncerait pas. Il va prendre plaisir à narguer ses ennemis. Peut-être espère-t-il que nous l'aiderons ?

*

Le rez-de-chaussée s'emplit bientôt des supplications des clients venus louer un matou en prévision de l'orage. Ils étaient si nombreux qu'une file d'attente serpentait à travers le jardin. Tous exigeaient des chats d'un blanc immaculé.

— Ça va être une nuit horrible ! cria quelqu'un. C'est un coup à mourir de peur. Il nous faut des chats de sérénité, sinon nos cheveux auront blanchi au lever du jour.

— Deux pour moi ! cria une commère. À mon âge je pourrais avoir une crise cardiaque.

— Calmez-vous ! gronda Granny Katy. Si vous continuez comme ça, il n'y en aura pas pour tout le monde. Vous feriez mieux de nous aider, ma petite-fille et moi, à combattre les forgerons !

— Plus tard ! Plus tard ! hurlèrent les voix, d'abord les chats !

— Si je vous donne des chats, vous vous ficherez pas mal de ce qui va arriver ! riposta Katy Flanaghan.

— Ça vaut toujours mieux que de mourir de peur ! siffla quelqu'un. Assez de bavardage : les matous ! Vite !

— Deux pour moi, je suis très impressionnable ! D'abord j'ai une ordonnance du médecin. Voyez, c'est écrit noir sur blanc : *en cas de frayeur, caresser deux chats bien blancs...*

Peu à peu, le vacarme diminua. Quand Peggy et le chien descendirent, ils trouvèrent Granny Katy effondrée dans un fauteuil.

— Ces crapules m'auraient arraché les yeux si je ne leur avais pas donné ce qu'elles réclamaient, soupira la vieille dame. J'ai honte de les encourager à la lâcheté, mais sans moi ils seraient fichus de périr de frayeur dans la nuit.

— Les nuages sont très noirs, annonça Peggy. On distingue la lueur d'une forge en transparence.

— Alors c'est pour ce soir, fit sa grand-mère d'une voix lasse.

*

La grand-mère, la petite-fille et l'animal descendirent dans le jardin scruter le ciel que le soleil couchant faisait rougeoyer. Maintenant que la lumière baissait, on distinguait mieux les étincelles des forges cachées au cœur des nuages.

— La fonderie tourne à plein rendement, maugréa la vieille dame. Encore une étoile qui ne brillera plus au firmament. À ce rythme-là, la voûte céleste sera bientôt totalement obscure au-dessus de Shaka-Kandarec.

Peggy Sue, elle, se demandait où se cachait le papillon. Il lui semblait, par moments, localiser de curieux mouvements dans le ciel. Des formes éphémères que l'œil avait à peine le temps d'enregistrer, et qui s'effaçaient sitôt entrevues. Elle ne doutait pas d'être la seule à les distinguer.

— Il est fatigué, dit-elle. Il a usé trop d'énergie, il ne pourra plus maintenir bien longtemps son camouflage invisible, si grands soient ses pouvoirs.

— Oui, fit tristement Granny Katy, et c'est ce qu'attendent les forgerons.

— Que se passera-t-il si la foudre touche la maison ? s'enquit Peggy Sue.

— Elle prendra feu, soupira sa grand-mère. Les éclairs sont si rapides qu'on n'a guère le temps de les éviter. Et cela, même si l'on met le moteur en marche. Une maison ne bouge pas aussi vite qu'une voiture, et, à vouloir jouer les as du volant, on risque fort de renverser la baraque dans le fossé.

— Là ! hurla mentalement le chien bleu avec tant de force que Peggy et sa grand-mère eurent l'impression qu'une aiguille à tricoter leur traversait le cerveau. *Il est en train de redevenir visible !*

— Oui ! balbutia l'adolescente, il… il est gigantesque !

Elle n'exagérait pas. Une chose mal définie, de la taille d'un avion de ligne, brassait l'air à deux cents mètres du sol.

— Ça ressemble à un tapis volant, fit le chien bleu. On dirait une couverture emportée par le vent… Ou encore la voile d'un navire.

Au-dessus de leurs têtes, le papillon luttait de toute évidence pour essayer de rester translucide le plus longtemps possible, hélas, il n'en avait plus la force. D'étranges crépitements électriques parcouraient ses ailes qui tantôt apparaissaient, tantôt disparaissaient.

*Et soudain, les forgerons passèrent à l'attaque…*

Éberluée, Peggy vit une coulée de lumière étincelante ruisseler d'un nuage, comme si, là-haut, on avait renversé une énorme marmite remplie d'or en fusion. Une explosion formidable lui comprima les tympans, et le tonnerre se mit à rouler sur la plaine. On eût dit que mille milliards de chevaux à sabots d'acier galopaient sur une prairie de métal. La terre trembla. Peggy crut que les os de son squelette se déboîtaient, que ses dents sautaient de ses gencives, les ongles de ses doigts, et les yeux de ses orbites. Jamais elle n'avait entendu le tonnerre gronder avec une telle fureur. Elle vit les lèvres de sa grand-mère bouger sans comprendre les mots qu'elles formaient.

— Bouche-toi les oreilles ! hurla la vieille dame. *Bouche-toi les oreilles ou tu vas...*

Peggy Sue obéit.

Une nouvelle déflagration secoua le monde. La voûte céleste semblait un œuf occupé à se fissurer, un œuf rempli de lave en fusion.

Partie du nuage à l'état liquide, la foudre avait rapidement pris la forme d'un zigzag aux bords acérés.

« On dirait la lame d'une épée ! » songea Peggy.

Elle n'était pas loin de la vérité, le sabre de lumière virevoltait dans le firmament à la recherche du papillon. Plus il descendait, plus il durcissait, se changeant en harpon flamboyant. Sa pointe frôla l'aile droite de l'insecte fabuleux, l'écornant légèrement. Une seconde plus tard, l'éclair percutait le sol de la lande avec la puissance d'une fusée venue du fond de l'espace. Peggy Sue et sa grand-mère furent projetées au milieu des plantations de salades qui amortirent leur chute.

Le ciel avait à présent l'allure d'un volcan en éruption. Tous les nuages vomissaient une bave couleur d'or, une bave de dragon enragé. Le papillon voletait avec adresse entre ces coulées, évitant les unes, frôlant les autres. Cent fois, Peggy Sue le crut sur le point d'être transpercé par la foudre, épinglé en plein ciel par un éclair mieux ajusté que les autres.

« Non ! Non ! » pensait-elle, et son cœur s'emballait à l'idée que la créature fantastique puisse s'enflammer sous ses yeux.

Les doigts enfoncés dans les oreilles, elle essayait de se protéger le plus possible de l'effroyable vacarme de la foudre. Jamais elle n'avait entendu pareille fureur.

Les éclairs s'enfonçaient dans la terre tels des fers de lance. On les entendait grésiller au contact de la tourbe humide. C'était un spectacle apocalyptique à faire dresser les cheveux sur la tête. Peggy comprenait pourquoi les villageois s'étaient précipités au cours de l'après-midi pour louer des chats de sérénité.

\*

Enfin l'orage cessa, faute de combustible. Toutes les étoiles fondues avaient été utilisées. Là-haut, sur les remparts moutonneux des nuages-forteresses, les marmites laissaient goutter leurs dernières larmes d'or liquide. Le papillon géant avait mis la nuit à profit pour disparaître dans les ténèbres.

Peggy ôta les doigts de ses oreilles. La tête lui tournait, ses idées s'emmêlaient comme la laine entre les griffes d'un chaton. Quand sa grand-mère lui parla, la voix de la vieille dame lui parut provenir de l'autre bout du monde.

Alors, seulement, elle réalisa que le chien bleu, faute de mains, n'avait pu se protéger les tympans durant l'horrible cacophonie. Les yeux hagards, il titubait au milieu des salades.

« Ça va ? lui demanda mentalement la jeune fille. Tu as l'air tout bizarre… »

L'animal ne lui répondit pas. Avec stupeur, Peggy comprit que le cerveau du chien ne contenait plus aucune information… Il était aussi vide qu'une disquette qu'on vient de formater.

« Hé ! insista-t-elle, cédant à la panique. Tu me reconnais ? Réponds ! »

Mais elle ne percevait qu'un bruit de friture.

Granny Katy lui toucha l'épaule.

— Laisse, dit-elle. Je connais ça, c'est à cause de la foudre. Quand on ne se bouche pas les oreilles, le son produit par les éclairs agit à la manière d'un effaceur. La foudre est tombée près de lui, et comme les chiens ont les tympans très sensibles ton frère ne sait plus qui il est. Il ne sait même plus aboyer. Si tu le souhaites, on peut le laisser comme ça, ce serait un bon moyen d'avoir la paix. Je le trouve trop insolent.

— Non ! protesta Peggy. Je veux qu'il redevienne comme avant ! C'est vrai qu'il est parfois agaçant, mais je l'aime tel qu'il est !

Granny haussa les épaules.

— Je disais ça pour toi, fit-elle. Ce n'est pas tous les jours qu'une fille a la chance de pouvoir rendre son frère muet.

— Ce n'est pas mon… commença Peggy, mais elle n'alla pas plus loin.

— Suis-moi, ordonna la vieille dame, j'ai ce qu'il faut dans mon laboratoire pour lui restituer ses facultés.

Il s'agit d'un sirop magique. On en boit une cuillerée, et les souvenirs vous reviennent.

— Comme si on réinstallait les données « système » sur un ordinateur ? s'enquit Peggy Sue.

— Je ne comprends rien à ce que tu dis ! éluda Granny. Pour moi, c'est du chinois ! La magie, c'est bien plus simple que l'informatique.

Elle entraîna sa petite-fille dans une pièce voûtée, encombrée d'étagères et de fioles. Un énorme crapaud y dormait, posé sur un gros livre. Il ronflait et pétait comme cent diables. Grimpant sur un escabeau, Katy Flanaghan saisit divers flacons dont les étiquettes portaient les mentions : *homme, femme, petite fille, garçonnet, chat, oiseau, cheval...*

Il y avait des dizaines de fioles couvertes de poussière. Katy les entassa dans un panier d'osier.

— Voilà, expliqua-t-elle, ce sont les sirops de mémoire. Il y en a un pour chaque espèce. Il suffit d'en faire avaler une bonne cuillerée au malade. Normalement, ça fonctionne.

— Mon chien va guérir ? insista Peggy. C'est sûr ?

— Mais oui, s'impatienta sa grand-mère. Ne traîne pas ; quand tu l'auras soigné, il faudra faire le tour des fermes et s'occuper des autres animaux. Après un orage, ils perdent presque tous la mémoire, faute de pouvoir se boucher les oreilles.

— Et si on ne les soigne pas, que leur arrive-t-il ? interrogea la jeune fille.

— Ils restent là, comme des poupées mécaniques, fit Katy Flanaghan. Ils ne savent plus ce qu'ils doivent faire. Ils oublient même de manger, c'est très gênant. Si on les abandonne à eux-mêmes, ils meurent de faim.

Peggy Sue s'empara avidement du panier. Les flacons s'entrechoquèrent avec des cliquetis de vaisselle malmenée. Sans attendre sa grand-mère, elle saisit une cuillère de bois sur la table de la cuisine et courut dans le jardin à la poursuite du chien bleu qui s'enfuit à son approche.

« Il ne me reconnaît pas, réalisa-t-elle. Il a peur de moi. Comment vais-je faire ? »

Elle essaya de l'appeler, mais, plus elle s'agitait, plus l'animal reculait. Ses yeux vides trahissaient l'égarement le plus complet. Le cœur de Peggy se serra. Misant sur la gourmandise du petit chien, elle s'agenouilla et fouilla dans le panier à la recherche de la potion qui convenait. Malheureusement, la nuit s'installait et elle y voyait mal. Ses mains tremblaient. Elle dut approcher les bouteilles de ses yeux pour déchiffrer les étiquettes : *vache… cochon…* non, ça n'allait pas !

Elle finit pas trouver ce qu'elle cherchait, deux bouteilles répertoriées sous les mentions : *petit chien* et *gros chien*. Elle ouvrit la première avec difficulté car le bouchon en était soudé par le sucre. À présent, il fallait remplir la cuillère avec le produit… et s'approcher du chien sans la renverser. Ça n'allait pas être simple car les bêtes n'aiment guère absorber des médicaments. L'animal la regarda en grognant.

« Il ne sait plus qui je suis », pensa Peggy.

Alors commença une invraisemblable poursuite à travers le jardin. Le chien bleu galopait de toute la vitesse dont il était capable. Peggy Sue renversa trois fois la cuillère. Elle perdait son sang-froid. Comprenant qu'elle ne s'en sortirait pas toute seule, elle appela sa grand-mère à la rescousse.

— Je vais l'attraper, expliqua-t-elle, le souffle déjà court. Toi, tu lui feras avaler la potion. D'accord ?

— D'accord, fit la vieille dame en saisissant la cuillère qui s'était renversée pour la quatrième fois.

Le plan s'avéra bon, et la jeune fille parvint à refermer les bras sur l'animal.

— Vite ! cria-t-elle à Granny Katy, il est trop fort, je ne pourrai pas l'immobiliser très longtemps !

Sa grand-mère se précipita, la cuillère brandie, et l'enfourna dans la gueule de l'animal.

— Voilà, dit-elle. Il n'y a plus qu'à attendre. Maintenant, ramasse le panier et faisons le tour des fermes. On devra probablement soigner quelques humains, car certains sont si occupés à caresser leurs chats de sérénité qu'ils oublient de se mettre des bouchons de cire dans les oreilles.

Peggy demeurait inquiète. Elle se retournait toutes les trente secondes pour vérifier que le chien bleu les suivait. L'animal, après avoir hésité, leur emboîta enfin le pas. Un peu rassurée, Peggy Sue lui expédia un message mental. Au lieu du grésillement qu'elle avait capté précédemment, elle entendit un étrange pépiement, comme si ses ondes mentales exploraient la cage d'un canari. En insistant, elle capta des images de nid, de graines, de vers se tortillant sur le sol…

*Que se passait-il ?* Elle s'empressa de poser la question à sa grand-mère.

— Oh ! Mon Dieu ! hoqueta la vieille dame, à tous les coups je me suis trompée de flacon. Mes yeux ne sont plus ce qu'ils étaient. J'ai dû lui faire avaler le sirop réservé aux oiseaux.

— Non ! protesta Peggy. C'est trop moche !

— Il a retrouvé la mémoire, fit Granny Katy confuse, mais il parle désormais la langue des canaris. Je vais essayer de réparer ça quand nous aurons fini notre tournée.

Peggy était très ennuyée. Elle ne comprenait rien à la langue des oiseaux, et le chien bleu lui emplissait la tête de « cui-cui » furieux.

« Il n'apprécie pas la blague qu'on lui a jouée, songea la jeune fille. Pourvu que grand-mère soit capable de réparer son erreur ! »

*

Elles occupèrent les heures qui suivirent à soigner les animaux hagards errant dans la campagne. Elles essayaient de ne pas se tromper, et vérifiaient les étiquettes des bouteilles deux fois avant d'en faire avaler le contenu aux malades.

— Tu comprends, chuchota Granny Katy, c'est un peu embêtant. Si on donne du sirop de chien à un âne, il voudra se nourrir de viande. Si on donne du sirop de vache à un petit garçon, il se mettra à brouter l'herbe de la prairie. Ses parents ne manqueront pas de venir se plaindre.

— Le chien bleu va vouloir des graines ? balbutia Peggy.

— Oui, admit sa grand-mère. En plus, il va essayer de voler. Il risque de se jeter par les fenêtres. Si je ne parviens pas à le guérir, il faudra le mettre en cage. Et lui fabriquer un perchoir, car, comme les canaris, il voudra se poser sur une balançoire.

— J'espère que tu pourras le soigner, bredouilla Peggy Sue au bord des larmes. C'est mon ami, il m'a déjà plusieurs fois sauvé la vie.

— Je ferai tout mon possible, déclara la vieille dame. C'est tout de même ton frère.

## 9

## Fous de bonheur !

Le lendemain, le papillon profita de ce que les forgerons avaient épuisé leur réserve d'étoiles fondues pour redevenir visible.

D'un seul coup, on le vit envahir le ciel, battant mollement des ailes.

Comme il faisait beau, le soleil projetait l'ombre du lépidoptère [1] sur le sol. Une ombre qui courait sur les collines et les prés en épousant le relief bosselé du paysage.

Granny Katy parut soudain prise de frénésie.

— Vite ! Vite ! se mit-elle à crier. Il faut en profiter ! Où est Sean Doggerty ? La course commence ! La course au bonheur !

Dès lors, la folie s'empara du village. Des grondements de moteur s'échappaient des maisons. Les bâtisses sortirent des jardins sur leurs grosses roues pour s'élancer sur la route telles d'énormes voitures. En quelques minutes à peine, tout le village se retrouva

1. Nom scientifique du papillon.

à la queue leu leu sur la piste goudronnée sinuant à travers la lande.

— Quelle folie ! grogna le chien bleu (enfin guéri !). On a intérêt à se cacher si on ne veut pas se faire aplatir !

— Peggy ! hurlait Katy. Qu'attends-tu ? Monte vite ! Nous partons !

Sean Doggerty s'était installé au poste de pilotage, dans le grenier, et faisait rugir les soupapes. Les roues de la maison écrasaient les graviers du jardin. Peggy souleva le chien bleu dans ses bras pour bondir sur le perron.

Sa grand-mère l'attira à l'intérieur puis ferma la porte.

— On ne peut pas rester dehors, expliqua-t-elle, quand le papillon va se rapprocher, tout ce qui est trop léger pour résister aux bourrasques produites par ses ailes s'envolera. Installe-toi dans ce fauteuil et boucle ta ceinture de sécurité. Maintenant, Sean va lancer la maison à la poursuite de l'ombre. S'il est assez habile pour éviter les chauffards, nous pourrons profiter au maximum des instants de bonheur que nous attendons depuis si longtemps.

Peggy Sue était abasourdie par la tournure des événements. Toute la demeure brinquebalait, comme sous l'effet d'un séisme.

— Ne t'inquiète pas, lui lança sa grand-mère. Les meubles sont vissés dans le plancher. Cramponne-toi aux accoudoirs de ton fauteuil et laisse-toi aller !

La vieille dame souriait, ses yeux brillaient d'excitation. Peggy Sue regarda autour d'elle. À l'intérieur des buffets, la vaisselle s'entrechoquait affreusement. À présent que la maison dévalait la colline pour rejoindre la piste, on avait l'impression qu'elle allait se renverser sur le flanc d'une seconde à l'autre.

Granny Katy ne semblait pas s'en soucier. Confortablement assise devant la baie vitrée, elle scrutait l'ombre gigantesque qui courait sur le sol, se déformant au hasard des creux et des bosses.

— Plus vite, Sean! hurlait-elle en tapant des pieds. Ce petit prétentieux de Jerry MacMullen va nous doubler!

Peggy Sue avait refermé ses bras sur le chien bleu et le serrait contre sa poitrine, sans cette précaution, la pauvre bestiole n'aurait cessé de rouler d'un bout à l'autre de la demeure tel un vulgaire ballon.

— Oooh! gémit l'adolescente, j'ai le mal de mer. Je crois que je vais vomir.

— Je vais me démantibuler, gémit le chien. Mes os sont en train de se déboîter!

La maison avait atteint la route. Elle roulait en grondant; on eût dit un monstrueux camion. Une course insensée s'était engagée entre les demeures du village. La mairie essayait de doubler l'école primaire qui, elle-même, zigzaguait pour faire une queue de poisson à l'épicerie. Les moteurs rugissaient, les cheminées crachaient des panaches de fumée noire.

Certaines maisons, placées entre les mains de conducteurs imprudents, penchaient dangereusement dans les virages. Tout le monde semblait vouloir lutter pour la première place.

— On dirait qu'il veulent gagner le Grand Prix, s'étonna Peggy Sue. Pourquoi est-ce si important d'être les premiers à atteindre l'ombre du papillon ?

— Parce que les premiers instants de bonheur sont de meilleure qualité, expliqua Granny Katy. Ensuite, quand trop de monde s'y déplace, l'ombre s'épuise, et le bonheur, à force d'être trop partagé, perd en intensité.

Peggy serra les dents. Elle craignait par-dessus tout de voir la maison basculer dans le fossé au prochain tournant. L'ombre se dérobait toujours ; elle filait comme si elle n'entendait pas se laisser rattraper.

— Le papillon ne peut pas ralentir, dit Granny Katy. Sinon il tomberait. Le problème, c'est que les moteurs des maisons sont trop poussifs. Pour être performants, il nous faudrait des machines de fer… C'est impossible à cause des orages.

Mais Sean Doggerty conduisait bien. Il réussit à se placer en tête du peloton, devançant la boulangerie et le moulin d'Angus MacCormick.

— Nous sommes les premiers ! trépignait Granny Katy, excitée comme une fillette. Nous sommes les premiers !

Effectivement, l'ombre se rapprochait, mouvante, ondulant telles ces raies colossales qui se déplacent au fond de la mer. Et soudain, la lumière baissa. La nuit se fit dans la salle à manger.

« Nous y sommes, pensa Peggy Sue. Nous venons d'entrer dans la zone d'obscurité. »

Presque aussitôt, un curieux sentiment d'allégresse déferla sur elle, lui donnant le vertige.

Elle était… incroyablement heureuse d'être assise dans ce vieux fauteuil délabré. Jamais elle n'avait vécu quelque chose d'aussi fabuleux. Elle en avait les larmes aux yeux. Comme il était beau, ce fauteuil ! Comme elle l'aimait ! Jamais elle n'avait connu de fauteuil aussi gentil, aussi adorable… Il ne lui manquait que la parole. Peut-être, en s'appliquant, parviendrait-elle à lui apprendre à marcher, à faire le beau, comme un chien ? Elle s'assiérait dessus, et il la promènerait à travers le monde sur ses quatre pieds. Ce serait formidable. Et puis, il y avait ce tapis… usé, taché, mais si extraordinaire. Une vraie carte de l'univers. Elle aurait pu le contempler jusqu'à la fin de ses jours. On aurait dû l'accrocher dans un musée ! Sûr, il était beaucoup mieux que la Joconde ! Ses traces de semelles boueuses étaient bien plus jolies !

*Et puis…* Et puis, il y avait ce gobelet ébréché sur la table. *Comme il était mignon !* Peggy en serait tombée amoureuse. Pour un peu, elle l'aurait supplié de l'épouser sur-le-champ ! Quel mari formidable il aurait fait ! Toutes les filles le lui auraient envié. Jamais on n'avait vu de gobelet aussi adorable.

Le chien bleu, lui, regardait fixement une pantoufle oubliée. Peggy lut dans l'esprit de l'animal qu'il venait de prendre la décision de consacrer sa vie à ce chausson, de le défendre contre tous ceux qui lui voudraient du mal. Oui, c'était décidé, il transporterait cette pantoufle dans sa gueule, partout où il irait. D'ailleurs, il allait lui apprendre à s'exprimer par télépathie parce que, pour le moment, il avait un peu de mal à lire dans ses pensées.

Granny Katy semblait perdue dans la contemplation du paysage. Des larmes de bonheur coulaient sur ses joues.

Alors, Peggy Sue perdit la notion du temps. Pendant toute la durée de la course, elle s'abandonna aux rêveries amoureuses que lui inspirait le gobelet ébréché qui roulait sur la table au gré des cahots. Elle en avait oublié Sebastian, elle ne pensait plus qu'à son nouvel amour. Elle n'osait lui adresser la parole. Elle cherchait désespérément comment l'aborder en lui disant quelque chose d'amusant.

\*

Quand la maison s'immobilisa, faute de carburant, aucun de ses occupants n'aurait pu dire si l'on avait roulé un siècle ou deux. L'ombre s'éloigna à la suite de son propriétaire qui battait des ailes entre deux nuages. Peggy Sue eut l'impression de s'éveiller d'un rêve interminable et épuisant. Elle défit sa ceinture de sécurité et sortit de la demeure en titubant. Elle faillit se faire écraser par la quincaillerie du village qui fonçait à tombeau ouvert en laissant derrière elle un panache de fumée. C'était d'ailleurs la seule maison encore en piste ; toutes les autres avaient dû renoncer à poursuivre l'ombre du lépidoptère, faute de carburant. Quelques-unes avaient raté un virage et s'étaient renversées dans le fossé ; elles reposaient sur le toit, les quatre roues en l'air, telles des tortues retournées.

Les gens erraient dans les champs, un sourire béat leur fendant le visage. Ils paraissaient ivres, incapables de marcher droit. Certains parlaient tout seuls.

Peggy secoua la tête. Elle avait la cervelle embrumée. Elle gardait un souvenir confus de ce qui venait de se passer.

« Je ne me rappelle qu'une chose, se dit-elle. J'étais incroyablement heureuse.

— C'est vrai, fit le chien bleu qui l'avait suivie. Mais tu étais amoureuse du gobelet posé sur la table.

— Et toi d'une pantoufle ! répliqua la jeune fille. Je crois que pendant un moment nous avons bel et bien perdu la boule !

— Exact, fit l'animal. Mais c'était incroyablement fort. Je comprends que les gens d'ici en soient fous au point de ne plus pouvoir s'en passer. »

Ils se turent car Granny Katy sortait de la maison. Elle riait toute seule.

— C'était merveilleux, n'est-ce pas ? lança-t-elle d'une voix chevrotante. J'aurais pu contempler cette prairie pendant des siècles… Jamais aucun artiste ne parviendra à peindre quelque chose d'aussi beau. C'était si extraordinaire que j'en avais envie de pleurer.

Ni Peggy ni le chien bleu n'osèrent la contredire.

# 10

## Agent Peggy Sue, en mission spéciale

Au terme de cette folle journée, l'insecte disparut à l'horizon, laissant les villageois désemparés.

— Il va revenir, c'est certain, annonça la grand-mère de Peggy. Mais nul ne peut prévoir quand. Ce peut être demain ou dans une semaine.

Le passage du papillon au-dessus des fermes avait fait s'envoler beaucoup de choses. Des animaux, principalement.

— Certaines vaches ne sont pas redescendues, soupira Granny Katy. Elles ont fini par s'échouer sur les nuages.

— Elles sont condamnées à rester là-haut ? s'enquit Peggy Sue.

— Pas si quelqu'un va les chercher, murmura sa grand-mère. Si tu allais les rejoindre, par exemple, tu pourrais leur fixer un parachute sur le dos et les pousser dans le vide.

— Des vaches-parachutistes ! s'esclaffa Peggy, tu te moques de moi ?

— Pas du tout. C'est ainsi que nous procédons d'ordinaire. Les fermiers passent l'hiver à coudre des parachutes pour leurs animaux en prévision de ce genre d'accident. Le tout, c'est de trouver quelqu'un d'assez courageux pour les emporter sur les nuages.

— Et comment ce héros grimpe-t-il à cette altitude ?

— Grâce à un petit ballon dirigeable… La nacelle est assez vaste pour emporter assez de parachutes.

Peggy Sue fronça les sourcils. Depuis trois secondes, elle sentait que sa grand-mère avait une idée derrière la tête.

— Assez tourné autour du pot, fit-elle. Tu veux que je grimpe dans ta fichue montgolfière, c'est ça ?

Granny baissa les yeux, gênée.

— Oui, avoua-t-elle. Vois-tu… Les vaches, ce n'est qu'un prétexte, un alibi pour te permettre d'aller jeter un coup d'œil du côté des hauts fourneaux où l'on fond les étoiles.

— Oh ! je comprends, souffla l'adolescente. Tu veux que j'aille espionner les forgerons.

— Exactement, admit la vieille dame. S'ils croient que tu viens récupérer les animaux égarés, ils ne diront rien. Ils ne s'occuperont même pas de toi. Je pense que c'est une bonne ruse.

— Ça pourrait marcher, admit Peggy. Mais tu avais préparé ton coup, n'est-ce pas ? Ces vaches ne se sont pas envolées par hasard.

— Non, dit Katy Flanaghan. J'avais demandé au fermier de les laisser gambader dans les champs. Je savais que tu accepterais cette mission.

Peggy Sue réfléchit. Une idée venait de lui traverser l'esprit, une idée dangereuse, mais qui méritait d'être creusée.

— Pourquoi nous en tenir à une simple mission d'espionnage ? murmura-t-elle. Pourquoi ne pas profiter de mon escapade là-haut pour détruire la forge ?

Granny écarquilla les yeux, éberluée.

— Mais… balbutia-t-elle, mais, ma petite-fille, nous ne savons pas faire ça. Tu seras seule, comment pourrais-tu venir à bout des forgerons ? Pour détruire la forge, il faudrait une armée… ou des explosifs. Nous n'avons rien de tout ça.

— Mais si, insista l'adolescente. Vous disposez des pommiers-paratonnerres. Tu m'as dit que leurs fruits constituaient de véritables bombes. Il me suffirait d'une petite pomme pour venir à bout de ceux qui vous persécutent.

— Une pomme… répéta la vieille dame, frappée de stupeur.

— Écoute, c'est simple, expliqua Peggy. Je pars en emportant le fruit enveloppé dans un étui. Une fois là-haut, je fais semblant de récupérer les vaches et je me débrouille pour m'approcher des hauts fourneaux. Je trouverai bien un moyen de les saboter.

— Ce sera dangereux, fit Katy Flanaghan.

— J'en ai conscience, dit Peggy. Mais le papillon ne résistera pas éternellement aux éclairs. Quant à vous, la foudre finira par vous détruire tous. Il faut prendre le taureau par les cornes.

— Je dois réfléchir, marmonna Granny. Ce que tu me proposes est très risqué.

— Je n'irai pas là-haut toute seule, précisa Peggy Sue. J'emmènerai le chien bleu, la pomme à foudre… *et Sebastian.*

— Qui est Sebastian ? s'étonna sa grand-mère.

Peggy dut lui expliquer que Sebastian se trouvait présentement dans une valise, sous la forme d'un sac de sable de trois kilos.

— C'est un garçon courageux, martela-t-elle. Si vous me procurez de l'eau pure, je pourrai lui faire reprendre forme humaine, une fois là-haut, sur le nuage. Il m'aidera dans ma mission.

Katy porta la main à son front.

— Ça va trop loin, grommela-t-elle. À l'origine je voulais seulement que tu me ramènes des informations sur les forgerons. Ensuite, j'aurais essayé de les vaincre en ayant recours à la magie.

— Ta magie n'y suffira pas, soupira Peggy. Je sens bien qu'il s'agit de créatures dotées de pouvoirs formidables. Je ne veux pas me montrer impolie, mais tu n'es qu'une petite sorcière de campagne en comparaison.

— Tu as sans doute raison, fit la vieille dame avec une grimace d'amertume. Il me faut demander l'avis du conseil des anciens. De l'eau pure, dis-tu ? Sean Doggerty pourrait aller en puiser dans la montagne, à l'endroit même où jaillit le torrent. On ne peut pas trouver une eau plus pure dans toute la région.

— Parfait, fit Peggy dont le cœur battait plus vite maintenant qu'elle savait le « retour » de Sebastian imminent. Ici, il ne fait pas chaud. Une fois reconstitué, mon ami pourra conserver sa forme humaine pendant plusieurs jours. Tu m'as dit qu'il y avait de l'eau sur les nuages ?

— Oui, des mares… elle est sans doute pure, mais il vaut mieux ne pas courir de risque et emporter celle du torrent. Je vais demander à Sean Doggerty de se mettre en marche sans tarder. Je lui donnerai deux bidons à remplir. J'espère que cela suffira.

*

À peine Sean eut-il pris le chemin de la montagne que Katy Flanaghan se rendit au village pour convoquer le conseil. Ce ne fut pas facile car de nombreuses maisons étaient restées en panne sur la piste, et l'on n'avait pas encore réussi à les réparer, si bien que la bourgade, dépouillée de la plupart de ses édifices, avait pris l'allure d'un hameau.

Le maire et ses conseillers ne firent aucune difficulté pour accorder à Peggy Sue la liberté de partir en guerre contre les forgerons. Ils craignaient par-dessus tout que les hauts fourneaux ne se remettent à fondre d'autres étoiles.

— Si la région devient trop dangereuse pour lui, le papillon l'évitera, décréta le chef du village, et nous ne connaîtrons plus jamais le bonheur des choses simples.

Il est capital d'en finir avec les fabricants d'éclairs. Si ta petite-fille pense être capable de le faire, Katy Flanaghan, je lui donne carte blanche.

La grand-mère de Peggy Sue n'était qu'à moitié satisfaite de cette décision. Elle pensait, en effet, que le maire en prenait un peu trop à son aise.

— Qu'importe, fit Peggy avec un haussement d'épaules. Allons plutôt cueillir une pomme.

À cette seule idée, Granny pâlit.

— Ce sera dangereux, répéta-t-elle. Leur peau est comme du cuir, mais, à l'intérieur, elles sont vides… ou plutôt remplies d'une énergie invisible qui n'attend que l'occasion de s'échapper. Un simple trou, et ce sera la catastrophe. La pomme libérera d'un coup toute la foudre comprimée entre ses flancs. Je n'ose même pas imaginer ce qui se produira alors.

— Si on réfléchit trop, on finira par se faire tellement peur qu'on ne tentera rien, soupira l'adolescente avec sagesse.

Alors qu'ils se mettaient en marche (à la tombée de la nuit pour ne pas courir le risque d'être vus des forgerons !), la voix du chien bleu résonna dans la tête de Peggy, elle disait :

— Tes histoires de pommes à foudre me fichent la trouille. Si ça continue, mon poil va devenir blanc. Il me faudra alors changer de nom. Je n'y tiens pas. *Le chien blanc…* on dirait une marque de shampooing pour caniche !

Peggy Sue ne tint pas compte de ces récriminations. Sur les pas de sa grand-mère, elle prit la direction de la colline au sommet de laquelle se dressait le pommier magique.

— Dis à ton frère de monter la garde, souffla Granny. Dès que nous aurons cueilli la pomme, il se peut que les cochons sentent son odeur et nous attaquent. Nous serons alors dans une bien mauvaise position. Rappelle-toi : si la pomme crève, si elle est écrasée, l'explosion nous réduira en compote humaine.

— Tu n'as pas trouvé d'étui ? s'inquiéta la jeune fille.

— Si, répondit la vieille dame, mais ce n'est qu'un coffret de cuir. Les mâchoires des cochons n'auront aucun mal à le broyer comme un trognon de chou.

Elles chuchotaient dans l'obscurité, conscientes de courir un grand danger. Le chien bleu s'était posté en sentinelle aux abords de l'arbre. Le museau tendu, il flairait la nuit. Si les porcs se manifestaient, il tenterait de les effrayer en projetant dans leur cervelle rudimentaire des images menaçantes. Hélas, il n'était pas certain d'être en mesure de repousser une invasion. Que se passerait-il si une douzaine de gorets se lançaient à l'assaut de la colline ?

Granny Katy déverrouilla la grille encerclant le pommier au moyen d'une petite clef rouillée.

— Tu devras grimper toute seule dans les branches, murmura-t-elle à sa petite-fille. Je suis trop vieille pour de telles acrobaties. Fais attention de n'écraser aucun fruit.

— D'accord, haleta Peggy, le cœur battant.

« C'est comme si je me déplaçais dans un champ de mines, pensa-t-elle. Je ne dois pas oublier que chacune de ces pommes renferme autant d'énergie qu'une centrale atomique. »

À cheval sur une grosse branche, elle hésitait, les mains tremblantes. Elle avait les doigts poisseux de transpiration et craignait de laisser échapper le fruit qu'elle s'apprêtait à cueillir.

Brusquement, le chien bleu lança un message d'alerte qui grésilla dans le cerveau de l'adolescente :

« Attention ! Les cochons arrivent ! Ils sont nombreux ! Je ne pourrai pas les retenir au-delà de trois minutes. »

Peggy Sue se dépêcha de choisir une pomme pas trop grosse et la cueillit. Ce ne fut pas facile, car elle s'avéra solidement fixée sur la branche. En outre, la jeune fille n'osait serrer les doigts de peur de l'écraser. La peau avait une curieuse texture qui rappelait le cuir.

« Elle ne pèse rien, songea Peggy. On la dirait creuse. »

Un concert de grognements la ramena à la réalité. Il fallait descendre et s'enfuir avant l'arrivée des cochons. Passant de branche en branche, elle sauta sur le sol.

— Vite ! L'étui… souffla sa grand-mère d'une voix altérée par la peur.

Peggy desserra les doigts et laissa rouler la pomme diabolique au creux de l'écrin de cuir.

Les cochons surgirent des ténèbres, masse confuse et grognante. Dans la nuit, ils ressemblaient davantage à des rhinocéros qu'à de simples gorets.

« Est-ce un effet de la peur ? songea Peggy. Ou bien se transforment-ils, la nuit venue ? »

Bien campé sur ses pattes, le chien bleu bombardait les porcs d'images mentales représentant une armée de charcutiers occupés à aiguiser leurs couteaux. Cette menace paralysa les cochons pendant deux minutes, mais la gourmandise reprit le dessus, et ils recommencèrent à avancer. Peggy Sue et sa grand-mère couraient aussi vite qu'elles pouvaient, toutefois l'adolescente ne cessait de regarder par-dessus son épaule pour vérifier que le chien bleu n'était pas en danger.

— Ne reste pas en arrière, lui cria-t-elle mentalement. Rejoins-nous !

— J'arrive, haleta le petit animal. Je ne peux plus les tenir en respect. Ils veulent cette pomme, rien ne les arrêtera.

Ce fut alors une course terrible dans les ténèbres. Le galop des cochons faisait trembler le sol, et leurs grognements semblaient ceux d'une horde de démons jaillis des abîmes.

Peggy Sue tremblait à l'idée de trébucher et d'écraser dans sa chute l'écrin contenant le fruit explosif.

Il s'en fallut d'un cheveu que les trois fugitifs ne soient rattrapés par les porcs en furie, et c'est avec un soupir de soulagement que Granny Katy claqua la porte de la maison au nez du troupeau. Le chien bleu, hors d'haleine, se laissa tomber sur le tapis en tirant une langue aussi longue que sa cravate.

Peggy posa l'étui de cuir sur la table. Ses doigts tremblaient tant qu'elle manqua de le laisser tomber.

Les porcs tournèrent longtemps autour de la maison. Parfois, ils s'enhardissaient jusqu'à donner des coups de groin dans les volets. Granny leur jeta différents sortilèges sans parvenir à les effrayer ; la gourmandise était, chez eux, plus forte que la peur. Finalement, ils s'enfuirent à l'aube, après avoir saccagé le jardin et mangé toutes les fleurs.

*

Sean Doggerty redescendit de la montagne, deux bidons d'eau pure accrochés à une perche. En entendant le liquide clapoter entre les flancs de métal, Peggy Sue sentit son cœur battre plus vite. La métamorphose allait-elle s'accomplir ou bien serait-elle une fois de plus affreusement déçue ? Sebastian lui manquait.

— Voilà, tout est là, constata Granny Katy. Sean va nous aider à monter le ballon dirigeable et à rassembler les parachutes. Quand tout sera prêt, tu pourras t'envoler.

# 11

## L'île de coton

Dans la nacelle en osier du ballon dirigeable, Sean et Granny Katy placèrent une dizaine de parachutes spécialement conçus pour les animaux, ainsi qu'un panier contenant un chat de sérénité bien blanc.

— Tu en auras besoin, déclara la vieille dame à sa petite-fille. Quand tu seras là-haut, si tu as trop peur, n'hésite pas à le caresser, de cette manière tu retrouveras ton sang-froid. On n'est jamais trop prudent.

Peggy Sue n'osa pas refuser, mais elle doutait que le chien bleu et le petit félin fassent bon ménage. Elle chassa ce problème de son esprit car elle avait d'autres soucis. Elle venait en effet de sortir le précieux sac de sable de sa valise et le retournait en tous sens pour s'assurer qu'il n'était pas troué. Quand elle le transporta dans la nacelle, Sean Doggerty crut qu'il s'agissait d'un lest et voulut l'accrocher à la rambarde, avec les autres. Il ne comprit pas pourquoi Peggy le lui arrachait des mains avec une telle fureur.

— Hé ! lança-t-il. Cool ! On se calme. Ce n'est que du sable.

Enfin, tout fut prêt. Une fois le brûleur allumé, l'enveloppe du ballon commença à gonfler sous l'effet de la chaleur. La nacelle tira sur ses amarres, ne demandant qu'à s'élever dans les airs. Peggy et le chien bleu s'y tenaient, coincés entre les parachutes et le panier d'osier du chat de sérénité.

Granny Katy agita la main et Sean Doggerty trancha les cordes au ras des piquets. Le ballon fit un bond dans le ciel. Peggy crut que son estomac allait se décrocher. Elle n'osait regarder en bas de peur de vomir son petit déjeuner sur la tête de sa grand-mère.

— On monte vite ! hoqueta le chien bleu. *Ooooh !* je sens que je vais avoir le vertige !

Peggy se cramponna au rebord de la nacelle. Le ballon lui faisait l'effet d'une balançoire accrochée entre deux nuages.

La montgolfière prenait rapidement de l'altitude. La tête levée, Peggy Sue scrutait les nuées derrière lesquelles se cachaient les redoutables forgerons. Elle ne parvenait pas à se faire une idée exacte de la matière constituant les cumulo-nimbus au milieu desquels elle évoluait à présent. On aurait dit du coton… mais un coton caoutchouteux, dont la consistance rappelait celle de la crème à raser. La blancheur de ce paysage lui faisait mal aux yeux, et elle regretta de ne pas avoir emporté de lunettes noires.

— C'est immense ! s'exclama le chien bleu. D'en bas on ne s'en rend pas compte.

Il disait vrai. Maintenant qu'elle les frôlait, l'adolescente prenait conscience que les nuages constituaient de véritables îles flottantes hérissées de pics, de montagnes… Des vallons, des ravins creusaient leur surface moutonneuse. Tout semblait sculpté dans une neige compacte, aux contours bien dessinés.

— Je pense que c'est un camouflage, lança-t-elle à l'adresse du chien bleu. Quelque chose se dissimule sous cette enveloppe. Des vaisseaux venus de l'espace, probablement.

Il fallait jeter l'ancre sous peine de continuer à monter. Peggy se pencha par-dessus la nacelle et fit basculer le grappin dans le vide pour qu'il s'accroche à une saillie. Enfin, le ballon s'immobilisa. L'adolescente manœuvra le treuil pour raccourcir l'amarre et se rapprocher du nuage. Elle avait, au préalable, réduit la flamme du brûleur afin que l'air chaud cesse de pousser le ballon vers le haut.

— On va sauter, annonça-t-elle au chien bleu. Dès que tu seras en bas, je jetterai les parachutes. Essaye de ne pas en prendre un sur la tête.

— D'accord, bredouilla l'animal. J'espère que la surface du nuage n'est pas trop caoutchouteuse et que je ne rebondirai pas à dix mètres de haut, comme sur un trampoline.

Malgré leurs craintes, le débarquement se déroula sans encombre. Une fois le chat de sérénité et les parachutes à vaches déposés sur le nuage, Peggy saisit le sac de sable sur lequel elle avait écrit « Sebastian », et sauta dans le vide. Elle s'enfonça jusqu'aux chevilles dans une matière molle, élastique, mais qui n'était pas de la neige. Il y avait beaucoup de vent, aussi regretta-t-elle de n'avoir pas emporté de pull.

Elle eut un regard pour le ballon. Le brûleur allait bientôt s'éteindre, l'enveloppe se dégonfler. Pour rejoindre la terre, on devrait utiliser les parachutes, à cette idée, elle éprouva un pincement à l'estomac.

— Qu'est-ce qu'on fait ? demanda le chien bleu qui grelottait, englouti à mi-ventre dans le « coton » imma-culé du nuage.

— On va d'abord explorer les lieux, décida Peggy. Ensuite on s'occupera des vaches naufragées. Il faut donner le change aux forgerons. N'oublie pas qu'ils sont peut-être en train de nous observer.

— D'accord, soupira l'animal. Faisons la chasse aux vaches. N'importe quoi pourvu que nous bougions, je crève de froid.

Tout était incroyablement blanc. Peggy Sue avait le plus grand mal à se persuader qu'elle était bel et bien éveillée. Progresser dans la « neige » se révéla assez compliqué car la matière constituant le nuage avait quelque chose de collant qui rappelait le sucre filé des « barbes à papa ». Les premiers arbres apparurent, plantés au milieu d'une prairie d'herbe blanche. Leur tronc avait la couleur de la neige, leurs feuilles égale-ment. Des animaux trottinaient sur cette lande. Des vaches, des ânes, et même un cheval. Si les derniers arrivants offraient au regard une apparence normale, les plus anciens pensionnaires avaient, eux, perdu toute couleur. D'une pâleur de spectre, ils broutaient l'herbe blanche sans manifester la moindre curiosité pour les visiteurs débarqués de la montgolfière.

Comme Peggy ouvrait la bouche pour s'étonner de ce prodige, une forme se détacha de la masse nuageuse avec laquelle elle se confondait, et s'approcha. L'adolescente crut d'abord qu'il s'agissait d'un bonhomme de neige (ou plutôt, en l'occurrence, d'un bonhomme de nuage !), puis elle comprit qu'elle se trouvait en présence d'un humain « décoloré », dont la peau, les cheveux, et même les vêtements avaient pâli jusqu'à devenir d'un blanc immaculé. Avec sa barbe qui lui tombait à mi-poitrine, l'homme avait tout d'un père Noël ayant déteint au lavage.

— Salut ! dit-il d'un ton jovial. Ça fait bien longtemps que personne n'a osé monter ici. Tu viens récupérer les vaches, j'imagine ?

— Oui, mentit prudemment Peggy. Il s'en est envolé un peu trop lors de la dernière bourrasque. Les fermiers ne sont pas contents.

— Tu n'es pas d'ici, grogna l'homme en prenant soudain un air méfiant. Ça s'entend à ton accent.

— Non, fit l'adolescente, je suis en vacances chez ma grand-mère, j'essaye de me rendre utile.

— Ah ! ricana le barbu, c'est pour ça qu'ils t'ont choisie. Ils sont bien trop trouillards pour grimper ici.

« Méfie-toi ! grésilla la voix du chien bleu dans l'esprit de la jeune fille. Ce type me fait l'effet d'être un peu bizarre. Ses pensées sont confuses. Il cache quelque chose. »

— Vous habitez ici depuis longtemps ? s'enquit Peggy.

— Ouais, ricana la créature décolorée. Je m'appelle Angus, j'étais valet de ferme. Je recevais plus de coups de pied aux fesses que d'assiettes de soupe, tu peux me croire ! Un jour, mon patron – qui était le plus grand trouillard de la Terre – m'a expédié ici pour récupérer ses vaches. J'ai décidé de profiter de l'occasion, et de ne plus redescendre.

Il éclata d'un rire déplaisant qui fit reculer Peggy Sue de trois pas.

— En bas, ce sont des crétins ! siffla-t-il. Tu devrais faire comme moi. Ici, il n'y a personne pour vous donner des ordres. Pas d'école, pas de travail, pas de patron ! Je fais ce que je veux !

— Mais comment vivez-vous ? balbutia Peggy en essayant de rester souriante.

— Je ne suis pas idiot, s'esclaffa Angus. Quand mon maître m'a expédié ici, j'ai pris la précaution d'emporter des sacs de semences. Dès mon arrivée, j'ai planté tout ça. Les arbres, les fleurs, les légumes poussent vite sur le nuage. On enfonce une graine dans le « sol », et hop ! en deux semaines, on obtient un arbre adulte qui donne déjà des fruits !

— Oh ! souffla la jeune fille. Ça paraît bien.

— Oui, tu peux en être sûre, lança Angus en agitant les bras en tous sens. Viens, je vais te faire visiter.

Peggy Sue et le chien bleu durent lui emboîter le pas. L'ancien valet de ferme parlait d'une voix tonitruante, et ponctuait son discours d'éclats de rire qui auraient pu scier en deux la cheminée d'un paquebot. Il montra aux nouveaux arrivants comment il avait ensemencé le nuage, avec de l'herbe d'abord, puis des légumes. Il avait raison sur un point : la végétation ne semblait pas souffrir de l'absence de terre… Hélas, elle offrait partout le même aspect neigeux. Cette absence de couleur finissait par fonctionner comme un camouflage, et, parfois, il fallait se cogner dans un arbre pour s'apercevoir de sa présence.

— Tu as sûrement déjà fait pousser des haricots dans une boîte remplie de coton mouillé, n'est-ce pas ? demanda Angus. Ici, c'est pareil, ça fonctionne sur le même principe. Le nuage joue le rôle du coton mouillé. Un très gros coton où il est possible de faire germer des arbres fruitiers !

Il fit de nouveau entendre un rire à déboulonner les tôles du *Titanic*.

— Là, dit-il, c'est ma maison. Pour construire des murs, c'est facile. Tu ramasses de la « neige », et tu la pétris comme de la pâte à modeler. Je te montrerai comment te débrouiller, c'est un coup de main à attraper. Ici, il pleut souvent. Les vrais nuages qui nous dominent nous bombardent d'averses, alors mieux vaut disposer de quoi s'abriter. Pour t'entraîner, essaye de te fabriquer un petit igloo.

— Je ne vais pas rester, s'excusa Peggy. J'ai une tente de camping, ça suffira.

— Ne te presse pas trop, grogna Angus visiblement contrarié. Prends le temps de réfléchir. On est bien, ici. Les vaches ne meurent pas de faim. Elles continuent à donner du lait. Les arbres croulent sous le poids des fruits. Tu peux te servir, cueille ce qui te fait envie, tu es mon invitée.

— Merci, souffla Peggy. Mais… pourquoi tout est-il blanc ?

Angus se raidit, comme si on venait de lui jeter au visage une pleine poignée de limaces gluantes.

« Zut ! songea Peggy Sue. J'ai posé la mauvaise question ! »

— C'est… *c'est comme ça*, bougonna-t-il. Ça se produit à force de consommer des aliments blancs. On se décolore, mais ça n'a rien de dangereux. Et puis c'est assez beau, le blanc. C'est une couleur qui repose l'œil… une couleur qui inspire la sérénité.

— Oui, oui, se dépêcha de bredouiller la jeune fille, vous avez sans doute raison.

— Installe-toi, fit Angus, je vais ramasser de quoi nous préparer un bon repas. Le nuage est assez grand pour deux. Dans ce coin-là, tu trouveras une petite mare bien commode. Elle manque un peu de poissons, car c'est la seule chose que je n'ai pas pensé à emporter. Tu n'en as pas sur toi, par hasard ?

— Des poissons ?

— Oui, des poissons vivants, bien sûr !

— Non, c'est bête, hein ? D'habitude j'en prends toujours deux ou trois, mais là, j'ai oublié.

Angus haussa les épaules.

— Bah ! fit-il en se détournant, tu ne pouvais pas savoir.

Alors qu'il allait s'éloigner, il ajouta entre ses dents :

— Il est d'une belle couleur, ce chien…

L'instant d'après, il dévalait la colline en direction du potager fantomatique.

— Je crois qu'il parle à ses légumes, murmura la jeune fille à l'intention du chien bleu.

— Il me colle des frissons, ce bonhomme, avoua l'animal. Je n'aime pas du tout la manière dont il nous regarde.

— Tu as pu lire dans ses pensées ? s'enquit Peggy.

— Non, lâcha le chien. Il les contrôle en permanence… Ou bien son esprit est vide. On dirait qu'il neige dans son crâne.

— Il faudra se montrer prudents, décida l'adolescente.

\*

Sous prétexte d'explorer les lieux, les deux amis s'avancèrent au bord du nuage, à deux pas du vide. C'était comme de se tenir en équilibre sur l'aile d'un avion en vol, les cheveux se dressaient droit sur votre tête. Peggy ne put s'empêcher de jeter un coup d'œil en bas pour essayer d'apercevoir la maison de sa grand-mère. Le village lui parut horriblement minuscule. Elle se dépêcha de faire trois pas en arrière. Jouant les touristes, l'adolescente et le chien prirent alors la direction de la forge plantée à la pointe nord du nuage.

— On ne distingue pas grand-chose, maugréa l'animal. Les bâtiments sont enveloppés de brouillard.

— On dirait une forteresse, renchérit Peggy. Là-bas, les hauts fourneaux dessinent comme des tours.

La suie recouvrant les fours contrastait violemment avec le décor neigeux de la nuée. Le vent rabattait une odeur de charbon et de fumée refroidie. Une odeur noire de rengaine fredonnée par un chanteur enroué.

— Il ne faut pas aller par là ! fit tout à coup la voix d'Angus derrière les deux amis. Si on n'embête pas les gens de l'usine, ils vous laissent en paix. Je ne me suis jamais mêlé de leurs affaires. Bien m'en a pris, puisqu'ils ne se sont jamais intéressés à moi. Chacun doit rester chez soi, c'est la règle sur le nuage.

— Excusez-moi, je ne savais pas, lâcha Peggy Sue en feignant la timidité. De toute manière, ça n'a pas l'air très joli, par là.

— Allons déjeuner, lança Angus avec jovialité. Je t'expliquerai comment tu dois t'y prendre si tu veux t'installer ici.

L'adolescente et le chien durent se résoudre à suivre l'étrange bonhomme décoloré dans sa maison nuageuse. Le repas se composait d'œufs sur le plat, dont le jaune était aussi blanc que le blanc, de tomates blanches, d'une soupe aux légumes blancs. On but du lait de vache, qui était encore plus blanc que sur la Terre, ce qui n'est pas peu dire.

— Je tricote mes vêtements avec la laine de mes moutons, expliqua Angus. De temps à autre, je tue une vache et je tanne son cuir pour me tailler un manteau ou des chaussures. Le problème, c'est que la décoloration générale a affecté certains objets que j'avais emportés, et auxquels je tenais beaucoup. Mes livres, par exemple. Je possédais la collection complète des *Aventures du Docteur Squelette*… Malheureusement, au fil du temps, l'encre d'imprimerie est devenue blanche, si bien que les caractères sont aujourd'hui invisibles, et que les livres ont l'air de ne plus contenir que des pages vierges.

— C'est embêtant, admit Peggy.

— Même chose pour mon échiquier, grogna Angus. Les cases et les pièces noires sont devenues blanches, si bien que je m'y perds quand j'essaye de jouer une partie contre moi-même. Ça m'énerve, car il n'y a guère de distractions sur un nuage. Tu n'as pas emporté quelques bons livres avec toi, par hasard ? J'aurai le temps de les lire avant qu'ils ne s'effacent.

— Heu… non, bredouilla Peggy. Par contre, je peux vous raconter les *Aventures du Docteur Squelette*, je les connais par cœur.

La face blême d'Angus s'éclaira.

— Ah ! oui ! s'exclama-t-il, ce serait super. En échange, je te bâtirai un igloo.

Le barbu semblait aux anges. À plusieurs reprises, au cours du repas, il se baissa pour caresser le chien. Chaque fois il marmonnait entre ses dents :

— C'est beau, ce bleu…

Un peu plus tard, alors qu'il faisait visiter sa demeure à la jeune fille, il lui toucha les cheveux et murmura, comme pour lui même :

— C'est beau, ce jaune…

Peggy frissonna. Elle ne savait pourquoi, mais le curieux bonhomme l'emplissait d'effroi. Angus se montrait charmant, mais, à certains moments, un éclair farouche traversait ses yeux, et il se mettait à marmonner dans sa barbe. Il montra à Peggy Sue ses livres effacés, son échiquier, et même ses jeux de cartes où figures et dessins s'étaient eux aussi décolorés jusqu'à devenir invisibles.

— Tout cela est inutilisable, maintenant, soupira-t-il. Parfois je trouve le temps long.

— Il n'existe aucun moyen de leur rendre leurs couleurs ? s'enquit la jeune fille.

— Non, non… c'est irrémédiable, fit l'homme en détournant la tête.

« *Il ment !* murmura aussitôt le chien bleu dans l'esprit de Peggy. Il nous cache quelque chose. »

Les deux amis décidèrent d'abréger la rencontre et de prendre congé. L'homme sans couleurs les mettait mal à l'aise.

— Je vais recomposer Sebastian, décida Peggy dès qu'ils eurent quitté la maison. De cette manière, je me sentirai davantage en sécurité.

Ils s'isolèrent au creux d'une ravine, dans une sorte de grotte molle où ils entassèrent leur paquetage. Le chat de sérénité s'agitait dans son panier d'osier mais Peggy ne tenait pas à le libérer de peur qu'il ne s'échappe. Les mains tremblantes, elle ouvrit le sac rempli de sable magique et l'arrosa avec le contenu du bidon. Quand elle vit la poussière jaune prendre forme humaine, elle poussa un cri de joie. Ça marchait enfin !

Sebastian se reconstituait. Il garderait cette apparence tant que sa « chair » resterait humide, mais ici, sur le nuage, l'eau pure ne manquait pas. Dès qu'il commencerait à se dessécher, il n'aurait qu'à piquer une tête dans l'une des mares parsemant la surface de la nuée.

Peggy ne tenait plus en place, et elle dut se faire violence pour ne pas le prendre dans ses bras.

« Il est encore trop fragile, se dit-elle. Je ne dois pas le toucher, je risquerais de le déformer. »

Les larmes roulaient sur ses joues sans qu'elle s'en rende compte.

Sebastian ouvrit les yeux et sourit.

— Tu ne m'as pas oublié, murmura-t-il d'une voix enrouée. Ça fait combien de temps que je dors au fond de ta valise ?

— Presque trois mois, répondit Peggy. J'ai essayé cent fois de te faire revenir mais l'eau n'était jamais assez pure.

Le garçon fit la grimace.

— Une sale blague du démon, lâcha-t-il. J'aurais dû m'en douter. Tu as eu de la patience en tout cas. Tu aurais pu prendre un autre petit ami.

— C'est idiot ce que tu dis, souffla Peggy Sue en se penchant pour l'embrasser.

Les lèvres du garçon avaient un goût de poussière sèche, de désert. La jeune fille ne fit que les effleurer, par crainte d'en bouleverser le dessin.

— C'est bon de te revoir, murmura Sebastian. J'ai l'impression d'avoir dormi un siècle. Raconte-moi ce qui s'est passé depuis que le génie m'a réduit en poudre. Où sommes-nous ? C'est bizarre ici, on dirait un nuage.

Peggy entreprit de mettre son ami au courant de la situation. Après ce qu'il avait vécu à l'intérieur des mirages, rien ne pouvait étonner Sebastian, aussi la laissa-t-il parler sans l'interrompre.

— Le mieux serait que tu restes caché, suggéra l'adolescente. Je préférerais qu'Angus me croit seule. De cette façon, tu pourras jouer les anges gardiens si je suis en difficulté.

— D'accord, dit le garçon.

# 12

## L'ogre à la barbe nuageuse

Quand la nuit tomba, Peggy, Sebastian et le chien bleu se hissèrent au sommet d'une crête pour observer la maison de l'homme décoloré. En l'absence d'éclairage, on n'y voyait pas à trois mètres.

— Ne vous éloignez pas, chuchota l'adolescente. On ne distingue pas les limites du nuage et vous pourriez facilement basculer par-dessus bord.

— C'est vrai, admit Sebastian qui prit la main de Peggy dans la sienne. J'ai l'impression d'être enfermé dans un sac.

— Il n'y a plus assez d'étoiles au-dessus de nos têtes pour nous éclairer, expliqua le chien bleu. À force de les capturer et de les fondre, les forgerons ont transformé ce coin du ciel en trou noir.

Les trois amis avançaient à tâtons. Parvenus au sommet du monticule, ils s'allongèrent à plat ventre et se serrèrent les uns contre les autres pour se rassurer. Le vent nocturne, très fort à cette altitude, les faisait grelotter.

Peggy Sue luttait contre une horrible sensation de vertige. La peur de tomber dans le vide la faisait se blottir contre Sebastian, mais, à vrai dire, ce n'était pas désagréable…

— Hé ! s'exclama le chien bleu, regardez un peu là-bas !

La maison d'Angus venait de s'illuminer d'une lueur tremblotante comme en produisent habituellement les bougies. Toutefois, la lumière avait quelque chose de *métallique*, de scintillant, qui faisait davantage penser au reflet d'une lame de sabre bien astiquée qu'à la flamme d'une chandelle.

— J'espère qu'il ne se prépare pas à nous couper la tête… haleta Peggy.

— Je l'espère aussi, grogna Sebastian. Le nuage est si mou que votre bonhomme pourrait très bien creuser un souterrain pour se déplacer sans être vu. Ça lui serait aussi facile que de ramper sous un tapis ; il aurait ainsi la possibilité de nous surprendre au moment où nous nous y attendons le moins.

— Tais-toi ! supplia Peggy Sue, tu me donnes la chair de poule.

— Sebastian a raison, approuva le chien bleu. Ça ne doit pas être bien compliqué de forer un tunnel dans cette masse cotonneuse. Il faudra être vigilants.

Les reflets métalliques s'éteignirent soudain. « Comme si l'on venait de ranger le sabre dans un coffre… », songea Peggy.

— Il n'y a plus rien à voir, décréta Sebastian. Regagnons le campement. Je monterai la garde. Je n'ai pas besoin de dormir puisque je ne suis pas humain.

Les trois amis descendirent prudemment la colline. Ils progressaient comme des aveugles, avec une extrême prudence. Revenus dans la « grotte », Peggy et le chien se roulèrent dans une couverture. La jeune fille s'endormit en tenant la main de Sebastian.

*

Ils se réveillèrent très tôt, car leurs dents claquaient. Peggy et le chien bleu partagèrent les provisions que Granny Katy avait glissées dans le sac. Il y avait du saucisson bleu parfumé à la violette, du fromage rose aux myrtilles, des biscuits secs à la farine de tourlouzine. Sebastian, indifférent à ces victuailles, ne cessait de scruter les parois molles de la caverne, tressaillant chaque fois qu'elles se déformaient sous l'effet du vent.

— Angus pourrait très bien se cacher derrière ce mur, chuchota-t-il. En ce moment même, il nous écoute peut-être et s'amuse à nos dépens.

Peggy regarda la « muraille » cotonneuse, cherchant une ombre en transparence, une silhouette.

— *Et si c'était lui le forgeron ?* lança le chien bleu. Vous y avez pensé ?

— Non, mais c'est une sacrée bonne idée, siffla Sebastian. Il jouerait au pauvre naufragé, mais en réalité ce serait lui le maître de la forge… Pourquoi pas ?

— Voilà en tout cas une raison de plus pour se montrer méfiants, conclut Peggy Sue.

— Attention ! aboya mentalement le chien, il sort justement de chez lui… Il vient par ici !

— Je vais me cacher, lança Sebastian en creusant des deux mains dans la paroi molle de la caverne. En cas de danger, je ne serai pas loin.

En trois secondes le garçon se glissa dans la déchirure qu'il venait de ménager. Peggy s'empressa de lisser la paroi avec ses paumes pour camoufler l'ouverture. À peine avait-elle regagné sa place qu'Angus franchissait le seuil de la grotte. Il salua la compagnie d'un bonjour tonitruant et s'installa sur le sol, comme s'il était chez lui. La jeune fille, pour se donner une contenance, avait tiré du sac un stylobille, un carnet, et feignait de dessiner un plan du nuage.

— Alors, grogna Angus, comment s'est passée cette première nuit ? Pas trop froid ? Pas trop peur ?

— Il faisait noir, on n'y voyait pas à deux mètres, se plaignit Peggy. Je ne suis pas sortie de la caverne tant je craignais de tomber dans le vide.

— Ça s'est produit plusieurs fois, ricana l'homme sans couleurs. Des valets de ferme que leur patron avait dépêchés ici, comme toi… Ils ont voulu jouer les malins, alors hop ! en pleine nuit, ils ont fait le plongeon.

Baissant les yeux, il examina la carte que Peggy traçait maladroitement, et haussa les épaules.

— Tu perds ton temps, grogna-t-il. La forme du nuage n'est pas stable. Elle change tout le temps. Les vents ne cessent de la remodeler à leur guise. C'est là que réside le danger. On croit connaître le terrain, on pense pouvoir se fier à sa mémoire… mais c'est une erreur grossière. J'en ai vu basculer plus d'un qui se croyait doué du sens de l'orientation.

La chose paraissait l'amuser. Peggy remarqua qu'il ne quittait pas des yeux le stylo qu'elle tenait entre ses doigts. Il le fixait même avec une expression fiévreuse, une convoitise d'animal affamé.

— Pourrais-tu me le prêter ? demanda-t-il brusquement, j'ai… j'ai un truc à écrire… Tous mes crayons sont devenus blancs, n'est-ce pas, alors tu me rendrais bien service si…

Avant que son interlocutrice ait eu le temps de répondre, la grosse main d'Angus s'était refermée sur le stylobille.

— Je… je reviens dans un instant, bredouilla-t-il en se redressant d'un bond. Je dois noter quelque chose avant de l'oublier. Je n'ai aucune mémoire. Excuse-moi.

Interloquée, Peggy Sue le vit sortir de la grotte et s'enfuir en direction de sa demeure. Le chien bleu se lança à sa poursuite. Cinq minutes plus tard, l'animal revenait, désorienté.

— Tu ne devineras jamais ce qu'il a fait du stylo, lança-t-il mentalement à l'adolescente.

— Quoi ? interrogea Peggy Sue.

— *Il l'a mangé.*

\*

Dès lors, il devint évident qu'Angus avait un secret.

— J'en suis sûr : c'est lui le forgeron ! ne cessait de répéter le chien bleu. Il flanque par-dessus bord tous ceux qui risqueraient de le démasquer. Il est dangereux. Ne te laisse surtout pas prendre à ses airs de gros nounours. C'est un tueur.

Sebastian partageait cet avis. Il s'était fabriqué une sorte de cape nuageuse en découpant un morceau de la paroi. Une fois emmitouflé dans ce vêtement élastique, il se confondait avec le paysage et devenait presque invisible.

— Il faut en avoir le cœur net, décida-t-il. Essaye de savoir ce qu'il bricole chez lui. Je ne serai jamais loin derrière toi, s'il essaye de te faire du mal, j'interviendrai.

Peggy n'eut pas longtemps à attendre, car Angus ne tarda pas à réapparaître.

— Tu ne vas pas passer une deuxième nuit à la belle étoile, déclara-t-il d'une voix qui se voulait rassurante et plumeuse comme le duvet d'un poussin rose. Tu risques de mourir de froid. Viens donc chez moi, ma maison est assez grande pour abriter une armée. J'y fais souvent rentrer les animaux quand la température est trop basse.

— C'est gentil, j'accepte, dit Peggy Sue qui n'en menait pas large.

Au moment où elle jetait son sac sur son épaule, elle remarqua quelque chose d'insolite : *les yeux d'Angus étaient de nouveau noirs.*

« Comme l'encre du stylo qu'il a mangé... », pensa-t-elle.

L'ancien valet de ferme semblait curieusement excité. Il se frottait les mains et laissait échapper de petits ricanements dépourvus de signification. On avait l'impression qu'une porte aux charnières rouillées grinçait au fond de sa gorge.

« Il n'arrête pas de te regarder, nasilla la voix mentale du chien bleu dans l'esprit de Peggy Sue. Tu ne t'en rends pas compte, mais il te dévore des yeux. »

L'adolescente essaya de se rassurer en se répétant que Sebastian les suivait, drapé dans sa cape de nuage. Les petits yeux noirs d'Angus prenaient un relief bizarre au milieu de son visage d'un blanc laiteux.

« On dirait une image qu'on n'a pas fini de colorier, songea Peggy. À quoi rime ce tour de magie ? Grand-mère saurait sûrement me répondre, dommage qu'elle ne soit pas là. »

— J'ai préparé du lait chaud, annonça Angus. Je pensais que cela te ferait du bien après cette nuit passée à claquer des dents dans les courants d'air.

En s'asseyant dans la cuisine, Peggy s'aperçut que les flammes du foyer rudimentaire étaient blanches, elles aussi.

— Parfois je vais rôder aux abords de la forge, expliqua l'homme. Je ramasse un peu de charbon, du bois également. Cela me permet d'entretenir ce petit feu de camp.

Du doigt, il désigna le tas de houille qui occupait l'un des angles de la cuisine.

— Tu n'avais jamais vu de charbon blanc, n'est-ce pas ? s'esclaffa-t-il.

Il rit tout seul pendant une longue minute, content de sa blague. Alors que Peggy commençait à s'ennuyer, il redevint brutalement sérieux.

— J'ai une affaire à te proposer, déclara-t-il d'une voix sèche. *Je t'achète tes couleurs...*

— Quoi ? bredouilla l'adolescente qui n'y comprenait rien.

— Ne joue pas les idiotes, s'impatienta Angus. Tu as parfaitement compris de quoi il s'agit. Seule la couleur fabrique de la couleur. Si je mange des aliments colorés, je cesserai progressivement d'avoir l'air d'un bonhomme de neige. Cela ne durera qu'un temps, je le sais, mais c'est mieux que rien. Tu as des provisions colorées, je le sais. Des biscuits à la tourlouzine, je les achète car ils sont bien rouges, cela redonnera du rose à mes joues. Et puis, il y a ce chien, d'un beau bleu. Je mangerai sa chair et je tannerai sa peau. Cela me fera un joli gilet indigo.

Peggy Sue se raidit. Angus était un ogre, elle venait seulement de le comprendre.

Sur sa chaise, l'homme s'agitait.

— Je ne suis pas un monstre, plaida-t-il. Je n'aime la chair que parce qu'elle contient du sang rouge, et que ce rouge colore mes pommettes. Mais si tu avais une bouteille d'encre dans ta poche je la boirais en deux goulées parce qu'elle rendrait mes cheveux noirs. Je veux redevenir comme avant. Je veux ressembler à un humain.

Il parlait si vite que l'adolescente avait du mal à saisir le sens de ses paroles.

« C'est un vampire, pensa-t-elle, un vampire qui s'alimente de couleurs. »

Elle ne savait comment réagir. En dépit de l'horreur qu'il lui inspirait, Angus lui faisait pitié. D'ailleurs, il semblait près de fondre en larmes.

— Si tu acceptes de devenir ma servante, dit-il d'un ton suppliant, je te ferai descendre sur terre au moyen d'une très, très longue corde que j'ai récupérée chez les forgerons. Une corde qui mesure trois cents mètres. Une fois au sol, tu iras de ferme en ferme collecter les produits dont j'ai besoin. Des œufs bien jaunes, de la confiture de mûres presque noire. Du chocolat ! Beaucoup de chocolat ! Tu m'aideras à dresser une liste de tous les aliments colorés qu'on peut trouver dans le commerce. Quand tu auras terminé tes courses, tu tireras trois fois sur la corde, et je te remonterai… Qu'en dis-tu ?

« Il est fou à lier ! » pensa Peggy Sue, pleine d'effroi.

— Ne le lui dis surtout pas ! fit la voix mentale du chien bleu dans sa tête. Il serait fichu de te tordre le cou. Joue le jeu, gagne du temps !

— *Heu…* Pourquoi pas… balbutia l'adolescente. Il faut que j'y réfléchisse. Et d'abord : Qu'est-ce que ça me rapportera ? Se balancer au bout d'une corde dans le vide, c'est dangereux. Je pense qu'il serait nécessaire d'envisager une prime de risque.

— Bien sûr ! Bien sûr ! tonna Angus dont le visage s'était radouci. Je ne suis pas un ingrat. Je suis très riche, sais-tu ? Je peux rétribuer royalement tes services.

Ses petits yeux noirs scintillaient dans son visage farineux.

— Je voudrais que tu me ramènes des livres, insista-t-il. C'est ce qui me manque le plus. Des romans, mais pas trop gros, car ils s'effaceraient avant que j'aie eu le temps de les terminer.

Il se tut, conscient de s'être laissé aller.

— Tu me prends pour un fou, n'est-ce pas ? dit-il en fixant Peggy Sue. Mais tu penseras différemment quand tu commenceras à te décolorer, toi aussi. Quand tu verras ton chien devenir couleur de boudin blanc. Tes beaux cheveux blonds auront l'air d'avoir été taillés dans de la ficelle délavée. Quant à tes vêtements, fini la coquetterie ! Tu n'aura plus le choix qu'entre le blanc... et le blanc !

— Ça va ! grogna Peggy. J'ai compris. J'accepte de devenir votre servante, mais je veux savoir ce que ça me rapportera, sinon je récupère mes vaches et je redescends chez ma grand-mère.

Angus hésita. On le sentait au bord d'une grave décision. Finalement, il repoussa son fauteuil et se dressa.

— Suis-moi, fit-il d'une voix sourde, je vais te montrer quelque chose.

Peggy Sue obéit. La maison était immense, biscornue et pleine de bulles, tel un gâteau qui aurait cuit n'importe comment. L'ancien valet de ferme l'avait remplie de meubles globuleux modelés à partir du nuage. Beaucoup d'entre eux perdaient leurs contours. Après avoir longuement déambulé à travers d'interminables couloirs, Angus s'arrêta devant un coffre.

« Mon Dieu ! pensa Peggy, c'est là qu'il cache le sabre avec lequel il va me couper la tête ! »

Paralysée par la peur, elle vit Angus entrebâiller le couvercle. Aussitôt, un éclat métallique filtra du coffre, illuminant la pièce.

« *La lame !* hurla mentalement la jeune fille. *La lame !*

— Fichons le camp ! » aboya le chien bleu dont le poil se hérissait.

— Regarde ! dit Angus en plongeant la main dans la caisse. C'est la seule chose qui conserve sa couleur sur le nuage… La seule chose qui ne blanchit pas.

Peggy, qui s'apprêtait déjà à s'enfuir, fut éblouie par ce qui débordait des paumes de son interlocuteur.

— Regarde ! haleta Angus. C'est l'or des étoiles fondues ! Je vais le récupérer au pied des cuves, quand la forge est vide. Ce ne sont que des éclaboussures durcies, mais j'en possède déjà des milliers. Des éclaboussures d'or pur.

Clignant des paupières, Peggy s'approcha. Les gouttes brûlantes, en s'écrasant sur le sol, avaient pris l'aspect de pièces d'or.

« Des doublons, des écus [1]… », pensa-t-elle.

— Rien ne brille autant, cria Angus. C'est avec elles que je m'éclaire. Il me suffit d'en poser une poignée sur ma table de chevet pour illuminer ma chambre.

— L'or des étoiles… murmura Peggy Sue, le souffle court.

1. Monnaies anciennes.

Le scintillement des pépites paraissait chaud, moelleux, parcouru d'étincelles. Il s'en dégageait une fascination étrange, proche de l'hypnose. Peggy sentit qu'on pouvait facilement rester des heures à les contempler, la tête vide, un sourire béat vous coupant la figure en deux. Elle n'osa les toucher, de peur de contracter une sorte de maladie.

— Les… les forgerons vous laissent les emporter ? s'étonna-t-elle.

— Je ne les ai jamais rencontrés, fit distraitement Angus en refermant les doigts sur son trésor. Quand je me glisse dans la forteresse, les foyers sont éteints, les salles vides. Je suppose que les ouvriers dorment quelque part dans les étages. Je n'ai jamais cherché à en savoir plus. C'est pour cette raison que je suis toujours en vie. Je ne fais que grappiller les gouttelettes refroidies au pied des cuves. Pour eux, ça n'a aucune importance. Je suis une fourmi ramassant des grains de pollen.

Peggy se demanda s'il disait la vérité.

« Ne l'écoute pas ! souffla le chien bleu dans son esprit. *C'est lui, le forgeron !* »

— Si tu deviens ma servante, insista Angus, je te donnerai de l'or. Je suis très riche. Ce coffre ne représente qu'une petite partie de ma fortune. Le reste est caché.

— Si vous êtes si riche, lança l'adolescente, pourquoi ne redescendez-vous pas sur la Terre ? Vous pourriez acheter une ferme… et surtout reprendre enfin votre couleur d'origine.

122

— Non, non ! balbutia Angus. Pas encore, c'est trop tôt. Je n'ai pas assez d'or. Je veux pouvoir acheter le village, maison après maison, et en chasser les habitants ! Ils se sont trop moqués de moi quand j'étais valet de ferme. Ensuite j'achèterai la contrée… peut-être même la moitié du pays. Je mettrai tout le monde dehors. Je ne conserverai avec moi que les animaux et les livres !

Il s'exaltait. S'il n'avait pas été dépourvu de la moindre couleur, ses joues seraient devenues écarlates.

— D'accord, déclara Peggy. J'accepte de devenir votre servante.

— Tu ne le regretteras pas, dit solennellement l'homme. Voici pour sceller notre accord. Une prime d'engagement.

Et il posa dans la paume de la jeune fille une gouttelette solidifiée qui scintillait telle une larme de soleil.

Peggy Sue n'avait plus qu'une idée : prendre congé. Les lueurs émanant du coffre lui tournaient la tête.

— Si tu me sers loyalement, insista Angus, je te prêterai un miroir magique que j'ai fabriqué à partir d'une flaque d'or solidifiée. Plus on s'y regarde, plus on devient beau. Tu verras, c'est incroyable. Tes cheveux se mettront à pousser, tes cils s'allongeront, ta bouche sera plus rouge. Il te suffira de contempler ton image dans le miroir, et ton visage changera peu à peu. Ta chevelure scintillera comme de l'or, des étoiles s'allumeront dans tes yeux. Au bout d'un moment, tu seras la plus belle fille du monde. Aucun top model ne t'arrivera à la cheville.

— Génial, bredouilla Peggy. Vous me montrerez ça la prochaine fois.

— Je n'y manquerai pas, dit Angus. En attendant, va traire les vaches. Tu trouveras un seau dans la cuisine.

L'adolescente s'enfuit, soulagée d'échapper au regard de l'homme sans couleurs. Au passage, elle saisit le seau à traire et s'en fut retrouver Sebastian à qui elle rapporta sa conversation avec Angus.

— On ne peut pas rester là cent sept ans, fit observer le garçon. Va bien falloir se décider à explorer la forge.

— Le mieux est de jeter la pomme dans l'un des fourneaux pendant qu'il est éteint, énonça Peggy. De cette manière, quand les forgerons le rallumeront, elle explosera et la forge sera détruite.

— Une sorte de bombe à retardement, en somme, dit Sebastian. Oui, c'est une bonne idée.

— Le tout est de savoir qui se cache à l'intérieur du bâtiment, grommela le chien bleu. Je maintiens que c'est Angus le forgeron.

— Je vais aller explorer les lieux, déclara Sebastian.

— Pourquoi toi ? protesta Peggy Sue.

— Parce que je ne suis pas humain et qu'on ne peut pas me tuer, répondit le garçon en effleurant la joue de la jeune fille du bout des doigts. Ce qui n'est pas ton cas. Aucun projectile, aucun coup d'épée ne me blessera puisque je suis constitué de sable. Ne t'inquiète pas. Tant que la forge est éteinte, je ne risque pas de me dessécher. C'est là le seul danger. Si je tombais

124

en poussière, les forgerons m'éparpilleraient dans le vent, et je ne pourrais plus me reconstituer.

Peggy serra les dents à cette idée. Les maîtres de la forge pouvaient très bien capturer Sebastian et allumer un feu pour faire s'évaporer l'humidité qui maintenait la cohésion de son corps. Une fois sec, le jeune homme deviendrait aussi friable qu'un château de sable oublié en plein soleil. Malgré tout, il fallait bien se résoudre à passer à l'action.

— Tu vas faire diversion, dit Sebastian. Essaye d'occuper Angus, ça me laissera le champ libre.

— Hé ! lança soudain le chien bleu, je ne voudrais pas troubler vos réflexions, mais le chat s'est échappé !

Peggy bondit sur le panier d'osier. Le petit félin en avait déchiqueté le couvercle, ménageant un espace par où il avait filé.

— On ne le retrouvera pas, grogna le chien. Il est tellement blanc qu'il se confond avec le paysage.

— Ça n'a pas d'importance, soupira Peggy. Je l'avais emporté pour faire plaisir à ma grand-mère. Je suppose qu'il en avait assez d'être enfermé et qu'il n'appréciait guère de vivre à proximité d'un chien.

— Ce serait bien qu'Angus le trouve, observa Sebastian. S'il le caressait, il perdrait peut-être son agressivité et cesserait de représenter une menace pour nous. Finalement c'est sans doute une bonne chose que ce matou ait fichu le camp.

## 13

## Danger ! Pomme explosive

Drapé dans sa cape de nuage qui s'effilochait un peu, Sebastian prit le chemin de la forge. Peggy le regarda s'éloigner, l'estomac noué. Elle aurait voulu pouvoir surveiller sa progression du regard, mais le camouflage du jeune homme était efficace. Dès qu'il se fut éloigné de six mètres, il devint aussi difficile à repérer que le chat blanc. Peggy Sue ouvrit le sac à dos pour vérifier que l'écrin contenant la pomme à foudre s'y trouvait toujours. Elle ne put résister au désir d'en soulever le couvercle. Elle eut un hoquet de surprise en découvrant que le fruit, jadis jaune, était à présent d'un rouge éclatant.

— Tu l'as cueilli et il a mûri dans le noir, fit le chien bleu. Comme les tomates. C'est un phénomène bien connu.

La couleur de la pomme avait quelque chose de magique. Elle vibrait d'un éclat électrique. Peggy n'osa y toucher et referma précipitamment l'écrin.

— C'est peut-être dangereux, murmura-t-elle. J'espère que ça ne va pas exploser.

— Allons traire les vaches, proposa le chien bleu. Il faut donner à Angus l'illusion d'une parfaite collaboration.

Peggy saisit le seau et s'avança sur la plaine nuageuse. Elle avait appris à traire les vaches en camp de vacances, trois ans plus tôt. Elle avait trouvé cela plutôt amusant.

— Angus nous regarde, lui chuchota mentalement son compagnon à quatre pattes. Il s'est embusqué dans l'angle d'une fenêtre pour nous surveiller.

Pendant l'heure qui suivit, la jeune fille s'appliqua à jouer la fermière. Elle ne cessait de penser à Sebastian. Avait-il pu se glisser dans la forge ?

Tout à coup, elle perçut une présence dans son dos. Angus s'était approché sans bruit. La tête rejetée en arrière, il reniflait en produisant le même bruit qu'une nouille à travers laquelle on aspirerait de la sauce tomate.

— Vous avez un rhume ? s'enquit l'adolescente.

— Non, grogna l'homme. Il y a quelque chose de bizarre. *Ça sent la couleur…*

— Comment ?

— Ça sent la couleur ! J'ai le nez fin, je suis capable de renifler l'odeur d'une couleur primaire à cent pas. Mon flair ne me trompe jamais.

— Les couleurs ont un parfum ? s'étonna Peggy en essayant de demeurer impassible.

— Bien sûr ! s'impatienta Angus. Le jaune embaume le citron, le vert l'herbe, le bleu la violette…

mais l'odeur qui supplante toutes les autres, c'est celle du rouge. Le rouge répand une senteur de groseille. Une senteur qui vous prend à la gorge et vous fait saliver.

Instinctivement, Peggy risqua un reniflement. Elle ne détecta rien.

— Tu y crois ? demanda-t-elle mentalement au chien bleu.

— Je ne sais pas, répondit l'animal, en tant que chien je n'ai pas la même appréciation des odeurs que les humains. Ce qui vous plaît ne m'enthousiasme pas forcément. Ainsi, l'odeur de la viande un peu pourrie n'est pas sans éveiller chez moi une certaine gourmandise.

— Tais-toi ! C'est dégoûtant ! souffla Peggy Sue.

Cette discussion se déroulant par télépathie, Angus n'en eut pas connaissance. Néanmoins, il coulait vers la jeune fille des regards soupçonneux, comme s'il devinait qu'elle lui cachait quelque chose.

« Il ressemble à un ogre en quête de chair fraîche », songea Peggy.

— La groseille… répétait Angus. *Probablement un objet rouge vif qui n'était pas là auparavant.*

— Le vent l'a sans doute apporté, suggéra l'adolescente. Vous devriez aller jeter un coup d'œil au bord du nuage.

— Tu as raison, lança l'homme en s'éloignant à grands pas.

« Nom d'une saucisse atomique ! grogna le chien bleue, cette fichue pomme est en train de nous trahir !

— Je vais emballer l'écrin dans mon pull, proposa Peggy. Cela étouffera peut-être l'odeur. Il ne faudrait pas qu'Angus se mette dans la tête de la manger. Ce serait une catastrophe. »

Au même moment, Sebastian surgit tout près d'elle. La cape neigeuse dont il était enveloppé se révélait un camouflage parfait.

— J'ai tout entendu, souffla-t-il. Ce bonhomme a un nez infernal. En passant près de moi, il y a trois minutes, il a dit : « Tiens, ça sent le sable chaud ! » J'ai eu la trouille qu'il me repère.

— Tu as pu entrer dans la forge ? interrogea Peggy.

— Oui. Ça se présente sous la forme d'un grand bâtiment de brique crasseux. Une sorte d'usine avec des marmites gigantesques. Des cuves, que les étoiles fondues ont marquées de grandes dégoulinades. On dirait qu'on y a fait bouillir des milliers de lingots d'or.

— Tu as vu quelqu'un ?

— Non. J'ai parcouru les salles. Toutes désertes. Je crois qu'Angus est le seul maître de la forge. C'est un sorcier.

Peggy Sue hocha la tête.

— D'accord, décida-t-elle. Finissons-en. Je vais cacher la pomme au fond d'une cuve. Le chien bleu et toi, vous ferez le guet et me protégerez en cas de malheur.

— Je peux me charger de la pomme, proposa Sebastian.

— Non, fit Peggy. Tes mains sont faites de sable. Tu ne connais pas ta force. Tu pourrais l'écraser sans t'en rendre compte.

Elle devinait que le garçon était déçu. Comme tous ses semblables, il se sentait obligé de jouer les héros, même quand cela n'était pas nécessaire. Elle lui caressa la joue.

— Angus est rentré chez lui, lança le chien. C'est le moment ou jamais de traverser le nuage. Arrêtez de jouer les amoureux et amenez-vous !

Peggy Sue assura son sac à dos sur ses épaules et s'élança sur la lande « neigeuse », suivie de ses compagnons. Courir n'était guère envisageable car ses semelles avaient tendance à s'enfoncer dans le sol comme dans une boue blanche, un peu collante. Elle faillit percuter une vache décolorée qui se confondait avec le paysage.

Le souffle court, elle atteignit la muraille de la forge. Là aussi, les briques rouges commençaient à perdre leur couleur initiale. Elles viraient au rose bonbon. Quant à la porte de bois sombre, elle avait maintenant une délicieuse couleur chocolat au lait. « On en mangerait », songea Peggy en l'effleurant du bout des doigts.

— Ne t'arrête pas ! lui lança Sebastian. Il n'y a personne à l'intérieur. Plus vite on sera entrés, plus vite on échappera à la vigilance d'Angus.

La jeune fille faillit obéir mais son instinct lui cria de n'en rien faire. Le bâtiment dégageait une affreuse impression de danger. Sans faire de bruit, elle abandonna ses compagnons sur le seuil et se glissa dans l'entrebâillement de la porte. Aussitôt, elle porta la main à sa bouche pour étouffer un cri de surprise. *La forge était remplie de fantômes !*

Sebastian n'avait pu les voir, mais ils étaient bien là, stagnant au ras du sol tels de gros champignons aux yeux fermés. Il y en avait partout ! Sous les marmites géantes, sur les tas de charbon, entassés comme des méduses flasques rejetées par la marée.

— Les Invisibles, haleta mentalement Peggy. Ils sont ici. Les forgerons, ce sont eux ! J'aurais dû m'en douter.

— Ils t'ont repérée ? s'inquiéta le chien bleu.

— Non, ils dorment. Cela se produit parfois quand ils s'ennuient trop. Ils finissent par s'assoupir. Ils hibernent comme les tortues. Je suppose que la fuite du papillon les a privés de la petite guerre qui les amusait tant.

— Je ne distingue rien, grogna Sebastian. Pour moi, la salle est déserte.

— C'est normal, insista Peggy Sue. Personne ne peut les repérer à part moi. Rappelle-toi ce qui s'est passé dans le château du génie, là aussi tu me croyais folle.

— Bon sang ! gronda le garçon, il ne manquait plus que ça !

— Le pire, c'est qu'ils ne sont pas réellement méchants, chuchota Peggy. Leur problème, c'est l'ennui. Rien ne les amuse plus. Alors, pour se distraire, ils font des choses dingues. Ils appellent cela des « blagues ».

Et tant pis si les fameuses « blagues » causent notre destruction. Pour eux, nous ne sommes que des insectes. Pas davantage.

— Tu vas entrer là-dedans ? s'inquiéta Sebastian.

— Il le faut bien, soupira Peggy. Si je parviens à faire le vide dans ma tête, à devenir aussi creuse qu'une bouteille, ils ne repéreront pas ma présence. Mais ce ne sera pas facile. Quand je serai à l'intérieur, ne m'adressez aucun message télépathique. Il résonnerait dans mon crâne comme la sonnerie d'un téléphone ! Efforcez-vous de ne penser à rien.

Sebastian s'agita. Il n'aimait pas du tout l'idée de laisser Peggy se débrouiller toute seule au milieu des Invisibles.

— Laisse-moi faire, lui dit-elle en déposant un léger baiser sur ses lèvres. Ce n'est pas la première fois que je les affronte.

Elle feignait une assurance qu'elle était loin de ressentir. En effet, se déplacer au milieu des spectres endormis ne serait pas facile. Un rien pouvait les réveiller. Et, s'ils se liguaient contre elle, Peggy Sue aurait le plus grand mal à les repousser car ses lunettes ne fonctionnaient plus très bien ces derniers temps. Sans doute leur pouvoir magique avait-il fini par s'épuiser ?

Elle jeta un nouveau coup d'œil entre les battants, et serra les mâchoires. Il y avait là plus d'une centaine d'Invisibles. En dormant, ils avaient peu à peu perdu la forme humaine qu'ils adoptaient généralement en raison de sa commodité. Ils ressemblaient à de gros ballons dégonflés. Des ballons de baudruches transparents. Certaines de ces « méduses » avaient encore des yeux. Chez les autres, ces attributs avaient fini par se dissoudre.

« Je devrai faire attention où je pose les pieds ! » se dit Peggy Sue.

Rassemblant son courage, elle ouvrit le sac à dos pour en tirer le fruit gorgé d'énergie électrique.

— Sebastian, ordonna-t-elle, tu vas tenir l'écrin bien droit pendant que j'en sors la pomme. Ne serre pas trop.

Elle déposa l'étui de cuir dans les paumes du garçon, et s'essuya les mains sur son T-shirt car la peur la faisait transpirer. Retenant son souffle, elle souleva le couvercle… Le fruit était encore plus rouge que tout à l'heure. Il brillait tant qu'il aurait pu servir de lanterne par une nuit sans lune.

Alors que la jeune fille allait le prendre délicatement entre ses doigts, une forme blanche jaillit du nuage, bondit entre les deux adolescents… et fit tomber l'écrin.

— *Le chat !* hurla mentalement le chien bleu. Le chat de sérénité !

Tout le monde avait oublié le matou qui s'était enfui du panier, mais le petit animal, indiscernable sur le fond neigeux du nuage, avait manifestement pris les trois compagnons en filature. À présent, profitant de la surprise causée par son apparition, il jouait avec la pomme comme s'il s'était agi d'un bouchon ou d'une balle en caoutchouc.

— Attention ! hoqueta Peggy. S'il plante ses griffes dedans, nous sommes morts !

Sebastian se jeta à plat ventre pour tenter d'attraper l'animal, mais il rata son coup. Avec une rapidité et une souplesse diaboliques, le chat s'était déjà mis hors de portée. Il filait au ras du sol, poussant la pomme devant lui à petits coups de patte précis.

Le chien bleu s'élança, les crocs découverts, mais le félin s'engouffra dans un terrier minuscule où son poursuivant n'avait aucune chance de le rattraper.

— Il... il a emporté la pomme, haleta le chien. Aidez-moi à élargir l'entrée de ce tunnel... Une fois que je m'y serai faufilé, je n'aurai pas de mal à localiser ce matou du diable !

Peggy et Sebastian se dépêchèrent d'obéir. Hélas, la substance élastique du nuage – si elle se laissait distendre – reprenait aussitôt ses dimensions initiales. Le chien bleu, qui s'était déjà engagé dans la galerie, faillit périr étouffé par les parois du boyau caoutchouteux.

— Au secours ! hurlait-il. Sortez-moi de là ! J'ai l'impression d'avoir été avalé par un boa !

Peggy Sue dut le saisir par les pattes de derrière, et tirer de toutes ses forces pour l'extraire du piège où il suffoquait.

— Je suis trop gros ! cracha piteusement l'animal. Ce sale chat est beaucoup plus petit. Je suis désolé.

Peggy lui tapota le sommet du crâne pour le consoler. Toutefois, elle était terriblement inquiète.

— Le matou se promène à l'intérieur du nuage, murmura-t-elle. Quelque part sous nos pieds, dans les poches d'air du sous-sol… Et il va continuer à jouer avec la pomme comme si c'était une balle.

— Tu as raison, bredouilla Sebastian. C'est terrible. Tout peut exploser d'une seconde à l'autre.

— Oui, il suffit qu'il s'énerve et finisse pas planter ses griffes dans le fruit, ou qu'il se mette à le mordiller.

Les trois amis scrutaient le sol avec désespoir. *Où se trouvait le chat ?*

— Il faut récupérer la pomme, coûte que coûte, lança Sebastian. Essayons de creuser un trou pour rejoindre les tunnels.

— Ce ne sera pas facile, observa Peggy. On aura l'impression de piocher dans du caoutchouc. Je crois qu'Angus cache une pelle à bord tranchant dans sa maison. Je vais la lui emprunter.

— D'accord, fit Sebastian. Nous t'attendons ici.

L'adolescente s'éloigna aussi vite que le lui permettait la mollesse du nuage. Elle avait l'impression de courir sur un immense matelas de mousse où ses pieds se seraient enfoncés jusqu'aux chevilles à chaque foulée.

Alors qu'elle approchait de la demeure, Angus apparut sur le pas de la porte, les mains nouées dans le dos, l'œil soupçonneux. Il continuait à flairer le vent. Peggy Sue lui demanda fort poliment de lui prêter sa pelle.

— Ma pelle ? grogna le bonhomme. Quelle drôle d'idée ! Que veux-tu en faire ? Je n'aime pas trop les gens qui creusent. J'ai enterré mon trésor dans le ventre du nuage… J'espère que tu n'as pas l'intention de me voler, par hasard ?

— Bien sûr que non ! s'indigna la jeune fille. Mais si je dois devenir votre servante je veux me bâtir une maison convenable, comme la vôtre. Pour cela, il me faut des outils.

— Mouais… grommela Angus. N'empêche que tu sens la groseille. Tes doigts, surtout. Tu as touché quelque chose de rouge ?

— Non, mentit Peggy.

Angus fit la grimace. Ses petits yeux noirs scrutaient l'adolescente avec la puissance d'une lunette astronomique conçue pour distinguer les fourmis de la planète Pluton.

— D'accord, je te la prête, fit-il enfin, mais si je te surprends à t'approcher de mon or je t'attache comme un gigot et je te jette dans la marmite des forgerons !

Peggy Sue promit tout ce qu'il voulut et saisit la pelle dont le bord avait été affûté comme la lame d'un sabre afin de trancher la matière molle du nuage.

Elle s'enfuit, poursuivie par les regards soupçonneux d'Angus, et s'empressa de rejoindre ses amis.

— Alors ? s'impatienta Sebastian.

— Voici l'outil, annonça Peggy. Mais Angus croit que je vais tenter de voler l'or qu'il a caché dans le sous-sol. Il risque de rôder dans les parages.

— Quelle malchance ! soupira le garçon, alors que nous étions si près de réussir…

— Attendons la nuit, décida la jeune fille. La pomme est à présent si lumineuse qu'elle va sûrement briller dans le noir. Nous devrions distinguer sa lumière à travers l'épaisseur du nuage. Cela nous donnera une bonne indication sur son emplacement, et nous creuserons dans cette direction.

— Mais oui ! Tu es géniale ! s'extasia Sebastian.

*

Lorsque le soleil se coucha, ils gardèrent les yeux bien ouverts, pour s'habituer à l'obscurité et dilater leurs pupilles. Ensuite, se tenant par la main, Peggy et Sebastian se hissèrent sur une petite colline pour dominer l'étendue de la lande nuageuse. Anxieusement, ils scrutaient les ténèbres à la recherche d'une lumière voilée. À plusieurs reprises, Peggy eut l'illusion d'entendre quelqu'un respirer dans le noir, non loin d'elle.

Elle le signala mentalement à ses amis.

— J'ai entendu, confirma le chien bleu. Je pense qu'il s'agit d'Angus. Il nous surveille.

— Il est persuadé que nous allons le dépouiller, soupira Peggy. Si par malheur nous creusons non loin du lieu où son trésor est enterré, il va nous sauter dessus.

Le vent glacé leur plaquait les vêtements sur la peau. Peggy Sue se serait bien blottie contre Sebastian pour se réchauffer, mais elle n'osait pas.

Tout à coup, elle aperçut une sorte de lueur rougeâtre au milieu de la plaine.

— *La pomme !* haleta-t-elle. Elle est là, enfouie à trois mètres de profondeur. Le chat a dû se perdre dans une galerie. Le nuage semble rempli de poches d'air qui forment des cavernes.

— Trois mètres, ce n'est rien quand on creuse dans un sol aussi mou, lança Sebastian en brandissant la pelle au fer tranchant. J'essayerai de faire le moins de bruit possible pour ne pas réveiller le chat.

Ils dévalèrent la colline caoutchouteuse. Quand ils eurent atteint le centre de la lande, le garçon se mit au travail.

— J'ai l'impression de couper des parts dans un gros gâteau à la crème, grogna-t-il. Ça colle ! Ça colle !

— Dépêche-toi ! supplia Peggy. Il faut récupérer cette pomme avant que le chat ne se réveille. C'est déjà un miracle qu'il ne l'ait pas crevée.

— Patience ! souffla Sebastian qui pelletait avec rage. Encore trois minutes et…

Il n'eut pas le temps de terminer sa phrase. Brusquement, une ombre énorme surgit de l'obscurité pour lui arracher la pelle des mains.

— Je vous y prends, petits voleurs ! rugit Angus. Je me doutais bien de ce que vous manigançiez.

D'un coup de poing, il envoya rouler Sebastian à trois mètres, et, quand le chien montra les crocs, il le menaça du tranchant de son outil.

— Arrière ! Sale cabot ! gronda-t-il, ou je te coupe la tête, je tanne ta peau, et je m'en fais un gilet bleu.

Effrayée, Peggy Sue se dépêcha de retenir l'animal.

— Nous n'en voulons pas à votre or ! cria-t-elle. Nous cherchons à récupérer quelque chose qui nous appartient et qui a roulé dans une galerie.

— Et tu penses que je vais te croire ? ricana Angus.

Mais, à la seconde même, il regarda instinctivement entre ses pieds et aperçut la lumière rouge de la pomme, au fond du trou.

— Hé ? balbutia-t-il. C'est quoi, ça ?

Sa curiosité soudain éveillée, il sauta dans le cratère ouvert par Sebastian et se mit à creuser.

— Attention ! supplia Peggy. C'est très dangereux ! Ne touchez pas à cette pomme ! Si vous l'abîmez, elle explosera comme une bombe !

Mais Angus ne l'écoutait pas. Fasciné, il avait refermé sa grosse main sur le fruit magique.

— Rouge, haleta-t-il. *Si rouge...* C'est donc elle qui sentait si fort la groseille. Elle est merveilleuse ! De la couleur, de la bonne couleur ! Juste ce dont j'avais besoin !

Un sourire béat lui fendant le visage, il se hissa hors du trou. Il semblait totalement indifférent à ce qui l'entourait.

— Si belle, répétait-il, *si rouge...* Elle éclaire comme une lanterne !

— Rendez-la-nous ! s'entêta Peggy. Nous en avons besoin ! Elle ne vous appartient pas !

— Tout ce qui se trouve sur le nuage m'appartient, grogna Angus. La pomme est à moi. Je vais la poser sur ma table de chevet. Elle m'éclairera comme une petite lampe. Plus tard, je la mangerai, ct elle me fera la chair rose et la langue bien rouge.

— Non ! Surtout pas ! trépigna Peggy. Si vous y plantez les dents, nous mourrons tous !

Elle s'était jetée sur l'homme décoloré, mais celui-ci la repoussa sans peine. Oubliant la présence des enfants, il prit le chemin de sa maison.

— Cette fois, marmonna le chien bleu, nous sommes bel et bien fichus.

# 14

## Mégapomme… mégaboum !

Embusqués au sommet d'une colline nuageuse, les trois amis se relayèrent toute la nuit pour surveiller la maison. La lumière de la pomme était à présent si vive qu'elle traversait les murs de la demeure, les rendant transparents. Grâce à ce phénomène, Peggy Sue pouvait suivre les faits et gestes d'Angus. De retour chez lui, il avait posé le fruit sur la table, s'était assis sur une chaise, et avait commencé à l'admirer. Depuis plusieurs heures, il parlait à la pomme, comme s'il essayait de l'apprivoiser. Il lui disait combien elle était belle, combien il aurait plaisir à la manger.

De temps à autre, il tendait la main vers le fruit et l'effleurait sans insister.

— Belle… Belle, radotait-il. *Si rouge…* Grâce à toi, ma peau va redevenir rose, mes lèvres carmin. Je retrouverai mon apparence humaine. Je te mangerai au lever du soleil, quand ta lumière pâlira avec le jour.

\*

— Il faut lui reprendre la pomme, coûte que coûte, déclara Peggy Sue. J'ai une idée. Je vais lui offrir le chat de sérénité. S'il se met à le caresser, sa nervosité s'apaisera. Il deviendra calme, conciliant, et nous aurons alors une chance de récupérer le fruit.

— Pas bête, approuva Sebastian. Ça pourrait bien marcher… à condition de mettre la main sur le matou !

— Cherchons-le ! souffla Peggy. Toi, le chien, tu restes ici. Ne te montre pas. Tu l'effrayerais.

Le hasard fit bien les choses. Les deux adolescents trouvèrent le petit félin au pied de la colline, où il errait, décontenancé par la disparition de sa balle magique. Il miaulait, car il avait faim. La jeune fille n'eut pas de mal à le faire venir en l'appâtant avec un morceau de jambon tiré des provisions que sa grandmère avait placées dans le sac à dos.

— Et voilà ! lâcha-t-elle une fois qu'elle eut pris le matou dans ses bras. Tenez-vous prêts à intervenir au cas où les choses tourneraient mal.

Elle s'élança sur le chemin menant à la maison d'Angus. Elle frappa longuement sur la porte, car l'homme sans couleurs était si absorbé dans sa contemplation du fruit magique qu'il n'entendait rien. Il se décida enfin à ouvrir. Peggy Sue s'empressa de franchir le seuil.

— Je suis venue faire la paix, dit-elle. En signe de bonne volonté, je vous offre ce chat. Il est très affectueux.

Angus grimaça.

— *Il est blanc,* grogna-t-il. Ça ne m'intéresse pas. Si tu voulais réellement conclure un traité de paix, tu me donnerais le chien bleu.

— Et qu'en feriez-vous ?

— Je me taillerai un beau gilet dans sa peau et je mangerai sa viande. C'est très bon, le chien cuit. Les Chinois en raffolent.

Peggy Sue s'efforça de conserver son calme. Il était capital qu'Angus prenne le chat dans ses bras pour que le pelage magique de l'animal s'imprègne de sa méchanceté, et le rende aussi inoffensif qu'un morceau de gruyère. Hélas, le bonhomme reculait en secouant la tête.

— Non, non, répétait-il, il est blanc. Je ne supporte plus le blanc. Ramène-moi le chien bleu et j'oublierai tes insolences.

Le matou commençait à s'impatienter. Il gigotait entre les mains de Peggy. Dans une minute, il la grifferait pour retrouver sa liberté et elle serait forcée de le lâcher.

— Sa fourrure est très douce, bredouilla-t-elle. Vous devriez essayer de le caresser.

Elle savait qu'elle aurait dû fourrer la bestiole de force entre les mains d'Angus, mais, depuis une minute, quelque chose d'étrange lui arrivait… Une espèce d'engourdissement bienheureux lui emplissait la tête, comme si elle était sur le point de s'assoupir. Ses inquiétudes fondaient tel un cube de glace oublié au soleil. L'angoisse la quittait. *Elle était… bien !* Incroyablement calme. Elle ne comprenait même plus pourquoi elle était à ce point tendue en arrivant chez l'ancien valet de ferme.

Elle caressa le chat qui se mit à ronronner.

— Qu'est-ce qu'on disait ? dit-elle, consciente d'avoir perdu le fil de la conversation.

— Je disais que, si tu voulais vraiment faire preuve de bonne volonté, tu m'offrirais ton chien.

— Oh ! bien sûr ! dit Peggy Sue. Pourquoi pas ? Si cela peut vous rendre heureux. J'aime bien que les gens soient heureux autour de moi.

— Je tannerai sa peau pour m'en faire un gilet, et je mangerai sa viande ! insista Angus. On est bien d'accord sur les termes du contrat ?

— Oh ! oui, fit la jeune fille avec un petit rire. Tout ce que vous voulez.

Elle ne comprenait pas pourquoi cela aurait pu poser un problème. Ce n'était qu'un chien, n'est-ce pas ? Rien n'avait vraiment d'importance. Il fallait rester cool… *Super cool.*

Elle caressa le chat de plus belle. Elle se sentait d'humeur joyeuse. L'idée que le chien bleu soit transformé en gilet de cuir la fit pouffer de rire. Quelle bonne blague ! Il en ferait, une tête !

— Tiens, marmonna Angus. C'est curieux. Le matou devient rose.

— Ouais ! s'esclaffa Peggy. C'est super joli !

— Appelle ton chien, ordonna l'homme. Je vais chercher mon couteau.

— D'accord, accepta l'adolescente.

Alors qu'elle se dirigeait vers la porte, elle se demanda ce qu'elle faisait chez Angus. Ses idées étaient toutes brouillées. Une sorte de paresse s'emparait de son esprit, l'empêchant de réfléchir. Tout lui semblait drôle, amusant, sans conséquence. Elle avait une envie folle de s'amuser. D'ailleurs, tout lui semblait à mourir de rire… À commencer par ce chat qui devenait de plus en plus rose entre ses mains !

Elle s'avançait sur le seuil pour appeler le chien bleu quand Angus se ravisa.

— Hé ! lança-t-il. Il est magique, ce matou ! Tu ne me l'avais pas dit ! Il change de couleur à vue d'œil ! Ça m'intéresse ! Si je le mangeais, ses pouvoirs passeraient peut-être en moi ? Je pourrais colorer mon corps à ma guise. Une barbe rose… des cheveux bleus. Hé ! Ça pourrait se révéler fichtrement rigolo !

D'un bond, il fut sur Peggy Sue et lui arracha l'animal des bras. En une seconde, le brouillard bienheureux qui engourdissait l'esprit de l'adolescente se dissipa, et elle prit conscience du coup de folie dont elle avait été victime.

« J'étais comme anesthésiée, pensa-t-elle. Je ne me rendais plus compte de rien. »

Elle tituba et se retint au dossier d'une chaise pour ne pas tomber. Dès que les grosses mains d'Angus s'étaient posées sur le matou, le pelage de celui-ci avait foncé de manière très nette, passant du rose tendre au rose soutenu.

— Bon chat ! Bon chat ! répétait l'homme sans couleurs en approchant le petit félin de son visage. Gentil matou ! Gentil !

« Ça y est ! pensa Peggy. La magie fait son effet. Il a déjà oublié qu'il voulait le manger. Je dois en profiter ! »

Elle savait qu'elle aurait dû s'emparer de la pomme et s'enfuir en courant, mais elle était encore engourdie par le sortilège. La table sur laquelle trônait le fruit magique lui semblait à des kilomètres de l'endroit où elle se tenait.

— Bon chat ! Bon chat ! continuait à répéter Angus.

Il souriait bêtement, indifférent aux coups de griffes que le matou lui expédiait sur le nez.

Peggy réussit enfin à vaincre la paralysie qui la clouait au sol. D'un bond, elle saisit la pomme et tourna les talons. Angus n'ébaucha pas un geste pour la retenir. Il riait aux éclats. Son visage était à présent constellé de griffures sanglantes.

« Le chat devient méchant, constata Peggy Sue. Au fur et à mesure que la colère d'Angus passera en lui, il se comportera de manière de plus en plus agressive. »

Elle s'élança hors de la maison. Sebastian et le chien bleu se précipitèrent à sa rencontre.

Elle leur raconta brièvement ce qui s'était passé.

— Faisons vite, conclut-elle. Angus est tellement rempli de haine que le chat sera rouge vif dans moins d'une heure. À force de se débattre, il s'échappera, et Angus reprendra ses esprits.

— Alors il s'apercevra qu'on lui a volé la pomme ! compléta Sebastian, et nous passerons un sale quart d'heure.

— Je ne voudrais pas jouer les prophètes de mauvais augure, lança le chien bleu, mais je crois que le papillon vient de réapparaître dans le ciel. Il est encore loin, toutefois il vole dans notre direction.

— Oh ! non ! hoqueta Peggy Sue. Les Invisibles vont le sentir ! Ils se réveilleront !

— Courons à la forge ! décida Sebastian. Il n'y a plus une minute à perdre.

D'un même mouvement, les trois amis tournèrent leurs regards vers l'usine. Pour l'instant, les fourneaux étaient encore éteints. Il fallait en profiter. Peggy inspira une grande bouffée d'air et, la pomme à foudre entre les doigts, se dirigea vers le bâtiment.

— J'entrerai seule, dit-elle à ses compagnons d'un ton sans réplique. Je connais bien les Invisibles, je sais comment ils pensent. Avec un peu de chance, je parviendrai à me glisser au milieu d'eux sans les réveiller. Ils ont une sorte de « flair » mental. Si vous m'accompagnez, ils repéreront tout de suite votre présence.

— Que pouvons-nous faire, alors ? s'inquiéta Sebastian.

— Préparez l'évacuation générale. Attachez les parachutes sur le dos des vaches, des chevaux. N'oubliez pas Angus. Il a un caractère infect, mais on ne peut pas le laisser exploser avec la forge.

Arrivée au seuil de la forge, elle embrassa Sebastian, fit un clin d'œil au chien bleu, et pénétra dans le repaire des fantômes.

Ils dormaient toujours, méduses accumulées sur le sol. L'ennui les avait terrassés. Quand ils n'avaient aucune « blague » en préparation, ils hibernaient. Tout autour de Peggy Sue, l'air bourdonnait de mauvaises idées.

146

« On dirait des guêpes en colère, songea la jeune fille. Un essaim d'insectes furieux qui cherchent une victime. »

Si elle ne voulait pas se faire repérer, elle devait déguiser ses propres pensées.

« Pour eux, se dit-elle, je suis comme une mauvaise odeur. Et ma puanteur mentale est si forte qu'elle va les réveiller. »

Elle devait donc réfléchir à des choses horribles, et feindre de s'en amuser. Ainsi elle réussirait à se faufiler dans le terrier des Invisibles.

Pendant qu'elle zigzaguait entre les spectres endormis, elle imagina qu'elle coupait le chien bleu en tranches et le mettait à bouillir. Puis elle servait ce ragoût à Angus qui s'en délectait. Ensuite, elle tannait la peau de l'animal pour coudre un gilet.

Elle tremblait de voir les fantômes ouvrir les yeux. Ils étaient trop nombreux, elle ne pourrait les affronter.

Parvenue au pied des cuves, elle réalisa qu'elles étaient très hautes. Si elle lançait la pomme d'en bas, le fruit risquait de s'aplatir en touchant le fond des marmites... et donc d'exploser !

« Je dois monter, se dit-elle. Mais y a-t-il seulement une échelle dans cette bâtisse ? »

Elle eut beau chercher, elle n'en trouva pas. Elle commençait à devenir nerveuse. Les pensées des Invisibles bourdonnaient de plus en plus fort autour de sa tête.

« Ils m'ont localisée, constata-t-elle. Ils ne vont plus tarder à se réveiller. »

La pomme dans une main, elle entreprit d'escalader les montants métalliques des cuves. Cela se révéla fort difficile car l'or fondu gainait toutes les surfaces d'une pellicule remarquablement lisse, où les pieds dérapaient. En sueur, Peggy atteignit enfin le sommet de la marmite. Quand elle regarda dedans, elle eut le vertige. La cuve était aussi profonde qu'un petit volcan. Elle eut peur de perdre l'équilibre et d'y basculer. Si cela se produisait, il lui serait impossible de remonter, car les flancs de la marmite étaient entièrement recouverts d'or. Retenant son souffle, l'adolescente ouvrit la main et lâcha la pomme. Le fruit roula doucement sur la face interne de la cuve et disparut dans le fond.

« On ne le voit plus, constata Peggy avec satisfaction. Il explosera la prochaine fois que les Invisibles tenteront de fondre une étoile. »

À présent, elle devait sortir sans tarder. L'approche du papillon perturbait le sommeil des fantômes. Certaines « méduses » commençaient à bouillonner, signe manifeste d'un réveil imminent.

Peggy Sue s'échappa du bâtiment aussi vite qu'elle put. À peine avait-elle franchi le seuil de la forge qu'elle vit passer un chat rouge, feulant de rage et le dos hérissé.

« Ça y est ! soupira-t-elle. Angus est redevenu comme avant. Il ne lui a pas fallu longtemps pour épuiser la sérénité du matou. »

Sebastian surgit au détour d'un chemin et lui fit signe de le suivre.

— Angus est fou furieux, chuchota-t-il. Il cherche sa pomme partout en brandissant son grand couteau. Je lui ai proposé un parachute, mais il l'a déchiqueté.

— Tant pis pour lui, fit Peggy Sue. Les vaches sont équipées ?

— Oui, confirma Sebastian. Le chien bleu leur a mordu les fesses pour les forcer à plonger dans le vide. En ce moment, elles planent dans les airs. Il ne reste plus que nous… et Angus.

— Équipons-nous, décida l'adolescente. Il faut se tenir prêts à sauter. Dès que les Invisibles rallumeront les chaudières, le fond des marmites deviendra si brûlant que la pomme se mettra à cuire. Sa peau se fendillera, libérant d'un coup toute l'énergie qu'elle contient.

Le chien bleu courut à leur rencontre. Son parachute l'embarrassait et lui donnait l'allure d'une tortue à carapace rectangulaire.

— Le papillon arrive ! lança-t-il.

— Allons au bord du nuage, ordonna Peggy Sue, et préparons-nous à sauter.

— Les parachutes sont réglés pour s'ouvrir tout seuls, expliqua Sebastian. Pas la peine de tirer sur la poignée. Il n'y a qu'à fermer les yeux, se jeter dans le vide… et attendre.

Le vent leur apporta les vociférations d'Angus qui courait sur la lande en agitant son coutelas. Peggy, Sebastian et le chien bleu se rapprochèrent le plus possible de l'extrémité de la nuée. Lorsqu'elle regarda au-dessous d'elle, l'adolescente aperçut les vaches qui tournoyaient dans le ciel en meuglant. Le papillon emplissait toute la ligne d'horizon. Ses ailes gigantesques brassaient l'air en provoquant des bourrasques de plus en plus puissantes.

— La cheminée de la forge crache de la fumée ! aboya le chien bleu. Les Invisibles sont réveillés !

Peggy releva la tête et sentit son estomac se serrer. Un filet de suie noirâtre se tortillait au-dessus des bâtiments. Les fantômes venaient de rallumer le feu sous les marmites. Dans quelques minutes, la pomme commencerait à cuire.

— Je crois qu'il faut y aller, déclara-t-elle, la bouche sèche.

Elle eut à peine le temps de finir sa phrase. Quelque chose d'énorme, de rouge, de jaune, l'aveugla. Une sorte de fleur brûlante s'ouvrant dans un vent de tempête si chaud qu'il vous cloquait la peau du visage. Peggy crut que ses lunettes allaient fondre sur son nez, ses cheveux s'enflammer… Le ciel bouillonnait comme de la compote bleue dans une casserole, l'espace devint une bulle de chewing-gum parfumée à la poudre à canon…

Le souffle de la déflagration la projeta dans le vide, à plusieurs dizaines de mètres du nuage.

Alors qu'elle commençait à tomber, elle vit la nuée se dilater, se déchirer telle une guimauve malmenée. La forge avait volé en éclats. Murailles, marmites et cheminées s'étaient changées en un tourbillon de poussière. Ces paillettes, rose et or, se déversaient sur la terre en une pluie d'une incroyable beauté.

À demi assommée, Peggy Sue dérivait dans le vent, s'éloignant du lieu de l'explosion. Aveuglée par la poussière, elle essaya de localiser les parachutes de ses amis ; en vain.

Un instant, elle crut qu'elle allait se poser sur les ailes du papillon, mais l'insecte fabuleux avait disparu. Sans doute, effrayé par la détonation, avait-il choisi de se rendre invisible ?

# 15

## Personne à la maison ?

La descente parut interminable à la jeune fille. Malmené par les bourrasques, le parachute l'entraînait loin du village. Peggy redoutait de ne pas retrouver son chemin et d'errer interminablement à travers la campagne.

Enfin, elle toucha terre. Le choc fut rude. L'espace d'une seconde, elle eut l'impression qu'elle allait s'enfoncer dans le sol jusqu'aux genoux, tel un clou dans une planche.

La toile du parachute lui tomba sur la tête, l'enveloppant, et elle dut batailler pour s'en défaire. Une fois libre, elle tenta de s'orienter. Ne reconnaissant pas l'endroit où elle avait atterri, elle escalada une colline. Au loin, elle crut repérer les toits d'un village. Elle décida d'emprunter cette direction.

La pomme à foudre avait déchiqueté le nuage, le réduisant en une multitude de petits flocons éparpillés à travers le ciel. Plissant les yeux, Peggy aperçut, sur l'une des minuscules touffes cotonneuses, une silhouette armée d'un couteau, qui gesticulait en pure perte.

« Angus ! songea-t-elle. Cette fois c'en est bien fini de son beau trésor ! »

*

Une heure plus tard, au carrefour de trois routes, elle rencontra Sebastian. Les deux adolescents tombèrent dans les bras l'un de l'autre.

— Je ne sais pas si je vais pouvoir conserver mon apparence, murmura le garçon. Maintenant que je suis revenu sur terre, l'eau pure va me faire défaut. Ce n'est pas comme sur le nuage, où je n'avais qu'à me baigner dans la première flaque venue pour me reconstituer.

— Nous irons faire des réserves au torrent, lança Peggy. Dans la montagne, il n'y a aucune pollution.

— Tant mieux, souffla Sebastian. Ça m'ennuierait de retomber en poussière. Je suis bien avec toi.

Ils marchèrent encore une heure. Alors qu'ils faisaient halte au pied d'un arbre, les aboiements du chien bleu résonnèrent dans le lointain. Le petit animal apparut, tout empêtré dans le parachute dont il n'avait pu se défaire, et qu'il traînait derrière lui comme un immense voile de mariée.

L'explosion lui avait roussi le poil et les moustaches.

— J'ai cru que le souffle allait me propulser à l'autre bout de la Terre ! haleta-t-il. Le papillon a été terriblement effrayé. D'abord il s'est rendu invisible, puis, quand il a repris couleur, je l'ai vu voler en rase-mottes au-dessus de la campagne. Il frôlait le toit des maisons. Je crois qu'il a connu la peur de sa vie.

Peggy Sue défit les lanières qui maintenaient le parachute sur le dos du petit animal.

Les trois amis restèrent un long moment silencieux car la marche les avait épuisés.

— J'ai un mauvais pressentiment, avoua le chien. Comme si quelque chose ne tournait pas rond du côté du village. Je me demande si nous avons eu raison de faire exploser la forge.

Inquiets, ils pressèrent le pas. Le soleil se couchait quand ils arrivèrent à la hauteur des premières maisons.

— Oh ! balbutia Peggy. Regardez ! Toutes les portes sont ouvertes… Il y a des tas de choses sur le sol… Et personne dans les rues.

— C'est vrai, fit Sebastian en se baissant pour ramasser des vêtements qui traînaient sur la route. On dirait que les gens se sont enfuis avec des ballots mal ficelés sur l'épaule.

— Ça sent la panique, confirma le chien bleu. L'explosion a dû les effrayer. Ils ont cru leur dernière heure arrivée.

— Ils vont revenir, murmura Peggy. Mais je voudrais bien savoir où est ma grand-mère.

Elle pressa le pas. Le village, désert, ressemblait à ces villes fantômes, jadis habitées par les chercheurs d'or.

Avec un réel soulagement, Peggy aperçut la silhouette de Granny Katy au bout de la rue principale. Elle se précipita vers elle. La vieille dame la prit dans ses bras.

— Oh ! ma petite-fille, bredouilla-t-elle. C'est une catastrophe ! Le papillon a eu peur de l'explosion, il s'est jeté dans le gouffre qui plonge au centre de la terre. Aussitôt, la panique s'est emparée des gens du village. Ils ont dit que le papillon ne reviendrait jamais, et qu'il fallait le suivre sans attendre.

— Quoi ?

— Ils se sont partagé les parachutes à vaches et ont sauté dans le trou. Les uns après les autres ! Il faut faire quelque chose.

Avisant Sebastian, elle s'étonna :

— Qui est ce garçon ?

— C'est Sebastian, annonça Peggy.

— Ah oui ! s'exclama Katy Flanaghan, bonjour, jeune homme. La dernière fois que je vous ai vu, vous ressembliez davantage à un sac de sable. Vous êtes beaucoup mieux comme ça. Essayez de conserver cette apparence, vous êtes plus agréable à regarder.

— Je m'y emploierai, Madame, répondit poliment l'intéressé.

\*

Précédée de Granny Katy, Peggy Sue prit la direction du gouffre dont elle avait visité les abords, quelque temps auparavant en compagnie de Sean Doggerty. Dès qu'ils approchèrent du cratère, l'aspiration se fit cruellement sentir, et ils éprouvèrent tous l'illusion que des mains invisibles essayaient de leur arracher vêtements et cheveux.

La vieille dame continuait à déplorer la réaction des villageois.

— Un coup de folie ! soupira-t-elle. Il n'y a pas d'autres mots. Ils ont été paniqués à l'idée d'être soudain privés des bienfaits du papillon. Il fallait les voir courir en enfilant à la hâte leurs parachutes. J'ai essayé de les retenir, mais personne ne m'écoutait. Certains me criaient des injures. Ils disaient : « C'est ta faute, vieille folle ! Il ne fallait pas déranger les forgerons ! Le papillon était bien assez malin pour déjouer leurs attaques ! »

Peggy saisit le bras de Sebastian, car l'aspiration se faisait plus forte et elle avait peur de s'envoler.

Paddington, le gardien de la zone interdite, jaillit de sa cabane, traînant derrière lui des cordes de sécurité.

— Amarrez-vous ! ordonna-t-il. Ou vous allez décoller ! Depuis que le papillon a plongé dans le cratère, la puissance de l'aspiration a augmenté.

Joignant le geste à la parole, il boucla lanières et sangles autour de la taille des visiteurs. Même le chien bleu fut ligoté selon les règles.

— Vous les avez vus sauter ? demanda Granny Katy.

— Je pense bien, ma bonne dame ! s'esclaffa le gardien. Ils se bousculaient pour plonger, à croire que leur vie en dépendait. Quelle misère ! Ils étaient trop nombreux, leurs parachutes s'emmêlaient. Certains sont tombés comme des pierres.

— Quelle est la profondeur du gouffre ? s'enquit Peggy Sue.

Samuel Paddington haussa les épaules.

— Difficile à dire, ma petite, grogna-t-il. Les Anciens prétendent qu'on peut mettre trois ou quatre mois pour atteindre le fond.

— *Quatre mois ?* balbutia l'adolescente. Ce n'est pas possible !

— Mais si ! s'entêta le gardien. Il ne s'agit pas d'un volcan banal. Cette cheminée mène au centre de la Terre. Il faudrait des kilomètres et des kilomètres de corde pour descendre aussi bas. Le seul moyen d'entreprendre le périple, c'est d'utiliser un parachute… *et de patienter.* Le problème, c'est que le périple peut se révéler extrêmement long. Et si l'on n'a pas emporté de quoi boire et manger pendant 90 jours, au moins, on meurt de faim et soif. La plupart du temps, quand le parachute touche le fond du gouffre, c'est un squelette qui s'y trouve suspendu !

Peggy Sue frissonna. Voilà qui n'était guère encourageant. Mais comment était-il possible d'emporter assez de provisions pour survivre pendant trois mois quand on sautait dans le vide suspendue à une corolle de tissu ?

— Allez, ça suffit, grommela Paddington. Rentrez chez vous. On ne peut rien faire pour ces malheureux. Ils sont partis sans prendre leurs précautions. La plupart seront morts de soif d'ici quatre jours. Voilà ce qui arrive quand on n'écoute pas mes conseils.

De ses grosses mains musclées, il refoula les visiteurs.

— N'insistez pas ! gronda-t-il, ou bien je serai forcé de vous chasser à coups de bâton. C'est mon travail d'empêcher les gens de se suicider.

Le petit groupe dut se résoudre à battre en retraite, la mort dans l'âme. Paddington les libéra des sangles de sécurité et les surveilla pendant qu'ils s'éloignaient en direction du village abandonné.

— Il est hors de question de laisser ces pauvres gens en bas, se lamenta Granny Katy. Il faut aller à leur secours, trouver un moyen de les faire remonter à l'air libre. Ils ne peuvent pas vivre ainsi, comme des taupes. Enterrés vivants au cœur des abîmes.

— Faut-il vraiment trois mois pour toucher le fond du cratère ? interrogea Peggy.

— Je ne sais pas, avoua la vieille dame. Paddington est un peu fou. Il est possible qu'il exagère.

— Pas si sûr ! fit Sebastian. Ces cheminées naturelles sont parfois incroyablement profondes. C'est le cas pour les volcans qui vont chercher la lave au centre de la terre, là où il fait si chaud que même les roches les plus dures fondent comme une tablette de chocolat dans une poêle à frire.

— Le problème majeur, c'est celui des provisions, énonça Peggy Sue qui réfléchissait à voix haute. Il faudrait disposer d'assez de nourriture et d'eau pour résister 90 jours… Cependant, toutes ces réserves devraient tenir dans un sac de voyage. Est-ce possible ?

— Peut-être, fit Granny Katy. La magie pourrait nous fournir une solution.

— Comment cela ?

— En miniaturisant les aliments. Leur pouvoir nutritif resterait intact, mais leur taille serait divisée par 10.

— Un peu comme le lait en poudre ou la purée en sachet ?

— Oui. Avec un peu de chance, je dénicherai dans mes livres la formule qui fera tenir trente poulets rôtis dans une boîte d'allumettes. Même chose pour l'eau. On la « concentrera » dans une bouteille magique.

— Pour le chien bleu et moi, il faudra compter environ trois litres par jour, cela représente pour toute la durée du voyage une cargaison de 270 litres ! Il me sera impossible de la porter sur mon dos !

— Sauf si je trouve la formule permettant de réduire cette citerne à une simple gourde. Rentrons à la maison ! Je vais me plonger dans mes grimoires. Quand j'étais jeune, j'étais capable d'accomplir des tours de ce genre. En vieillissant, j'ai un peu délaissé ces enfantillages pour me consacrer à des activités plus commerciales, mais je devrais retrouver sans trop de mal mes anciens livres de recettes.

— Pendant ce temps, décida Sebastian, nous confectionnerons un parachute capable de supporter le frottement de l'air pendant trois mois, sans trop s'user. (Se rapprochant de Peggy Sue, il lui murmura à l'oreille :) Il ne faut pas traîner, je me dessèche. Quand je serai redevenu poussière, tu n'auras qu'à me remettre dans le sac et m'emporter avec toi.

— Oui, fit ardemment la jeune fille. Au centre de la terre, nous trouverons des sources d'eau pure qui me permettront de te reconstituer.

Seul le chien bleu gardait le silence, peu emballé par ce programme touristique.

Arrivés devant la maison de Granny Katy, ils se séparèrent. La vieille dame partit étudier ses livres poussiéreux, les adolescents s'en allèrent explorer les granges du voisinage pour dénicher des parachutes… Quant au chien bleu, il se rendit dans la cuisine pour voir s'il ne trouvait pas quelque chose à manger. Cette idée de poulets microscopiques n'annonçait rien de bon, et il avait décidé de se remplir l'estomac tant que c'était encore possible.

# 16

## Le plongeoir au-dessus des abîmes

Tout était prêt pour la grande plongée. Sebastian avait passé beaucoup de temps à consolider les coutures du parachute récupéré dans la grange. Ses doigts de sable ne craignaient pas les piqûres et il avait manié l'aiguille avec une dextérité inhabituelle.

— Mon oncle était pêcheur, expliqua-t-il à Peggy Sue. Il ravaudait les filets et les voiles des bateaux. Il m'a appris. Ça n'a rien de honteux pour un garçon de savoir coudre. Les soldats et les marins le font depuis toujours.

Il parlait pour masquer son trouble. Il était, en effet, en train de se dessécher. Les heures qui lui restaient à passer en compagnie de Peggy étaient désormais comptées, et il n'avait aucune assurance de reprendre forme humaine une fois au centre de la terre.

— C'était bon de te revoir, fit-il d'une voix rauque. J'espère que la prochaine fois ce sera plus long.

— Moi aussi, murmura la jeune fille en retenant ses larmes.

Le soir même, le garçon se retira à l'écart pour retomber en poussière, et Peggy le mit dans un sac en plastique. Quand elle se retrouva seule, le paquet de sable entre les mains, elle éclata en sanglots, le cœur percé par une horrible impression de solitude. Sa grand-mère vint la consoler et lui assura qu'elle dénicherait sans mal des sources d'eau pure dans les entrailles du monde, là où le soleil ne brillait jamais.

*

Granny Katy avait bien travaillé. Grâce à d'anciennes formules, elle avait réussi à miniaturiser plusieurs jambons, un nombre incroyable de saucissons bleus parfumés à la violette, de fromages roses aux myrtilles, de biscuits secs à la farine de tourlouzine… mais également des boîtes de conserve auxquelles elle avait donné la taille d'un dé à coudre.

— Voilà, expliqua-t-elle. Je suis assez fière de moi. Mais la petite taille de ces aliments ne doit pas te tromper. Leur pouvoir nutritif est intact. Aussi n'en abuse pas, tu deviendrais énorme ! Quand tu mangeras, tu auras l'impression de n'avaler qu'une miette de pain. N'y prête pas attention. Une fois dans ton estomac, ce jambonneau microscopique te nourrira aussi bien que lorsqu'il avait sa taille réelle. C'est compris ?

— Oui, fit l'adolescente. Et l'eau ?

— Cette gourde en acier munie d'un robinet en contient 300 litres sous forme concentrée. Ça ne se voit pas, je sais. Les précautions à observer sont les mêmes :

ne bois pas trop, *tu te noierais !* N'en avale pas plus de trois dés à coudre par jour, ce sera amplement suffisant.

— Hum ! fit Peggy Sue en essayant de mémoriser ces recommandations.

— Reste le problème de l'ennui, soupira Granny Katy. Là, je ne peux pas faire grand-chose. Dans ce tube, j'ai glissé des graines qui te feront dormir quand le voyage te paraîtra vraiment interminable. Trois mois suspendue à un parachute, c'est sûr, tu risques de trouver le temps long !

— Rien ne prouve que la descente est réellement aussi longue, objecta Peggy. Samuel Paddington n'a aucune preuve de ce qu'il avance puisque personne n'est jamais remonté.

— C'est vrai, admit la vieille dame. J'espère que tu as raison. Dans le cas contraire, il te faudra une sacrée dose de patience. En ce qui concerne la lumière, j'ai entassé des vers luisants d'une espèce un peu démoniaque dans ce pot à confiture. Tu n'auras qu'à les secouer pour produire aussitôt une belle lueur verte qui t'éclairera aussi bien qu'une torche électrique.

\*

Le lendemain, Granny Katy, Peggy et le chien bleu prirent la route menant au gouffre.

— Il conviendra de faire vite, chuchota la vieille dame. Sinon, le gardien t'empêchera de plonger. Il est un peu borné, tu t'en es rendu compte. Je ferai diversion pour le retenir, pendant ce temps, tu courras jusqu'au trou et tu sauteras dans le vide.

Peggy avait sanglé le parachute sur son dos. À sa ceinture, elle avait suspendu le sac contenant Sebastian. Dans une musette, elle avait rangé les vivres, la gourde d'eau concentrée, ainsi que différents outils d'exploration : un canif, de la ficelle, des allumettes, la lampe à vers luisants sataniques. En travers de la poitrine, elle portait un harnais dans lequel elle installerait le chien bleu. Ce dernier l'inquiétait plus que tout, car elle le savait dépourvu du plus petit atome de patience. Comment supporterait-il de rester immobile pendant 90 jours ? Elle avait du mal à le concevoir.

Cet équipement pesait lourd, et la jeune fille sentait son front se couvrir de sueur au fur et à mesure qu'elle s'éloignait de la maison.

Le jour se levait à peine, mais Granny Katy espérait ainsi se glisser dans la zone interdite avant que Paddington ne soit levé. L'aspiration en provenance du gouffre devint plus forte, et les cheveux de Peggy se dressèrent sur sa tête. Elle avait l'impression que des mains invisibles la tiraient en avant pour la forcer à sauter dans le cratère.

Alors qu'elles approchaient de la cabane du gardien, sa grand-mère l'embrassa sur les deux joues et lui souhaita bonne chance.

— Va, murmura-t-elle. Je sais que tu as du courage à revendre. Je vais rester ici pour distraire Paddington.

Peggy s'éloigna aussi vite que le lui permettait son chargement. À présent, l'aspiration lui facilitait la marche. Elle avait l'illusion de peser la moitié de son poids.

— Hé ! bredouilla le chien bleu. Prends-moi dans tes bras, je vais m'envoler !

Peggy Sue s'empressa de l'attraper par la peau du dos et de le glisser dans le harnais qu'elle avait confectionné à son intention.

— Qu'est-ce qui se passe ? vociféra la voix de Paddington derrière elle. *Hé ! Vous, là-bas !* Vous êtes en infraction. Vous n'avez pas le droit d'être là !

— Paddy ! intervint Granny Katy. Écoutez-moi ! Il se passe des choses très curieuses…

— Lâchez-moi, vieille folle ! gronda le gardien. Vous croyez que je ne comprends pas ce que vous essayez de faire ?

Peggy Sue se mit à courir. Dans la lumière grise de l'aube, le cratère dessinait un trou noir effrayant, mais elle n'avait plus le choix.

— Tu es prêt ? demanda-t-elle au chien bleu.

— *Non !* glapit l'animal, mais je suppose que tu n'en tiendras pas compte ?

— *Non !* hurla Peggy Sue, et, serrant les dents, elle plongea dans le gouffre.

# 17

## 333ᵉ sous-sol : le centre de la terre !

Le parachute s'ouvrit sèchement. Arrêtée net dans sa plongée, Peggy Sue eut l'impression de remonter de plusieurs mètres. Les sangles lui scièrent les épaules, mais elle serra les dents. À présent, elle planait dans la cheminée du volcan éteint, et la lumière diminuait au fur et à mesure qu'elle s'enfonçait dans les entrailles de la terre.

Une odeur étrange l'enveloppait, mélange de moisissure et de suie. Cela sentait le champignon et le feu de bois, les feuilles qui pourrissent sous la pluie en automne, la taupe pas lavée, le terrier mal tenu, la cave remplie de crottes de rats, l'eau de toilette pour cafard, l'après-rasage pour squelette... et d'autres choses encore qui donnent généralement envie de se boucher les narines.

Le chien bleu tremblait dans son harnais, contre la poitrine de sa maîtresse. Il avait peur, lui aussi.

Le grand parachute flottait mollement ; de temps à autre, les courants d'air en provenance des profondeurs le faisaient remonter d'une dizaine de mètres.

166

« Je commence à comprendre pourquoi il faut attendre trois mois avant de toucher le fond, songea Peggy. Si pour deux pas en avant, on en fait quatre en arrière, on ne risque pas de battre des records de vitesse ! »

Ces mouvements contraires de descente et de remontée brutale lui donnaient le mal de mer.

Mais ce qui l'inquiétait plus que tout, c'était la disparition de la lumière. Allait-elle devoir dériver dans les ténèbres absolues pendant 90 jours ?

À ce train-là, elle risquait de devenir aveugle dès qu'elle retrouverait l'éclat du soleil. Comme tous les animaux, le chien bleu bénéficiait d'une vision nocturne plus performante que celle des humains. Là où Peggy ne voyait qu'une masse noire, il distinguait jusqu'aux plus petits détails.

— Ça risque de ne pas être très marrant, non ? grommela-t-il.

— On n'est pas là pour s'amuser, fit valoir Peggy, mais pour sauver des gens.

Les deux amis descendirent ainsi pendant une heure. Maintenant, il faisait tout à fait nuit dans la cheminée. Quand Peggy Sue levait la tête, elle apercevait un rond de soleil à travers la toile du parachute, juste au-dessus d'elle. C'était l'orifice du cratère. Elle frissonna en constatant que l'ouverture lui paraissait à peine plus grosse que le cadran d'une montre-bracelet.

L'humidité pénétrait ses vêtements. L'atmosphère était celle d'une cave, d'une crypte oubliée, d'une caverne pleine de chauves-souris…

Elle tendit l'oreille, essayant de capter les conversations des gens du village qui devaient normalement se trouver au-dessous d'elle. Hélas, les ululements du vent rendaient la chose impossible.

*

Elle tomba ainsi toute la journée… puis celle du lendemain, et encore celle du surlendemain. Quand l'obscurité l'oppressait, elle secouait la lampe à vers luisants accrochée à sa ceinture. Une lumière verte se répandait alors, éclairant les parois de la cheminée. Ce spectacle n'avait rien de rassurant, car les murailles révélaient des découpes abruptes qui faisaient penser à des crocs plantés n'importe comment dans la gueule d'un gigantesque crocodile.

Pour passer le temps, Peggy et le chien se racontèrent d'abord des histoires, puis, à court d'imagination, ils se demandèrent ce qu'ils aimeraient faire dans la vie, *plus tard*, quand ils seraient définitivement débarrassés des Invisibles.

— Je voudrais devenir acteur, déclara l'animal. Je jouerais dans des séries télé pour les bêtes, dans des aventures qui n'intéresseraient que les animaux, pas les hommes. De cette manière, quand les humains s'en vont au travail et qu'ils laissent leur chat ou leur chien seuls à la maison, ceux-ci pourraient se distraire en regardant la télévision. Peu à peu, je deviendrais producteur de séries pour les bêtes. Des séries pour chiens, des séries pour chats. Il y aurait des aventures avec des loups… des chiens perdus qui se retrouveraient à la fourrière et tenteraient de s'évader. J'ai plein d'idées. Je chanterai aussi. Des chansons pour les chiens.

— *En aboyant ?*

— Bien sûr. Vous, les humains, ça vous casse les oreilles. Mais les chiens aiment aboyer. Je ferais du rock pour chiens. Je crois que j'ai le rythme dans la peau. J'ai déjà pensé à certaines chansons. Je te les chanterai pendant la descente, ça te passera le temps.

— Heu… oui, pourquoi pas, fit Peggy Sue avec prudence. Moi, j'aimerais ouvrir une boutique de fringues. Des fringues que j'inventerais moi-même à partir de trucs récupérés. Des T-shirts en fausse fourrure léopard, par exemple. Je prendrais de vieilles bottes, je les découperais pour leur donner des formes marrantes. Je fabriquerais des impers avec des sacs poubelles. Tu vois, des trucs de récupération.

— Tu pourrais faire aussi des vêtements pour animaux, suggéra le chien bleu. Des trucs branchés. Des super-cravates parfumées au poulet, au bacon. Des cravates qu'on pourrait mâchouiller quand on aurait faim. *Oui, des vêtements qui se mangent !* Ça, ce serait une vraie bonne idée ! On les dévorerait quand on n'en aurait plus besoin. Ça éviterait d'avoir à les laver et à les repasser.

Ce bavardage télépathique les aidait à passer le temps et combattait l'inquiétude qui s'insinuait en eux. À la fin de la première semaine, le chien bleu insista pour chanter la demi-douzaine de chansons qu'il avait « écrites » dans sa tête. Débuta alors un horrible concert d'aboiements qui résonna comme une avalanche dans la cheminée du volcan. Peggy Sue luttait pour ne pas se boucher les oreilles.

« Si les échos de ce récital montent jusqu'à Samuel Paddington, songea-t-elle, le pauvre homme doit penser que tous les démons de l'enfer hurlent au fond du gouffre ! »

*

Ils se nourrissaient grâce aux aliments microscopiques préparés par Granny Katy et buvaient l'eau concentrée contenue dans la gourde. Peggy Sue devait toutefois surveiller le chien bleu lors des repas, car il était si glouton qu'il aurait bien avalé trente poulets miniaturisés d'un coup, quitte à devenir plus gros qu'une vache !

Peggy se débrouillait de mieux en mieux dans l'obscurité. Ses doigts avaient acquis une dextérité instinctive qui leur permettait de travailler à l'aveuglette sans provoquer de catastrophe.

Quand l'ennui devenait trop fort, l'adolescente et l'animal faisaient la sieste. C'était une sensation curieuse de s'assoupir alors qu'on tombait dans le vide ! Au début, Peggy éprouvait de la difficulté à sommeiller car elle redoutait d'être réveillée par le choc brutal qui ne manquerait pas de se produire lorsqu'elle toucherait le fond. Ce choc ne se produisant pas, elle avait fini par s'habituer à cette chute interminable. Elle fermait les yeux et se laissait bercer par les courants d'air. Finalement, ce n'était pas désagréable.

*

Au début de la deuxième semaine, Peggy entendit des voix autour d'elle. Des voix d'hommes, de femmes, mais aussi d'enfants. Ces chuchotis tournoyaient dans l'obscurité, comme portés par le vent.

— Tu entends ? dit-elle au chien bleu. Tu crois que ce sont des échos provenant d'en bas ?

— Non, fit son compagnon. C'est réellement autour de nous. Écoute ! Il y a des bruits d'ailes… Je ne sais pas ce dont il s'agit, mais *ça* vole dans les ténèbres.

— Des gens qui volent ? haleta l'adolescente. Tu veux dire des… *anges* ?

— Je ne sais pas. En tout cas, ça sent la plume. Ça empesterait même la volaille.

Peggy crispa les doigts sur les sangles du parachute. Devait-elle allumer sa torche magique ? Ne risquait-elle pas de provoquer la colère des créatures ailées ? Le chien bleu avait raison. Quand elle tendait l'oreille, elle repérait le froissement caractéristique que produit un pigeon lorsqu'il vous frôle.

— Ils nous encerclent, lui murmura mentalement le chien. Ils se perchent sur les saillies de la roche et se lancent dans le vide pour tourbillonner dans les courants aériens. Il y en a beaucoup.

Peggy se rejeta en arrière, le bout d'une aile venait de lui effleurer la joue ! Des images effrayantes lui traversèrent l'esprit. Elle s'imaginait déjà entourée de vampires.

Une petite voix vint murmurer à son oreille gauche. Elle gémissait comme un enfant qui a faim et froid. Le murmure d'une femme la remplaça. Il disait : *Nous n'aurions jamais dû descendre ici... C'est horrible... Tout est si...*

À présent les voix allaient et venaient, s'approchant et s'en allant. Une foule invisible se pressait autour de Peggy, la caressant du bout de ses ailes innombrables.

— Tu veux que j'en attrape un dans ma gueule ? proposa le chien bleu. Ces volailles commencent à m'énerver. Je pourrais en croquer une en deux coups de dents. Ça me changerait des poulets miniatures de ta grand-mère !

— Non ! ordonna la jeune fille. Ne leur fais pas de mal. Je ne pense pas qu'elles soient animées de mauvaises intentions.

Elle hésitait encore à allumer la lampe. Elle avait peur de ce qu'elle allait découvrir.

« C'est peut-être un maléfice, pensa-t-elle, à force de descendre on finit par se changer en oiseau. C'est ce qui risque de nous arriver si nous ne touchons pas terre d'ici peu. »

N'y tenant plus, elle agita le pot à confiture rempli de vers luisants.

— Oh ! s'exclama-t-elle quand la lueur verdâtre envahit le puits rocheux.

Contrairement à ce qu'elle redoutait, les volatiles qui l'encerclaient n'avaient pas visage humain. C'étaient simplement des oiseaux... mais d'une race inconnue. Leur plumage était entièrement blanc, leurs yeux rouges, comme ceux des chauves-souris.

— Des créatures des ténèbres, décréta le chien bleu en montrant les crocs. Elles n'ont pas de couleurs mais elles ont peut-être du goût !

Peggy lui donna une tape sur le dos pour le faire tenir tranquille.

— Elles ne sont pas méchantes, lui lança-t-elle. Je pense qu'elles font comme les perroquets. Elles répètent ce que les gens disent en leur présence.

— Tu veux dire que ce sont des magnétophones ailés ? s'étonna le chien.

— Oui, exactement. Elles nous rapportent ce qui se dit en bas... Dans le royaume souterrain. Écoute !

Les deux amis tendirent l'oreille. Les oiseaux blancs, effrayés par la lumière, voletaient en désordre. Leurs voix se mêlaient. Elles disaient :

— *Je veux remonter à l'air libre... Les carottes... les carottes géantes... elles rampent comme des crocodiles !*

— *Rien n'est normal ici. Les arbres marchent...*

— *Maman, j'ai peur...*

— *Le château... les ruines, les ruines maudites, il ne faut pas y pénétrer.*

— *Maman, j'ai peur... Maman, j'ai peur... Maman...*

Les oiseaux reproduisaient à merveille les voix des humains.

L'un d'eux, attiré par la lampe comme un papillon par la flamme d'une bougie, gifla Peggy Sue avec son aile gauche. Au moment où il lui frôlait l'oreille, la jeune fille l'entendit qui criait :

— *Les squelettes... Les squelettes ! Ils arrivent !*

— Éteins la lampe ! ordonna le chien bleu. Ils sont en train de devenir fous.

Il disait vrai. Aveuglés, les oiseaux albinos s'étaient engouffrés sous la coupole du parachute dont ils attaquaient la toile à coups de bec.

— Bon sang ! haleta Peggy. S'ils le déchirent, nous tomberons comme un rocher basculant du haut d'une falaise !

Malheureusement, la torche phosphorescente s'éteignait fort lentement, aussi Peggy et le chien bleu durent-ils serrer les dents en attendant que l'obscurité se réinstalle. Les curieux volatiles continuaient à réciter les phrases ramenées du royaume d'en bas.

— Ça ne donne pas envie de poursuivre le voyage ! marmonna le chien.

— Je reconnais qu'on n'a pas l'air de s'amuser dans les territoires des abîmes, admit la jeune fille, mais il nous est difficile de remonter.

\*

Cette nuit-là, ils dormirent assez mal car les oiseaux les harcelèrent, ne cessant de leur frôler les oreilles pour leur chuchoter d'inquiétants appels au secours. Peggy Sue se demanda si les gens d'en bas ne les utilisaient pas comme messagers, avec l'espoir que leurs paroles sortiraient du gouffre et provoqueraient l'envoi d'une expédition de secours.

Elle était très embêtée car les volatiles s'obstinaient à s'engouffrer sous la coupole du parachute et, s'y retrouvant emprisonnés, l'attaquaient à coups de bec.

— Les coutures vont craquer, grondait le chien bleu. Ils sont en train d'user la toile qui prend peu à peu l'allure d'un napperon de dentelle.

— Je sais, répondit Peggy. Mais comment les faire partir ? Si j'allume la lampe, ils deviendront encore plus fous !

Une heure plus tard, sans qu'on sache pourquoi, les oiseaux blancs disparurent.

— Quelque chose les a effrayés, chuchota Peggy Sue.

— Écoute ! souffla son compagnon à quatre pattes. J'entends de la musique… *Une flûte !*

— Oui… Plusieurs flûtes. Comme si on donnait un concert dans le gouffre. Ça se rapproche.

La chanson grêle des instruments était agréable à l'oreille. Peggy se surprit à la fredonner.

« Ce sont les gens qui nous précèdent, songea-t-elle. Pour tromper l'ennui, ils ont formé un orchestre. Ils jouent dans le noir, suspendus à leur parachute. »

Ma foi, c'était une occupation comme une autre ! La musique des pipeaux résonnait en échos mélodieux au long des parois rocheuses.

Peggy décida d'allumer la lampe pour signaler sa présence. Il serait plus agréable de descendre en groupe. La conversation combattrait l'ennui. Alors qu'elle agitait son pot à confiture rempli d'asticots phosphorescents, une silhouette effrayante se dessina dans la lumière verte… *Un squelette suspendu à un parachute jouait de la flûte en soufflant dans un tibia percé !*

Si la « torche » n'avait pas été attachée à son poignet par un lien de cuir, Peggy Sue l'aurait laissée tomber dans le vide sous l'effet de la surprise.

Le poil du chien bleu se hérissa de terreur. Par bonheur, le squelette ne semblait pas méchant. Il jouait de son instrument en se laissant porter par les courants d'air ascendants qui, en raison de son faible poids, le faisaient remonter vers la surface.

— Il… il y en a d'autres ! hoqueta le chien. Regarde en dessous !

La jeune fille se pencha. Effectivement, une dizaine de vieux parachutes tachés de moisissure tournoyaient dans les bourrasques. Chacun d'eux supportait un squelette occupé à souffler dans un tibia. L'orchestre d'outre-tombe s'appliquait à jouer une musique allègre, nullement macabre, et qui donnait plutôt envie de danser.

— Qui… qui êtes-vous ? cria Peggy.

La créature cadavérique qui volait à sa hauteur remua avec vélocité ses doigts maigres sur les trous de la flûte, la musique se modifia, et les notes s'assemblèrent pour constituer une étrange voix creuse.

— Je suis mort il y a bien des années, « dit » le squelette. Comme tous mes compagnons. Nous avions sauté dans le gouffre sans réfléchir, pour suivre le papillon. Aucun d'entre nous n'avait emporté de quoi boire ou manger. Nous sommes morts de soif au bout de quelques jours.

— Mais… *mais tu parles…* fit observer Peggy Sue.

— Oui, admit le squelette. C'est drôle, hein ? Je suppose que je suis une sorte de revenant. Ici, rien ne meurt vraiment. C'est une contrée magique, très étrange en vérité. Ma chair, mes muscles et tous mes organes sont tombés en poussière, mais mon esprit est resté prisonnier de cette carcasse osseuse. Afin de passer le temps, nous avons formé un orchestre. Nous jouons pour distraire ceux qui s'obstinent à sauter. Nous ne pesons presque rien, alors le vent soulève nos parachutes comme s'il s'agissait de cerfs-volants. Aimes-tu notre musique ?

— Ou… oui… bredouilla Peggy, un peu perturbée.

— Je suis content, dit le squelette. Notre but est de consoler les gens qui vont mourir avant d'avoir touché le fond. Nous essayons de leur prouver que, même mort, on peut continuer à s'occuper agréablement. Tu sais jouer du pipeau ?

— Non, avoua la jeune fille.

— Je t'apprendrai, déclara son interlocuteur. Je suis sûr que tu as des os très fins. Tu feras une excellente recrue pour l'orchestre.

Cessant de souffler dans son chalumeau[1], il manœuvra son parachute pour s'approcher de Peggy Sue. Celle-ci sentit les doigts durs du squelette s'enfoncer dans la chair de son bras pour la tâter.

— Oui, oui, reprit la voix creuse, une fois que le cadavre se fut éloigné. C'est bien ce que je pensais, tu

1. Flûte champêtre.

as une belle ossature, très fine. Tes os devraient bien résonner dans le vent.

— Résonner ? bégaya Peggy.

— Oui, dit le squelette. Nous avons l'habitude de percer des trous dans nos ossements. Regarde ! Mes tibias, mes fémurs, mes cubitus… Tous sont évidés. Ainsi, je n'ai qu'à me balancer dans le vent pour que tout mon corps se transforme en flûte géante. C'est extrêmement amusant.

Joignant le geste à la parole, il se balança au bout des suspentes [1] de son parachute moisi. Comme il l'avait annoncé, les courants d'air s'engouffrèrent dans ses os creux… Et produisirent une musique aigrelette, nullement désagréable, et qui avait un goût de lait de chèvre.

— C'est bien, déclara Peggy. Je te remercie. Mais je compte bien arriver vivante en bas.

— Oui, j'imagine, fit le squelette conciliant. Tu as été plus prévoyante que moi. Je note que tu as emporté un chien pour le manger en route, mais tu verras, le chien cru, ce n'est pas fameux.

En entendant ces paroles, l'intéressé se mit à aboyer et à montrer les crocs. Chez lui, la colère prenait toujours le pas sur la peur.

— Oh ! Oh ! ricana le squelette, belle dentition ! Aucune carie, à croire qu'il se brosse les dents tous les jours. (Puis, s'adressant de nouveau à Peggy Sue, il

---

1. Câbles qui relient la corolle en toile aux harnais entourant la poitrine du parachutiste.

ajouta :) Quand tu l'auras mangé, mets ses os de côté, je pourrai en faire des pipeaux.

Peggy dut serrer les bras autour de l'animal pour l'empêcher de sauter dans le vide. Il grognait et grondait comme le moteur d'une voiture de course.

— Nous n'aimons guère les chiens, précisa le musicien d'outre-tombe en se laissant emporter par la bourrasque ascendante. Ils ont trop de goût pour les ossements. Cela ne nous plaît pas du tout.

— Quelle histoire de fou ! haleta l'adolescente tandis que le squelette s'envolait au-dessus d'elle. Ma grand-mère ne m'a jamais parlé de ça ! Je m'attendais à tout sauf à trouver un orchestre funèbre dans la cheminée du volcan.

— Je n'aime pas ces gens-là ! grogna le chien bleu. Ils sourient de toutes leurs dents, mais à mon avis on ne peut pas leur faire confiance.

Peggy pencha la tête pour explorer le paysage du gouffre, en dessous. Elle dénombra une bonne douzaine de vieux parachutes, et tout autant de musiciens aux membres cliquetants. Certains la saluèrent au passage, en faisant claquer leurs mâchoires.

— C'est du morse, fit Peggy. *Ti... taaa... ti... taaa...* Tu entends ? Ils se servent de leurs dents pour nous envoyer des messages.

— Tu peux les déchiffrer ? s'enquit le chien bleu.

— Non, avoua la jeune fille. J'ai appris l'alphabet morse en camp de vacances, mais j'ai oublié.

*

Dans les jours qui suivirent, les squelettes se firent de plus en plus présents. Comme des yo-yo, ils ne cessaient plus de monter et de descendre, multipliant les occasions de passer à la hauteur de Peggy Sue. Chaque fois, ils la saluaient fort poliment, et lui jouaient de petits airs entraînants pour la distraire. Peggy avait du mal à les identifier car ils se ressemblaient tous. Souvent, ils se présentaient en esquissant une petite révérence :

— Salut, je suis Pib.

— Salut, je suis Jab.

— Salut, je suis Job.

Ces assauts de civilités agaçaient le chien bleu.

— Ils ont tous le même nom et la même tête, grognait-il, c'est d'un commode !

Au bout d'un moment, la jeune fille finit par trouver des repères. Le plus bavard se nommait Pib. Il était assez drôle, mais prenait un malin plaisir à taquiner le chien bleu.

— Ah ! Ah ! ricanait-il en défiant l'animal. Tu voudrais bien me grignoter les tibias, n'est-ce pas ? Ne rêve pas trop !

— Arrête d'agacer mon chien, protestait Peggy. Ça le fait gigoter. Chaque fois les lanières du harnais me cisaillent les épaules.

— Tu n'as qu'à le manger, lança Pib. Tu dévoreras sa chair et je ramasserai ses os. Cela t'allégera.

Peggy feignait de prendre ces déclarations pour des plaisanteries, mais elle commençait à penser que le squelette parlait sérieusement.

Elle fut confortée dans cette opinion par le manège suspect des musiciens d'outre-tombe. Ils se débrouillaient pour la heurter au cours de leurs allées et venues. Chaque fois ils s'excusaient pour ce heurt accidentel, mais il n'en demeurait pas moins vrai qu'à trois reprises elle eut bel et bien l'impression qu'ils cherchaient à lui arracher le chien bleu des bras.

— C'est curieux, chuchota-t-elle mentalement à son compagnon, j'ai dans l'idée qu'ils complotent contre nous.

— Je pense la même chose, répliqua l'animal. Ils nous cernent de trop près. Dès qu'ils sont au-dessus de nous, ils font crisser leurs doigts sur les suspentes du parachute pour les user. C'est comme si on promenait la lame d'un couteau sur les cordes d'une harpe. Je crois qu'ils nous préparent un sale tour.

La musique empêchait Peggy de réfléchir. Elle ne s'entendait plus penser et éprouvait de plus en plus de difficulté à établir un lien télépathique avec son compagnon.

Pib allait et venait, jouant les cerfs-volants macabres dans les courants d'air qui emplissaient la cheminée.

— Tu as tort de t'obstiner à rester en vie, lui déclara-t-il un jour. Ce qui t'attend dans le royaume souterrain n'est pas drôle. Tout fonctionne de travers, et la plupart des gens qui vivent là ont perdu la tête. Si tu restes avec nous, tu t'amuseras davantage. La musique t'enchantera l'âme et tu ne verras plus le temps passer. Je ne regrette pas d'être mort, tu sais ? Je suis beaucoup plus heureux depuis que j'ai rejoint l'orchestre. J'ai un peu pitié des autres… Ces pauvres gens devenus esclaves de l'ombre d'un papillon, et qui passent leur temps à la poursuivre pour s'y réfugier.

— Ils veulent être heureux, plaida Peggy.

— Tu parles ! ricana le squelette. En bas, il n'est pas question d'être heureux. Tout est si horrible qu'on vit dans la peur permanente. Quand on se réfugie à l'ombre du papillon, on cesse d'être terrifié, c'est tout. Il n'est plus question de bonheur.

— C'est réellement si horrible ?

— Oui, des monstres… *Partout !* Je me félicite d'être mort de faim au bout de mon parachute avant d'avoir atterri au fond de la cheminée. Cela m'a épargné une existence de terreur. Si tu avais deux sous d'intelligence, tu écouterais mes conseils. Tu débouclerais les sangles de ton parachute… et tu sauterais dans le vide. Je te le répète, on ne peut pas mourir dans la cheminée. Profites-en. Après, une fois que tu auras pénétré dans la grande caverne du royaume des ténèbres, ce ne sera plus pareil. Rien ne te protégera.

*

Au fil des jours, Pib se révéla plutôt collant. Il harcelait Peggy Sue de discours chantonnants, dont il jouait les phrases sur sa flûte avec une grande délicatesse. Comme la jeune fille ne se rendait pas à ses arguments, il s'éloignait et – au passage – pinçait les suspentes du parachute entre ses doigts osseux.

— Ils sabotent les ficelles, mine de rien ! grommela le chien bleu. Un petit coup de cisaille par-ci, un petit coup de cisaille par-là.

— Tu as raison, lui répondit Peggy. Il faut se rendre à l'évidence : ils vont essayer de nous tuer pour nous rendre service… Parce qu'ils sont convaincus que c'est ce qu'il y a de mieux pour nous.

— De gentils assassins ! hoqueta l'animal. Il ne manquait plus que ça !

Peggy Sue se demanda comment les repousser ; hélas, elle ne disposait que de ses mains, de ses pieds… et les squelettes étaient nombreux.

Pib revint le lendemain. Parfois, il s'arrêtait de jouer pour pincer le biceps de la jeune fille. Chaque fois, Peggy avait l'impression que d'horribles petites pinces se refermaient sur sa chair.

— Tu as une belle ossature, radotait-il. Ton squelette produirait un son exceptionnel pourvu qu'on t'apprenne à danser dans les courants d'air. Il y a une place à prendre dans l'orchestre. Elle est à toi, si tu le désires.

*

Comme il fallait s'y attendre, trois suspentes craquèrent du côté gauche.

— C'est grave, expliqua Peggy au chien bleu. Le poids n'est plus correctement réparti sur la corolle. La toile va se déchirer.

Elle appela à l'aide, mais les squelettes soufflèrent plus fort dans leurs pipeaux pour couvrir sa voix.

— Les cochons ! gronda l'animal. Regarde un peu. Maintenant qu'ils savent que nous allons nous écraser, ils s'écartent pour nous laisser la voie libre !

Peggy tenta vainement de compenser la dérive du parachute dont la toile claquait tel un drap sur une corde à linge par un jour de grand vent.

Un craquement de tissu déchiré se fit entendre, amplifié par la résonance du gouffre. Immédiatement, le parachute partit sur la droite, à une vitesse folle.

— Il se met en vrille ! hurla Peggy. Essayons de nous rapprocher de la paroi et de nous agripper aux roches.

Elle donnait des coups de reins furieux pour infléchir la trajectoire du parachute. Elle avait conscience de tomber de plus en plus vite. Elle tendit les mains, en aveugle, pour essayer de toucher la paroi. Le choc fut rude, et elle cria de douleur. Ses mains dérapaient sur la roche sans parvenir à agripper une saillie. Elle eut vite les paumes à vif. Enfin, alors qu'elle se préparait déjà à mourir, ses bras se refermèrent sur un piton de granit. Elle s'y suspendit tandis que le parachute s'affaissait, la recouvrant tel le suaire d'un fantôme.

— Je distingue une plate-forme ! grogna le chien bleu. Je vais sauter. N'essaye pas de me retenir. De cette manière tu seras moins lourde et tu pourras te hisser sur la corniche.

Peggy ne tenta même pas de protester. Elle souffrait tant des épaules qu'elle avait l'impression que ses bras allaient s'arracher de son corps d'une seconde à l'autre. D'une détente des cuisses, le petit animal se projeta hors du harnais. Peggy l'entendit rouler dans les cailloux.

— Ça va ? cria-t-elle, terrifiée à l'idée qu'il ait pu rater son coup et tomber dans le vide.

— Ça va, confirma le chien. Grimpe vite. Il y a une espèce de plate-forme. On peut y tenir assis.

— J'arrive, haleta l'adolescente, aide-moi. Le parachute me tire en arrière.

— Jette-le !

— Non, nous récupérerons les suspentes pour tresser des cordes. Nous ne pourrons pas rester trois mille ans sur ce perchoir, il faudra bien continuer la descente d'une manière ou d'une autre.

Le chien bleu s'avança au bord du gouffre et, saisissant les harnais entourant la poitrine de Peggy Sue, commença à la haler en s'arc-boutant sur ses pattes.

Quand la jeune fille prit enfin pied sur la corniche, elle était couverte d'écorchures, et ses paumes à vif lui faisaient mal.

— Nous voilà dans une sacrée galère, soupira le chien bleu.

# 18

## Le pays du vertige

Dès qu'elle s'estima en sécurité, Peggy Sue agita la lampe phosphorescente pour réveiller les vers luisants magiques. Elle frissonna en découvrant quelle était sa situation réelle. La plate-forme où elle se trouvait recroquevillée en compagnie du chien bleu mesurait à peine trois mètres de long sur deux de large. Au-dessous s'ouvrait l'abîme insondable de la cheminée volcanique.

— Nous avons des provisions et de l'eau, fit observer le chien. Il faudra toutefois trouver une solution avant que nos réserves soient épuisées.

— Pas question de rester là, confirma Peggy. Je vais tresser des cordes avec les suspentes. Nous descendrons la paroi comme le feraient des alpinistes.

Elle s'allongea à plat ventre au bord de la corniche pour examiner la muraille.

— Il y a des points d'appui, fit-elle. Heureusement, la roche n'est pas lisse. Plus bas, on aperçoit une sorte de sentier naturel. Espérons qu'il serpente jusqu'en bas.

Elle n'eut pas le temps d'en dire plus, car les squelettes se mirent à tourbillonner dans les bourrasques pour se rapprocher de la plate-forme de granit.

— Vous voilà bien avancés ! lança Pib. Vous auriez mieux fait de vous laisser tomber dans le vide. Que comptez-vous faire maintenant ?

— Si vous étiez sympas, hasarda la jeune fille, vous nous aideriez à descendre.

— Sûrement pas ! s'indigna Pib. Ce n'est pas dans notre intérêt. Nous souhaitons que tu rejoignes l'orchestre, pas que tu te sauves.

— Alors, tu ne feras rien ?

— Non. Nous allons attendre que vous mouriez de faim, toi et ton chien, puis nous viendrons récupérez vos ossements. Ça va juste prendre un peu plus de temps que prévu, c'est tout, mais nous sommes patients.

— Si j'avais des mains, je lui jetterais des cailloux ! explosa le chien bleu.

— Quelle méchante bête ! s'offusqua le squelette en s'envolant. Je ne sais pas comment une fille aussi gentille que toi peut supporter un cabot aussi désagréable.

*

Pendant les trois jours qui suivirent, Peggy Sue tressa des cordes à partir des suspentes, puis elle déchira la toile pour fabriquer des vêtements d'escalade qui la protégeraient du frottement contre la paroi.

— Ce ne sera pas facile, marmonna le chien bleu. J'ai peur que les squelettes essayent de nous faire tomber.

— Moi aussi, avoua l'adolescente. Mais nous n'avons pas le choix. Nous partirons dès que mes blessures seront cicatrisées.

Peggy Sue s'appliqua à prendre le plus de repos possible en prévision des épreuves à venir. Elle avait réduit les rations du chien bleu afin qu'il maigrisse et pèse moins lourd.

Pib, Jab, Job et leurs camarades décharnés ne manquaient jamais de passer plusieurs fois par jour devant la corniche pour lui expliquer qu'elle perdait son temps.

— Une merveilleuse carrière de flûtiste s'ouvre devant toi, répétait Pib. Pourquoi la refuser ? Avec des os comme les tiens, tu deviendras vite la vedette de l'orchestre.

Peggy feignait de ne pas les entendre, toutefois ce petit refrain finissait par la rendre nerveuse.

Enfin, vint le jour du départ. Elle avait fait un peu d'escalade en camp de vacances, ce qui lui était aujourd'hui bien utile.

Elle passa deux heures à déjouer les pièges de la roche, à traquer la moindre fissure, à tâter du pied pour trouver l'appui d'une saillie. Le chien bleu, même amaigri, constituait une charge non négligeable ; quant aux squelettes, ils s'amusaient à la frôler de plus en plus près pour lui faire lâcher prise.

Elle était au bord de l'épuisement quand elle dénicha enfin une sorte de minuscule caverne dans laquelle elle décida de faire halte.

En dépit des bandages entourant ses mains, elle saignait. Le chien bleu vint lui lécher les paumes.

— Ça sera dur, dit-il mentalement, mais tu es courageuse.

— J'espère que ça suffira, bâilla Peggy. Puis elle s'endormit.

\*

Le lendemain, Peggy Sue poursuivit sa lente descente. Elle se sentait très fatiguée et tous ses muscles lui faisaient mal, mais une chose l'encourageait : la nervosité dont les squelettes faisaient preuve.

— Tu as remarqué ? lança-t-elle à son compagnon. Ils ne sont plus aussi nonchalants qu'auparavant. On dirait que l'impatience les gagne. Je crois savoir pourquoi…

— Pourquoi ?

— *Le fond se rapproche !* S'ils ne nous jettent pas dans le vide maintenant, nous serons bientôt trop bas pour nous faire mal en tombant. Ils le savent, voilà pourquoi leurs attaques s'intensifient.

— Si tu pouvais dire vrai !

Encouragés par cette perspective, les deux amis passèrent la nuit accrochés à un piton rocheux.

« Il ne faut pas trois mois pour descendre, se dit Peggy Sue en s'assoupissant. Paddington exagérait. J'aurais dû m'en douter. »

Le chien bleu, qui ne dormait que d'un œil, repoussa trois assauts des squelettes. En effet, ceux-ci s'étaient approchés furtivement pour essayer de trancher la corde

189

retenant les deux alpinistes. Mal leur en prit, car le petit animal arracha le bras de l'un d'entre eux. Il le recracha aussitôt en grognant :

— Pouah ! C'est du vieil os… On dirait de la craie ! Immangeable !

Le lendemain, Peggy Sue eut la chance de découvrir une voie facile, qui lui permit de descendre sur plus de deux cents mètres sans grande difficulté.

— Les vers luisants de la lampe se fatiguent, remarqua le chien. On les sollicite un peu trop, ils n'éclairent plus autant qu'avant. On ne pourra pas continuer à tâtons. On va se casser la figure.

— Ne crains rien, souffla Peggy. Regarde en bas… On aperçoit une lueur. Je crois que c'est la lumière du royaume souterrain. Le fond n'est plus très loin.

Ils parcoururent encore cinquante mètres ; à partir de là, une mauvaise surprise les attendait. La paroi devenait aussi lisse qu'un miroir.

— Que fait-on ? gémit le chien bleu.

— On saute, proposa Peggy.

— Quoi ? hoqueta l'animal. Ça y est, tu as finalement décidé de prendre ta place dans l'orchestre ?

— Non, souffla la jeune fille. Tu ne sens pas cette odeur ? Il y a de l'eau en bas. Peut-être un lac. Écoute donc ! Quand on tend l'oreille, on perçoit un clapotis. Il faut sauter. De toute manière, je ne pourrai plus tenir bien longtemps. J'ai les bras rompus.

— D'accord, fit le chien bleu. Sautons. Si ça tourne mal, on se reverra dans l'orchestre !

Peggy Sue le grattouilla entre les oreilles, ferma les yeux… et lâcha prise.

Elle eut le temps de compter jusqu'à dix avant de heurter une surface molle qui n'était pas de l'eau, mais une grande étendue boueuse, détrempée, où elle s'enfonça comme un boulon dans du fromage blanc.

Elle crut un instant qu'elle allait se noyer dans cette vase. Par bonheur, des mains osseuses se refermèrent sur ses poignets et la dégagèrent des sables mouvants. Elle reconnut Pib, Job et Jab, toujours suspendus à leurs parachutes, et qui planaient avec beaucoup d'habileté dans les courants aériens.

— Tant pis, maugréa Pib. Nous t'avons donné une chance de régler cette affaire à l'amiable. Puisque tu ne veux pas faire preuve de bonne volonté, nous allons prendre les choses en main. À partir de cette minute, considère-toi comme notre prisonnière.

# 19

## Prisonniers des squelettes

Avant qu'ils aient eu le temps de réaliser ce qui leur arrivait, Peggy Sue et le chien bleu se retrouvèrent au fond d'une cage dont les squelettes verrouillèrent la porte. La musette contenant la nourriture concentrée et la gourde leur furent arrachées.

— C'est pour ton bien, plaida Pib en souriant de toutes ses dents. Nous ne pouvons pas te laisser gâcher ton talent. Je sais que tu vas être en colère contre nous, mais il ne faut pas. Je sais repérer les flûtistes virtuoses, crois-moi. Tes os, une fois nettoyés, auront une qualité sonore exceptionnelle.

— C'est quoi, ce délire ? s'impatienta Peggy. Je ne sais jouer d'aucun instrument, je ne suis pas douée pour ça, et, quand je chante, les gens se bouchent les oreilles. Laisse-moi sortir.

— Pas question ! grinça Pib. Tu vas rester là. Nous ne te donnerons rien à manger. Tu vas vite mourir de faim, et, quand tu te seras transformée en squelette, tu prendras ta place dans l'orchestre. Entre-temps, je viendrai te donner des cours de musique.

Le chien bleu se jeta contre les barreaux en aboyant. Il essaya d'attraper entre ses mâchoires le tibia gauche de Pib, mais celui-ci s'écarta prudemment.

— Tais-toi, sale chien ! cracha le musicien d'outre-tombe. Quand tu seras mort, je me ferai un plaisir de tailler moi-même tes os pour en faire des pipeaux !

Cette sentence énoncée, il tourna les talons et s'éloigna en cliquetant.

Peggy secoua les barreaux de la prison.

— C'est trop solide, soupira-t-elle. Je ne parviendrai pas à les briser. Ils ont confisqué nos réserves de nourriture. Je ne sais pas combien de temps nous pourrons tenir.

Le chien bleu tira la langue pour gober les gouttes d'humidité qui tombaient du plafond.

— Pour l'eau, ça ira, dit-il. Il n'y aura qu'a creuser un trou dans la glaise du sol et attendre que les infiltrations le remplissent. Tu as vu ? On dirait qu'il pleut.

Peggy frissonna. L'atmosphère était ex-trê-me-ment humide. Elle se demanda si elle ne pourrait pas utiliser cette particularité pour ramener Sebastian à la vie. Elle s'en ouvrit au chien bleu qui répondit :

— Non, ça ne marchera pas à l'intérieur de la cage, il n'y a pas assez d'eau… Mais ça pourrait fonctionner à l'extérieur. Regarde ! Il y a des flaques. Si cette flotte est pure, Sebastian se reconstituera sans problème.

Peggy détacha le sac de sable suspendu à sa ceinture. Les squelettes ne l'avaient pas confisqué, pensant qu'il s'agissait d'un lest destiné à accélérer la descente du parachute. Ses mains tremblaient. Désormais, tout reposait sur Sebastian. Une fois recomposé, il pourrait utiliser sa force exceptionnelle pour écarter les barreaux de la cage.

« Oui, songea-t-elle, mais, pour l'instant, ce n'est rien de plus qu'un tas de poussière inerte. Et il en sera ainsi tant que je ne l'aurai pas mis en contact avec de l'eau 100 % pure. »

Elle s'agenouilla pour regarder entre les barreaux. La mare la plus proche lui parut fort éloignée. Elle douta d'avoir assez de force pour lancer le paquet de sable sur une aussi longue distance. Les barreaux, trop serrés, gêneraient ses mouvements ; ils l'empêcheraient de prendre l'élan nécessaire à ce type d'opération.

— Pas assez de recul, grogna-t-elle à l'intention du chien bleu. Pour jeter le sac, il me faudra passer les bras à l'extérieur de la cage. Dans ces conditions, il me sera impossible de l'expédier à la bonne distance.

— Essaye de l'intérieur, en visant entre les barreaux.

— Je n'y arriverai pas. L'écart est trop réduit et je ne suis pas très bonne au base-ball. Le sac risque d'éclater en heurtant les barres de fer. Tu imagines ce qui se passera si le sable se répand à nos pieds ?

Les deux compagnons restèrent un instant silencieux. Le paquet de poussière jaune crissait entre les doigts de Peggy.

Comme elle aurait voulu que Sebastian soit là pour la serrer dans ses bras !

Il fallait prendre une décision… et vite, car le temps pressait.

— J'ai déjà faim, gémit le chien bleu.

— Moi aussi, avoua Peggy.

— Jette le sac, dit l'animal. Il n'y a pas d'autre solution. Jamais nous ne pourrons collecter assez d'eau à l'intérieur de la cage pour hydrater convenablement Sebastian.

Peggy Sue prit une grande inspiration et se redressa. Avec les dents, elle perça plusieurs petits trous dans le plastique pour permettre à l'eau de pénétrer, puis, passant les bras entre les barreaux, elle fit glisser la poche de sable à l'extérieur.

— Dépêche ! siffla la chien. Si les squelettes te voient, ils se douteront de quelque chose.

La jeune fille contracta ses muscles et projeta le paquet aussi loin qu'elle put. Le projectile tomba malheureusement à un mètre de la mare avec un *ploc* sonore.

— Raté ! haleta Peggy qui se serait donné des gifles.

— Il est dans la boue, fit observer l'animal. Sur une pente. Avec un peu de chance, il glissera dans la mare. Rien n'est encore perdu.

*

Moroses, la jeune fille et le chien s'installèrent du mieux possible dans la prison. Ils essayaient d'oublier la faim qui leur remplissait l'estomac de borborygmes sonores. Quand la soif leur desséchait la gorge, ils léchaient les perles d'humidité sur les barreaux. Peggy Sue ne quittait pas des yeux le paquet de sable échoué sur la rive de la petite mare. N'espérait-elle pas en vain ? L'eau était-elle assez pure pour ranimer Sebastian ?

« Sûrement, se répétait-elle. Nous sommes à des kilomètres sous la terre, la pollution ne peut nous atteindre. »

À plusieurs reprises, elle colla son visage contre la grille pour essayer de déterminer d'où provenait la lumière orangée éclairant le fond du puits volcanique.

— Ça vient de ce couloir, fit le chien bleu. On dirait qu'une sorte de soleil brille là-bas.

— Probablement est-ce l'entrée du royaume souterrain, dit Peggy Sue. Si nous parvenons à sortir d'ici, il faudra courir dans cette direction.

\*

Pib vint leur rendre visite. Il voulait enseigner à Peggy les rudiments de la flûte. Puis il lui montra comment gesticuler dans le vent, en une sorte de danse étrange, pour que les courants d'air s'infiltrent dans les os et produisent de la musique. Il était très habile à ce jeu, et créait des sons agréables à l'oreille, quoique un peu tristes.

— Tous les os ne résonnent pas de la même façon, expliqua-t-il doctement. Certains squelettes ont une sonorité cristalline d'une grande beauté. Je pense que ce sera ton cas dès que tu te seras débarrassée de cette vilaine chair dont tu es enveloppée ! Quel embarras que la viande ! C'est comme un manteau trop lourd qui vous étoufferait…

Peggy Sue et le chien bleu restèrent de marbre, ce qui ne découragea nullement leur interlocuteur, et la leçon reprit, à la grande déception des prisonniers.

Cette nuit-là, l'adolescente et le chien se blottirent l'un contre l'autre et essayèrent de dormir un peu. Ce n'était pas facile car la faim les torturait et les gouttes d'eau ne cessaient de clapoter sur leur tête.

Au matin, Pib revint, accompagné de Jab et de Job, pour une nouvelle démonstration de danse musicale.

Cette fois, Peggy leur prêta davantage attention car elle avait remarqué que les contorsions des squelettes finissaient par ébranler le sol. Elle espérait que l'un d'eux, sans en avoir conscience, bousculerait le sac de sable, l'envoyant droit dans la mare…

— Oui, oui ! lança-t-elle. Montrez-moi… Ça paraît amusant.

— Tu vois ! triompha Pib. Tu y prends goût !

Et les trois musiciens d'outre-tombe se remirent à danser dans le vent. Le chien bleu avait parfaitement compris où Peggy voulait en venir, aussi surveillait-il le paquet boueux du coin de l'œil.

Chaque fois que les pieds décharnés des squelettes foulaient le sol, l'adolescente priait pour qu'ils bousculent le sac et le fassent glisser sur la pente menant à la mare.

Quand les danseurs se retirèrent, le paquet avait bougé de trois centimètres mais ne se décidait toujours pas à tomber dans l'eau.

— Ça va se faire, murmura le chien bleu. Soyons patients. Rien n'est encore perdu.

Peggy souffrait tellement de la faim qu'elle voyait des papillons noirs voleter devant ses yeux. Quand elle bougeait, la tête lui tournait.

— Je ne suis plus qu'un immense estomac vide monté sur pattes, gémit le chien.

— Tais-toi ! supplia Peggy, ou je vais finir par te prendre pour une saucisse géante et te dévorer !

\*

À l'aube du troisième jour de détention, le sac contenant Sebastian se décida à rouler dans la flaque. Peggy et le chien se précipitèrent contre la grille pour guetter le retour de Sebastian. Une longue minute s'écoula sans que rien ne se produise.

— Je ne comprends pas… souffla l'animal. Il devrait déjà être là.

— C'est la boue, murmura la jeune fille. Elle bouche les petits trous que j'ai percés dans le sac. Il faut attendre qu'elle se dissolve.

Les yeux plissés, ils scrutaient la mare dont ils discernaient à peine les contours dans la pénombre. Il leur sembla qu'une année entière venait de s'écouler quand ils entendirent le plastique se déchirer sous la poussée du corps de Sebastian. Deux minutes plus tard, le garçon émergeait de l'eau. Il se dirigea en titubant vers la cage.

— Fais-nous sortir ! supplia Peggy. Une tribu de squelettes musiciens essaye de nous faire mourir de faim.

— Je ne peux pas, balbutia Sebastian. Je suis encore trop mou, mes doigts s'effriteraient sur la serrure. Je dois me solidifier.

— Alors cache-toi ! lança Peggy. Sinon les squelettes vont te repérer.

L'adolescent alla s'étendre dans une anfractuosité de la roche. Il était toujours d'une extrême fragilité dans les minutes qui suivaient son retour à la vie. Peggy, elle, ne tenait plus en place. Elle redoutait que les squelettes ne trouvent Sebastian et ne s'amusent à l'éparpiller dans la boue pendant qu'il était encore trop faible pour se défendre.

Enfin, le jeune homme revint dans la lumière. Sans prononcer une parole, il saisit les barreaux entre ses mains et les écarta. N'étant pas réellement humain, il était doué d'une force extraordinaire. L'acier gémit en se tordant. Dès que l'espace ainsi ménagé fut suffisant, Peggy Sue et le chien s'y faufilèrent. À peine sortie, la jeune fille se jeta au cou du garçon et l'embrassa. Comme toujours, ses lèvres avaient un goût de poussière chaude, mais elle avait fini par s'y habituer.

— Filons ! haleta le chien bleu, vous vous ferez des câlins quand nous serons loin de ces fichus squelettes !

— Ça va, murmura Peggy. Ils sont occupés à danser dans les courants d'air, ils ne nous regardent pas. Profitons-en pour courir vers la lumière.

Une musique aigrelette et joyeuse emplissait le puits volcanique. L'orchestre voletait à mi-hauteur de la cheminée.

Peggy Sue saisit la main de Sebastian et se dirigea vers le tunnel d'où filtrait la lumière orangée.

« L'entrée du royaume souterrain, songea-t-elle. Que va-t-il nous arriver là-bas ? »

## 20

## Au pays de l'herbe chatouilleuse

Constatant que les squelettes ne se lançaient pas à leur poursuite, Peggy poussa un soupir de soulagement.

Le tunnel qui s'ouvrait devant eux serpentait sur une centaine de mètres en s'élargissant. La lumière se faisait de plus en plus vive. D'un orange très clair, elle vacillait, comme celle produite par la flamme d'une bougie.

Quand Peggy Sue et ses amis sortirent de la galerie, ils découvrirent une caverne immense dont la voûte s'élevait à plus de trois cents mètres au-dessus de leur tête. Une sorte de petit soleil miniature flottait au ras du plafond rocheux, son éclat avait la couleur du miel. Il n'était pas fixe, mais roulait au gré des courants d'air, tel un ballon de baudruche poussé par le vent. Ainsi, certaines parties de la caverne étaient-elles plus éclairées que d'autres.

— On n'en voit pas le bout, haleta le chien bleu. Ça paraît gigantesque.

— C'est vrai, fit Sebastian. On pourrait y loger sans peine la totalité d'une grande ville !

Un oiseau albinos, qui s'était approché par curiosité, répéta ses paroles d'une voix qui reproduisait à merveille celle du garçon :

— Grande ville ! Grande ville ! Totalité, loger, sans peine…

— Il y a du brouillard, fit observer Peggy. La visibilité devient nulle au-delà de cinq cents mètres. Peut-être est-ce moins vaste que nous ne l'imaginons.

Plantés au seuil du tunnel, ils hésitaient à continuer. Le sol se révéla caillouteux. Une herbe orange y poussait. Quand on la touchait, elle se rétractait comme les cornes d'un escargot.

— Sans doute est-elle chatouilleuse, fit rêveusement Peggy.

Çà et là, des arbres orangés se dressaient. Ils ressemblaient à des palmiers. Ils produisaient des fruits carrés et des bananes rectangulaires. Quand les adolescents s'en approchèrent, les curieux cocotiers agitèrent violemment leurs feuilles pour les chasser. Une poussière fine s'envola dans l'air, provoquant les éternuements des jeunes visiteurs.

— De la poudre à éternuer ! identifia Sebastian. C'est leur manière de se défendre. Ils ne veulent pas qu'on cueille leurs fruits !

— On dirait qu'ici la végétation sait se défendre, dit Peggy Sue. Ce n'est pas comme à la surface où elle est depuis toujours soumise au caprice des humains.

Les yeux embués de larmes, les trois amis durent prendre la fuite. Au fur et à mesure qu'ils avançaient, l'herbe chatouilleuse se rétractait sous leurs semelles.

Comme ils mouraient de faim, Peggy et son compagnon à quatre pattes se rabattirent sur un buisson de mûres dont ils mangèrent les baies. Ce ne fut pas une expérience très agréable, car les fruits minuscules poussaient des cris horribles dès qu'on les écrasait entre les dents.

— Je pense que c'est dissuasif, marmonna Peggy Sue. Ça vous ôte vite l'envie de continuer.

Un peu plus loin, ils trouvèrent des objets manifestement tombés d'un ballot : un briquet, une paire de chaussettes rapiécées.

— Ceux qui nous ont précédés sont passés par là, fit Sebastian. Je suppose qu'ils se sont dirigés vers cette petite rivière qui coule en contrebas.

Ils marchèrent une heure, puis firent halte. Peggy Sue et le chien bleu, faute de nourriture, se sentaient fatigués. Ils s'assirent au bord de l'eau pendant que Sebastian rassemblait du bois pour faire un feu de camp. Hélas, comme il fallait s'y attendre, les brindilles se mirent à hurler dès qu'il voulut les enflammer.

— Que dois-je faire ? demanda-t-il à Peggy. Je continue ? C'est pénible, ce truc, on a constamment l'impression de commettre un crime.

— Je ne sais pas, avoua la jeune fille. Laisse-les tranquilles. Les gens qui sont arrivés avant nous doivent connaître la bonne méthode, nous leur demanderons.

Comme il faisait froid, ils se pelotonnèrent les uns contre les autres. Peggy s'installa dans les bras de Sebastian, mais le garçon lui parut étrangement lointain.

— Tu sais, dit-il au bout d'un moment, toi et moi, ça ne marchera jamais. J'ai 70 ans, tu en as 14. Je ne suis pas vraiment humain. Je tombe en poussière et tu me ranges dans un sac pendant six mois. Ce n'est pas une vie pour toi. Il faudrait que tu te trouves un petit ami de ton âge. Un garçon normal. Qui soit là tout le temps, avec qui tu puisses sortir sans te demander si tu trouveras une fontaine d'eau 100 % pure à proximité du cinéma.

Peggy sursauta.

— Mais c'est toi que j'aime ! lança-t-elle. L'amour, ce n'est pas seulement s'amuser ensemble. C'est aussi affronter les problèmes main dans la main et essayer de s'entraider. Ce serait trop simple, et même un peu bête, si la vie ne consistait qu'à rigoler ! Triompher des épreuves rapproche davantage les gens que les blagues et la fête… Nous finirons bien par trouver une solution en ce qui concerne la malédiction du sable.

Sebastian fit la moue. Quand il était triste, il devenait très beau.

— Je ne sais pas, murmura-t-il. Je pense que je ne te rends pas service. Tu mérites d'avoir une existence normale. Je te cause des soucis qui ne sont pas de ton âge. Nous devrions peut-être nous contenter d'être amis. Je resterais la plupart du temps dans mon sac, et tu me redonnerais forme humaine lorsque tu serais dans les ennuis. Qu'en dis-tu ?

— *Je dis que c'est nul !* cria Peggy tandis que des larmes coulaient sur ses joues.

— Excuse-moi, fit Sebastian. Mais je suis beaucoup plus vieux que toi. J'ai eu le temps de réfléchir à tout ça. Nous sommes en décalage temporel. Ce qui t'amuse encore, parce que tu es très jeune, m'ennuie déjà. Nous nous supportons parce que nous nous voyons très peu ; je ne suis pas sûr de ce qui se passerait si nous devions nous côtoyer tous les jours. Tu finirais par me traiter de vieux croûton et moi je riposterais que tu n'es qu'une jeune idiote…

— Tu réfléchis trop, répliqua Peggy.

— Je ne sais pas, lâcha Sebastian en baissant les yeux. Je ne me sens pas à ma place dans le monde réel. Parfois je me dis que tu ferais mieux de m'éparpiller dans le vent pendant que je ne suis que du sable.

— Je ne ferai jamais ça ! lança Peggy Sue d'un ton farouche.

Le garçon haussa les épaules, découragé.

— Quand je suis sable, je ne pense à rien, avoua-t-il. Je ne rêve même pas. C'est reposant. Quand tu me réveilles, je suis terriblement heureux de te retrouver, mais, en même temps, je suis triste de replonger dans une réalité qui n'est plus la mienne. Je suis immortel, je suis plus fort que dix hommes… mais pour moi ça n'a aucun intérêt, je préférerais vivre dans la peau d'un garçon ordinaire, avec des boutons sur la figure, des mauvaises notes, des copains encore plus crétins que moi… Une vraie vie, quoi. Un vrai futur.

— Hé ! coupa le chien bleu. Quand vous aurez fini de pleurnicher dans les bras l'un de l'autre, vous jetterez un coup d'œil sur la plaine. Quelqu'un vient de sortir du brouillard. Il se dirige vers nous.

— C'est Sean ! lança Peggy. Sean Doggerty.

— *Qui ?* grommela Sebastian en fronçant les sourcils.

L'adolescente dut lui expliquer qui était Sean.

Le jeune chercheur d'or avançait d'un pas rapide dans l'herbe chatouilleuse. Le soleil orange allumait des reflets de cuivre bien astiqués dans ses cheveux roux. Il agita la main dès qu'il eut identifié Peggy Sue.

— Je savais bien que tu te lancerais à notre recherche, déclara-t-il en atteignant le campement improvisé. J'espérais de tout mon cœur que tu parviendrais à échapper aux squelettes. (Puis, se tournant vers Sebastian, il demanda :) C'est qui, *ça* ?

Peggy Sue fit les présentations. Les deux garçons se toisèrent avant d'échanger un salut des plus froids.

« Ils sont jaloux, grésilla la voix du chien bleu dans l'esprit de la jeune fille. Te voilà avec deux amoureux, ma vieille ! Méfie-toi, il va y avoir de la casse ! »

Sean s'assit sur un rocher. De la musette qu'il portait en bandoulière, il tira une nourriture inconnue, coupée en tranches, qui ressemblait à des légumes bouillis mais dégageait une odeur de gigot de mouton. Il s'empressa de servir Peggy, mais quand il tendit une part des victuailles à Sebastian celui-ci refusa en déclarant :

— Non, merci. Je ne mange pas, je ne suis pas humain.

— Ha ! oui, je vois, nasilla Sean. Tu es une sorte de monstre apprivoisé, c'est ça ?

— Exact, ricana Sebastian. Un peu comme le chien bleu. Sauf qu'au lieu de te mordre les fesses, je pourrais t'écorcher vif aussi facilement qu'on enlève la peau d'une banane.

— *Ça suffit !* intervint Peggy. Vous n'allez pas vous battre, tout de même. Nous avons d'autres problèmes. Sean, que sais-tu de ce monde étrange ? Explique-nous les règles du jeu, cela nous épargnera les fausses manœuvres.

Le rouquin se gratta la tête, embarrassé.

— À vrai dire, commença-t-il, c'est un drôle de pays. Je l'ai appris à mes dépens. D'abord, il y a l'herbe. Il faut s'en méfier. Ne jamais s'y coucher. Si l'on passe outre, on est à peine endormi que des milliers de doigts se mettent à vous chatouiller de manière insupportable. C'est atroce ! On en mourrait d'épuisement. Il faut dormir sur les rochers, même si c'est inconfortable. Le soleil, lui, bouge au gré du vent, si bien que la lumière varie tout le temps. La nuit peut tomber n'importe quand et pour une durée indéterminée. Pour que le jour se lève, il faut attendre que les courants d'air soufflent en sens contraire et ramènent le soleil à son point de départ.

— Compliqué, souffla Peggy.

— Il n'y a pas d'animaux. Seulement des fruits, des légumes, mais ils ont un grand sens de la survie. Soit ils se défendent, soit ils s'enfuient à votre approche. J'ai dû courir une journée entière derrière un troupeau de pommes de terre grosses comme des ballons de football. Elles m'ont attiré dans un piège. Un vallon, où elles se sont regroupées en avalanche pour essayer de m'écraser. Il y a aussi des bananes, mais elles se comportent comme des matraques et n'hésitent pas une seconde à vous assommer. Dans le monde qui nous entoure, un essaim de carottes volantes est aussi dangereux qu'une volée de flèches.

— Rien de tout cela n'est encourageant, soupira la jeune fille.

— Non, confirma Sean Doggerty. Quand on arrive, après bien des tracas, à capturer une orange ou une tomate, elles poussent des cris atroces dès qu'on s'avise de les découper. Ensuite, on s'aperçoit qu'elles ont une « saveur » pour le moins surprenante.

— Comment cela ? s'enquit Sebastian.

— Eh bien, pour nous dissuader de les manger, elles prennent un goût immonde. Les bananes ont un parfum de caoutchouc brûlé, les pommes vous donnent l'impression de mâcher de la bouse de vache. Et ainsi de suite. Ces saveurs de protection ne durent pas très longtemps, mais elles sont sacrément efficaces, c'est moi qui vous le dis ! Il faut s'obstiner à mâcher, au bout d'une minute, le vrai goût du légume réapparaît. Généralement les bananes sont parfumées au poulet, les oranges au saucisson sec, et les pommes de terre à la myrtille.

— Vous avez tout de même réussi à vous alimenter ? demanda Peggy Sue.

— Pas trop bien, avoua Sean. Beaucoup de gens ont terriblement maigri au cours de la descente. Nous attrapions les perroquets albinos pour les manger tout crus.

Nous buvions de l'eau de pluie. Ce n'était pas génial. En arrivant ici, la plupart d'entre nous étaient malades, affaiblis. Néanmoins, il a fallu se lancer dans la chasse aux légumes pour se nourrir.

— Et le papillon ? fit Sebastian.

Sean grimaça.

— Le papillon se cache, marmonna-t-il. Les gens sont très mécontents. Ils en veulent terriblement à Peggy Sue de lui avoir fait peur en détruisant la forge. Ils la tiennent pour responsable de leurs malheurs. C'est pour ça que je suis venu à votre rencontre. Je ne voulais pas que vous tombiez sur eux. Ils vous auraient accueillis avec des pierres… ou pire encore.

Peggy crispa les poings. Comme c'était injuste ! Après tous les risques qu'elle avait courus sur le nuage !

— La situation s'est rapidement dégradée, reprit Sean. Les villageois ont perdu patience. Ils exigeaient que le papillon vole en permanence dans la caverne pour que son ombre les recouvre le plus souvent possible. Mais le papillon a refusé de se montrer. Je pense qu'il est fatigué, malade…

— Tu dis qu'il est dans la montagne, fit Sebastian. Il y a donc une montagne dans la caverne ?

— Oui… répondit Sean sans cesser de regarder Peggy. Enfin, nous appelons ainsi un amoncellement de roches qui se dresse au centre de la plaine. Bref, des groupes se sont constitués. Ils ont décidé de contraindre le papillon à voler. Armés de torches enflammées, ils ont entrepris de le débusquer… et de l'enfumer jusqu'à ce qu'il se décide à prendre l'air.

— C'est affreux ! s'exclama l'adolescente, révoltée. Comment peut-on se montrer aussi ingrat ?

Sean Doggerty haussa les épaules.

— Ils ont souffert pour venir ici, lâcha-t-il. Alors, ils en veulent pour leur argent, comme on dit. Et puis, ils ont rencontré d'autres personnes… Des hommes, des femmes, qui ont sauté dans le gouffre il y a de cela plusieurs années. Ces « tribus » ne sont pas très bien disposées à l'égard du papillon. Certaines n'hésitent pas à tirer des flèches enflammées dans sa direction pour le contraindre à ne pas sortir de la zone qu'ils occupent.

— L'ambiance ne semble pas très cool, ricana Sebastian. C'est tout ce que tu as à nous annoncer ?

— Il faudra se montrer prudents, insista Sean. Les esprits s'échauffent depuis quelques jours. Les villageois pensent de plus en plus que le papillon leur appartient, et qu'il doit leur obéir comme un animal domestique. Cela n'annonce rien de bon, car je crois que le monde de la caverne est une création du papillon. Il est le reflet de ses humeurs, il se modifie selon ses sentiments du moment.

— Tu penses qu'à force d'être persécuté il pourrait se fâcher, suggéra Peggy, et que le paysage se modifierait dans ce sens ?

— Oui. Vous avez vu l'eau ? Au début, elle coulait gentiment. Maintenant, si on y trempe la main, elle vous aspire dans les profondeurs de la rivière et tente de vous noyer ! Quand on veut remplir un seau, il faut attacher le récipient à une corde, et se mettre à plusieurs pour le remonter ! C'est un signe, non ?

Les adolescents restèrent une minute silencieux. Peggy remarqua que les brins d'herbe essayaient de défaire les lacets de ses chaussures. Ils se tortillaient tels de minuscules serpents. Les oiseaux blancs planaient dans le « ciel », répétant à l'infini les mots qu'ils avaient volés aux humains, ici et là. Leurs chants, en se mêlant, tissaient des conversations sans queue ni tête.

— Qu'est-ce qu'on peut espérer ? grogna Sebastian. Nous sommes des enfants, les adultes ne nous écouteront jamais. Je ne veux pas qu'ils fassent du mal à Peggy.

— La seule solution, c'est de prendre directement contact avec le papillon, décida cette dernière. Peut-être acceptera-t-il de m'écouter ? Après tout, j'ai empêché les Invisibles de l'ébouillanter avec l'or fondu des étoiles ! Il me doit au moins une entrevue.

— Pourquoi pas ! maugréa Sean, mais avant, il faudra que tu localises sa cachette.

— J'y parviendrai, assura la jeune fille. Le chien bleu m'aidera. Personne ne peut résister à son flair.

Ils décidèrent de dormir pour recouvrer leurs forces. Sebastian monterait la garde. Sean Doggerty répéta qu'il était capital de s'installer sur les rochers si l'on voulait échapper aux malices de l'herbe chatouilleuse.

— Et puis, ajouta-t-il, installé en hauteur, on ne risque plus de se faire piétiner par les troupeaux de légumes qui parcourent la prairie.

— Des troupeaux de légumes ? balbutia Peggy.

— Oui. D'abord les avalanches de pommes de terre, dont je te parlais tout à l'heure, mais aussi les arbres migrateurs qui décident de changer de coin parce qu'ils trouvent que le soleil ne brille plus assez là où ils sont plantés. On peut voir des forêts entières se mettre en marche, à la recherche d'une meilleure exposition. Si on a le malheur de se trouver sur leur passage, elles vous piétinent. Depuis quelque temps, les légumes ont loué les services des buissons de ronces, pour se protéger des humains. Les ronces leur servent de gardes du corps. Elles utilisent leurs épines pour poignarder tous ceux qui essayent de cueillir les fruits du royaume souterrain. La Nature s'organise pour se défendre. Notre présence n'est guère appréciée.

Peggy eut du mal à s'installer confortablement sur les blocs de pierre. Comme Sebastian montait la garde, elle ferma les yeux en toute tranquillité. Elle l'aimait, et elle aurait voulu qu'il soit heureux, lui aussi. Hélas, sa nature d'inhumain compliquait tout.

« Je vais grandir, pensa-t-elle, mais pas lui… Quand je serai devenue une femme, il aura toujours l'apparence d'un garçon de 14 ans. Comment ferons-nous ? Tout le monde le prendra pour mon petit frère… *ou pour mon fils !* »

Ce serait un sacré casse-tête !

« Il faudrait… se dit-elle, il faudrait que je trouve le moyen de lever la malédiction qui pèse sur lui. S'il redevenait humain, nous pourrions grandir en même temps ! »

Oui, sans doute… mais que ferait-elle de Sebastian, dans ce cas ? Pour l'instant, lorsqu'il avait l'apparence d'un sac de sable, il était facile de le dissimuler au fond d'une valise. Il n'en irait plus de même lorsque le jeune Mexicain serait devenu un véritable adolescent ! Comment Peggy expliquerait-elle sa présence à ses parents ? Il faudrait bien qu'il habite quelque part, qu'il mange, qu'il s'habille…

« Que la vie est compliquée quand on a 14 ans ! » bâilla-t-elle. Et elle s'endormit sur cette dernière pensée.

# 21

## Colère sur la prairie

Ils se réveillèrent avant que le jour ne soit réellement levé. Une faible lumière orangée baignait cette partie de la caverne. Ç'aurait pu être l'aube ou le crépuscule, comment savoir ?

— C'est à cause du vent, expliqua Sean. Il ne souffle pas dans notre direction, alors le soleil reste là-bas à attendre sagement qu'une bourrasque le rabatte vers nous. S'il n'y a pas de courants d'air, il peut demeurer des mois au même endroit.

— Tu vas nous mener à la montagne où se cache le papillon, décida Peggy. J'essayerai de prendre contact avec lui.

— D'accord, capitula Sean Doggerty. Mais, si nous croisons des villageois, dissimule ton visage. Il ne faudrait pas qu'ils te reconnaissent. Je te l'ai dit : ils te haïssent.

Avant de se mettre en marche, Sebastian alla jusqu'à la rivière pour s'y baigner. Seule sa force prodigieuse lui permit de ne pas être aspiré par le cours d'eau furibond.

— Ne t'en approche surtout pas ! lança-t-il à Peggy en s'ébrouant. Bon sang ! J'ai eu l'impression que trois sirènes invisibles se cramponnaient à mes jambes pour m'entraîner au fond !

— Je vous avais prévenus, triompha Sean. Si l'on veut boire, il convient d'utiliser les mares ou les fontaines. Là, l'aspiration est moins puissante.

Marchant en file indienne, ils s'élancèrent sur la lande noyée de brouillard. Les oiseaux blancs voletaient autour d'eux, épiant leurs paroles.

— Ne dites rien, souffla Sean. Sinon, ils s'empresseront de le crier à tous vents, et les gens devineront notre présence.

— *Présence ! Présence !* hurlèrent aussitôt les volatiles qui avaient l'ouïe fine.

Le brouillard avait un goût d'ananas.

— Certains affirment qu'on peut se nourrir rien qu'en le respirant, chuchota Sean. Je ne sais pas si c'est vrai.

Peggy réalisa qu'il était difficile d'avancer, car l'herbe chatouilleuse ne cessait de dénouer les lacets des marcheurs. Cette première étape franchie, la pelouse vivante s'appliquait ensuite à ôter leurs chaussures aux intrus, puis elle leur arrachait les chaussettes. Il fallait constamment mettre un genou à terre pour se rajuster. Peggy devait lutter contre les brins d'herbe pour récupérer ses socquettes.

— La prairie aimerait nous mettre pieds nus pour mieux nous chatouiller, grogna Sean. Si elle y parvenait, nous serions tellement tordus de rire que nous ne pourrions plus faire un pas.

Cette bataille de tous les instants ralentissait la progression du groupe. Le chien bleu, perdant patience, s'était mis en devoir d'arracher avec les dents de pleines touffes de végétation.

Soudain, alors qu'ils sortaient d'une petite ravine, Sean leur fit signe de se jeter à plat ventre. Une troupe d'hommes armés se déplaçaient dans la plaine. Ils portaient des torches enflammées et de grands arcs. Peggy reconnut parmi eux plusieurs habitants de Shaka-Kandarec, notamment le boulanger et le boucher. Ils avançaient d'une démarche assurée, avec une expression farouche.

— Il s'agit d'un bataillon d'assaut, murmura Sean en approchant sa bouche de l'oreille de Peggy. Ils vont tenter de déloger le papillon de sa cachette pour le forcer à voler.

La jeune fille serra les dents. Les chasseurs avaient quelque chose de redoutable qui les faisait ressembler à des hommes préhistoriques.

« Curieux ! pensa-t-elle. On dirait qu'ils ont régressé depuis leur arrivée dans le royaume souterrain. Leurs cheveux ressemblent à de l'herbe. La barbe, sur leurs joues, fait penser à des épines de rosier ! Seraient-ils en train de se transformer ? »

Les guerriers se dirigeaient vers une colline rocheuse dont le brouillard dissimulait le sommet. Dès qu'ils furent au pied de cette montagne en réduction, ils se mirent à pousser des cris et à brandir leurs armes.

— Ils essayent d'effrayer le papillon, souffla Sean. Ils ne lui laissent aucun répit. Dès qu'il veut se poser quelque part pour reconstituer ses forces, les chasseurs le bombardent de flèches pour le forcer à reprendre son vol.

— C'est horrible, lâcha Peggy. La pauvre bête doit être complètement épuisée.

— Oui, confirma Sean Doggerty. J'ai essayé de leur faire entendre raison, mais ils sont comme fous. Ils exigent leur ration de bonheur quotidienne. Ils disent que c'est un droit élémentaire dont on ne peut les priver.

Maintenant, les chasseurs tendaient leurs arcs pour expédier des traits enflammés en direction de la montagne. Les flèches fendaient l'air avec un vrombissement de drapeau claquant dans le vent.

Ce manège dura plusieurs minutes. Les hommes s'excitaient en poussant des cris de guerre. Enfin, alors que la colline s'enveloppait de fumée noire, le papillon surgit de sa cachette. Il avait piteuse allure.

— Oh ! gémit Peggy Sue. Il a rétréci et le bord de ses ailes est tout abîmé. Même ses couleurs ont pâli.

— C'est vrai, confirma le chien bleu. Il n'a pas l'air en bonne santé. On dirait un vieux mouchoir en papier dans lequel on s'est mouché quarante fois !

Dans la plaine, les guerriers poussèrent des hurlements de triomphe. Ils s'obstinaient à tirer des flèches en direction de l'insecte fabuleux pour l'empêcher de rebrousser chemin.

Le papillon voletait mollement, sans savoir où il allait. Son unique souci semblait être de se mettre hors de portée des projectiles visant ses ailes. Son ombre courait sur le sol, se bosselant sur les reliefs de la lande, mais elle était désormais bien plus réduite qu'auparavant.

— La pauvre bête ! soupira Peggy. Il faut à tout prix trouver le moyen de l'aider.

— C'est sûr, grommela Sean. Elle ne vivra pas longtemps à ce régime-là. Au fil des semaines, elle va devenir de plus en plus petite. Les hommes auront dévoré sa substance sans lui laisser le loisir de se régénérer.

Peggy plissa les yeux. Sur la prairie, des groupes d'hommes et de femmes couraient en désordre pour suivre les déplacements de l'ombre. Dès que celle-ci les recouvrait, ils se mettaient à rire et à pleurer de joie. Il arrivait que, dans la bousculade, ils se piétinent les uns les autres sans y prêter attention.

Peggy fit la grimace en observant le lépidoptère. Jamais les symboles étranges dessinés sur ses ailes n'avaient été aussi pâles.

« On dirait une carte des étoiles en train de s'effacer », songea-t-elle, le cœur étreint d'un mauvais pressentiment.

Si elle n'intervenait pas rapidement, le papillon des abîmes rendrait le dernier soupir avant qu'il soit longtemps.

## 22

## Pleure, papillon, pleure…

Le papillon volait en zigzag, comme s'il avait le plus grand mal à s'orienter. Peggy Sue comprit qu'il essayait de sortir de la zone éclairée par le soleil miniature. Une fois perdu dans l'obscurité, il cesserait de projeter une ombre sur le sol, et les hommes le laisseraient tranquille.

Hélas, les guerriers avaient éventé sa stratégie. Une ligne d'archers s'était postée à la lisière de la nuit. Chaque fois que le lépidoptère tentait de s'approcher de la zone nocturne, ils levaient leurs arcs et lançaient vers la voûte des bordées de flèches couronnées de flammes. L'insecte était alors contraint de faire demi-tour sous peine de se brûler les ailes.

Peggy et ses amis assistaient à ce pénible spectacle avec une rage impuissante.

Brusquement, comme s'il en avait assez de ces persécutions, le papillon perdit toute couleur. L'espace d'une seconde, Peggy Sue crut qu'il allait se rendre invisible, mais il s'agissait d'autre chose. À peine était-il devenu blanc qu'une poudre fine et glacée se détacha de ses ailes pour remplir l'espace intérieur de la caverne.

— *De la neige !* s'exclama la jeune fille lorsqu'un flocon se posa sur le bout de son nez.

— Ce sont ses larmes ! aboya le chien bleu. La neige… C'est la tristesse du papillon !

Les battements d'ailes de la bête éparpillaient les flocons aux quatre coins du paysage en une tourmente qui semblait ne jamais devoir finir. En l'espace d'une minute, la température chuta de 25º. À présent, de la vapeur s'échappait de la gueule du chien bleu, et Peggy sentait l'onglée lui mordre cruellement les doigts. Elle s'aperçut qu'elle grelottait. Ils n'étaient, ni les uns ni les autres, habillés pour affronter cet hiver imprévu.

Les bourrasques neigeuses éteignirent les torches et les flèches enflammées. On ne pouvait garder la tête levée sans être aveuglé.

— Si ça continue à tomber comme ça, grogna le chien bleu, la lande sera recouverte d'ici une heure.

Il devenait urgent de se trouver un abri si l'on ne voulait pas mourir de froid. Sean conduisit ses amis sous les frondaisons d'un boqueteau de bananiers. Les arbres grelottaient autant que les humains. Des frissons agitaient leur écorce. Les adolescents se serrèrent les uns contre les autres de manière à former une masse compacte offrant moins de prise au vent glacé.

— *J'ai un problème,* balbutia tout à coup Sebastian d'une voix déformée.

— Que dis-tu ? gémit Peggy.

— L'eau, qui maintient soudés les grains de sable dont je suis composé, est en train de geler, bredouilla le garçon. Dans dix minutes, je ne pourrai plus bouger... Je suis en train de me transformer en statue de glace. Peggy... Oh! Je suis désolé...

La jeune fille s'empressa de saisir les mains de Sebastian. Elle eut l'impression de toucher une sculpture de marbre. Les doigts du jeune Mexicain étaient durs comme la pierre.

— Oh! non! gémit-elle. Ne me laisse pas!

Le garçon essaya de dire quelque chose, mais ses mâchoires ne pouvaient déjà plus remuer.

— C'est fichu! constata Sean. Si on le déplace, on risque de le casser. Il a gelé. Bon sang! Je ne sais pas ce qu'on peut faire.

— Allumons un feu! décida Peggy. Vite! Profitons de ce que les brindilles sont engourdies pour les enflammer.

Sean se dépêcha d'obéir. Il claquait des dents, lui aussi.

À la hâte, il improvisa un fagot avec les débris d'écorce et les feuilles tombées qui traînaient sur le sol. Il s'escrima ensuite à battre du briquet pour enflammer ce maigre bûcher. Par bonheur, les débris acceptèrent de brûler. Ils produisaient une fumée âcre, mais leur chaleur était la bienvenue. Peggy, Sean et le chien se rapprochèrent du bivouac pour protéger les flammes du vent. La gifle des flocons leur mordait les omoplates, la nuque. Chaque battement d'aile du papillon décuplait la tourmente.

« Il a voulu punir les hommes, songea Peggy Sue. La neige va le protéger tant qu'elle tombera. Ainsi, les chasseurs chercheront un refuge et cesseront de le poursuivre. »

— C'est bizarre, marmonna Sean Doggerty. On dirait que la chaleur du feu diminue. Regarde ! Je touche les flammes avec mes doigts et je ne ressens aucune brûlure.

— Exact, fit Peggy en plongeant sa main dans le foyer. C'est… c'est idiot à dire, mais je crois que le feu est en train de geler, lui aussi.

— Encore l'un de ces fichus maléfices ! aboya le chien bleu.

Les yeux écarquillés, ils se penchèrent au-dessus du maigre bûcher dont les flammes prenaient un aspect laiteux.

« Du verre, pensa Peggy Sue. On dirait du verre dépoli. »

Les flammes cessèrent bientôt de danser pour se figer en une sculpture cristalline et vitreuse n'émettant plus le moindre atome dc chaleur.

Peggy se tourna vers Sebastian pour le secouer ; elle crut toucher un bloc de béton. Le garçon était désormais plus raide qu'une statue plantée sur un piédestal.

— Si ça continue, mes crocs vont éclater comme du verre ! pleurnicha le chien bleu.

Peggy Sue luttait de toutes ses forces contre le désespoir qui menaçait de l'envahir.

— On ne peut pas rester là, fit observer Sean. La neige va nous recouvrir. Il faut descendre dans le vallon et se retrancher dans une grotte. Il y en a une, plus bas.

— Je ne veux pas abandonner Sebastian ! cria la jeune fille.

— Il ne risque pas grand-chose, lança l'Irlandais. Dans l'état où il est, il ne peut plus rien lui arriver. On le retrouvera sans mal. Viens ! ou nous allons geler comme les flammes de ce feu.

La mort dans l'âme, Peggy Sue se laissa entraîner par Doggerty. Le froid lui coupait le souffle.

« Si je respire trop fort, se dit-elle, ma langue va geler dans ma bouche ! »

Instinctivement, elle toucha ses cheveux, persuadée qu'ils étaient devenus cassants.

À demi aveuglée par les flocons, elle tituba jusqu'à la grotte signalée par Sean. La cavité n'était guère profonde, mais elle leur permit d'échapper aux rafales qui labouraient la lande.

Les arbres éclataient avec un bruit de vitrine brisée. L'herbe chatouilleuse avait gelé, elle aussi ; ses brins ressemblaient désormais à des piquants d'oursin. Ils craquaient sous la semelle.

Peggy Sue se recroquevilla au fond de la caverne. Elle se retenait de pleurer pour éviter que les larmes ne figent sur ses joues.

*

La tempête souffla plusieurs heures. Quand les flocons cessèrent de tomber, le froid subsista, intense. Un froid maléfique qui n'avait rien à voir avec tout ce que Peggy Sue avait connu à la surface de la Terre. Ici, dans ce territoire où régnait la magie, on devait s'attendre à tout, les adolescents en avaient conscience.

Lorsqu'ils quittèrent la caverne, la jeune fille chercha du regard la silhouette de Sebastian. Sur la plaine recouverte d'un épais manteau blanc, elle distingua une espèce de bonhomme de neige.

« *C'est lui !* pensa-t-elle. Pourvu que je puisse le récupérer avant de quitter le royaume souterrain. »

*

À force de zigzaguer à travers la lande, ils atteignirent un village composé de huttes rudimentaires qui croulaient sous la neige. Les habitants les dévisagèrent d'un œil maussade.

— Peggy Sue, entendait-on chuchoter, Peggy Sue... C'est à cause d'elle que nous en sommes là.

L'accusation était injuste !

« Jamais je ne leur ai conseillé de sauter dans l'abîme à la suite du papillon ! songea l'adolescente. Je les trouve gonflés. »

Là aussi, le feu de camp avait pris l'aspect d'une sculpture de verre. Peggy remarqua que les enfants s'en approchaient pour casser les flammes en petits morceaux. Ils glissaient ensuite ces débris dans leur bouche et les suçaient. Elle demanda à l'un des gosses pourquoi il agissait ainsi.

— Quand ça fond, ça devient chaud, expliqua confusément le petit garçon. C'est comme si on buvait du lait bouillant.

Interloquée, Peggy Sue décida d'essayer. Elle réalisa que le mioche disait vrai. Le morceau de flamme gelée qui fondait sur sa langue lui emplissait peu à peu la bouche d'une eau brûlante à la saveur lactée.

C'était curieux, bien sûr, mais il ne fallait pas crier au miracle pour si peu. Le royaume d'en bas regorgeait probablement de mystères encore plus stupéfiants.

Elle fit part de sa découverte à Sean.

— Bizarre, grommela celui-ci. Sucer de la glace pour se réchauffer… On aura tout vu !

Le garçon essaya de troquer de menus objets contre des vêtements, de la nourriture ; mais on le repoussa. Un groupe d'hommes se forma, qui criaient des insultes et montraient le poing.

— Tu ne connais donc pas le dicton ? grogna l'un d'eux. *Si tu as faim, mange ton chien !*

— Je propose que nous ne nous attardions pas ici, gémit le chien bleu. Ces gens ont des goûts culinaires détestables.

Les trois amis s'éloignèrent du village. Peggy Sue distribua les morceaux de flammes gelées qu'elle avait ramassés près du bivouac.

— Ça a un parfum de lait caillé, marmonna Sean, la bouche pleine. Mais c'est bouillant, c'est tout ce qui compte.

Comme le chien bleu s'enfonçait dans la neige jusqu'au poitrail, Peggy le prit dans ses bras et le serra contre sa poitrine. Les dents du pauvre animal claquaient tellement qu'elles faisaient autant de bruit qu'un sac de billes secoué en tous sens.

— J'ai une mauvaise impression, haleta Sean Doggerty. Au fur et à mesure que nous nous rapprochons de la montagne, le froid augmente…

— Exact, avoua Peggy. Je pense que le papillon agit ainsi pour se protéger des humains.

— Si la température continue à descendre, nous ne pourrons pas continuer, balbutia le garçon. Nous ne sommes pas assez couverts. Jusqu'à présent, il faisait plutôt chaud dans la caverne. Le climat y était tropical. Aucun d'entre nous n'a pensé qu'il lui faudrait affronter un hiver aussi brutal.

Un oiseau albinos passa en rase-mottes au-dessus de leur tête.

— *Brutal!* cria-t-il d'une voix qui imitait à la perfection celle de Sean Doggerty. *Hiver aussi brutal!*

À peine ces mots étaient-ils sortis de son bec qu'ils gelèrent dans l'espace et tombèrent sur le sol sous forme de lettres de l'alphabet sculptées dans la glace.

— Hé! *Qu'est-ce que c'est?* balbutia Peggy en se penchant.

Mais elle eut la surprise de voir ses propres paroles se solidifier aussitôt dans l'air glacé. L'espace d'une seconde, la phrase resta en suspens dans le vide, tel un assemblage maladroit, puis les lettres qui la composaient tombèrent en vrac dans la neige. L'adolescente les effleura de l'index.

— On dirait un alphabet pour enfants apprenant à lire, fit-elle. Des lettres… Des lettres moulées dans de l'eau gelée.

Plus elle parlait, plus l'espace se remplissait de nouveaux mots qui s'entrechoquaient avec des bruits de glaçons. Les abécédaires de givre s'accumulaient à ses pieds. La stupeur la fit reculer.

— Que va-t-il se passer si nous continuons à avancer ? demanda-t-elle au chien bleu.

— Je ne sais pas, avoua l'animal. Il se pourrait bien que les pensées se mettent à geler dans nos têtes.

Peggy frissonna en s'imaginant le cerveau envahi de glace pilée !

Les trois amis battirent en retraite.

— Il faut entrer en contact avec le papillon, proposa la jeune fille. Lui adresser un message télépathique. Avec un peu de chance, il acceptera de me recevoir.

— Ça me paraît une bonne idée, fit le chien. De toute manière, nous ne pouvons pas aller plus loin. À partir d'ici, il fait si froid que tout gèle, même ce qui d'habitude est immatériel. Regarde : les oiseaux blancs fuient la montagne. Ils ont peur d'être pétrifiés par l'hiver.

— Aide-moi ! ordonna Peggy. Si nous joignons nos forces mentales, nous aurons davantage de chance d'être entendus.

— D'accord, dit le chien. J'espère seulement que nos pensées ne vont pas geler dans l'air comme les mots qui sortaient de ta bouche.

Peggy ferma les yeux et se concentra. Elle n'avait pas le choix. Il fallait que l'atmosphère se réchauffe avant que les gens ne commencent à mourir.

« Papillon, pensa-t-elle, je ne suis pas ton ennemie. J'étais sur le nuage quand la forge a explosé. C'est moi qui l'ait fait sauter, avec mes amis, Sebastian et le chien bleu. Je veux t'aider. Je sais que les gens qui vivent sur la plaine te persécutent, mais il y a peut-être un moyen d'arranger les choses. Accepterais-tu d'en parler avec moi ? »

Elle avait du mal à penser. Il lui semblait que sa cervelle était en train de geler dans sa boîte crânienne comme une boule de guimauve égarée dans un congélateur. Elle se dépêcha de tirer de sa poche un fragment de flamme et de le sucer.

— Ça ne marche pas, lui souffla le chien. Je crois que notre message a dû se figer quelque part dans les airs, entre ici et la montagne. J'ai l'impression que mes pensées sont épaisses, que ma cervelle tourne au ralenti.

— C'est le temps… haleta Sean. *Le temps est en train de geler, lui aussi.* Les heures ne s'écoulent plus à la bonne vitesse. La rivière du temps charrie des glaçons. Quand elle sera totalement prise dans la glace, tout s'arrêtera. Nous serons pétrifiés, prisonniers d'une seconde éternelle !

« Non ! protesta mentalement Peggy. Ce n'est pas possible. Je n'ai aucune envie de passer le reste de l'éternité au fond d'une caverne ! Je veux récupérer mon petit ami et remonter à la surface ! »

La colère la gagnait. Elle rassembla toute son énergie pour lancer un nouveau message au papillon. Elle était si énervée qu'il lui sembla que des étincelles lui sortaient par les oreilles.

*

Pendant un long moment, il ne se passa rien. Tout ralentissait. Même les oiseaux volaient moins vite.

En fait, ils battaient des ailes si lentement qu'ils auraient dû normalement tomber dans la neige. Les flocons mettaient une éternité à toucher le sol et Peggy Sue se sentait gagnée par le sommeil.

« Le sommeil du temps, pensa-t-elle. Tout se passe comme si quelqu'un avait enfoncé la touche *pause* sur un magnétoscope. »

Enfin, venant de très loin, une voix étrange résonna dans sa tête. Elle disait :

— D'accord, tu peux venir. Toi, toi seule. Je vais t'ouvrir un chemin au cœur de l'hiver magique. Ne t'écarte pas de ce sentier ou tu te figeras pour l'éternité. Un oiseau blanc va voler jusqu'à toi. Suis-le. Il connaît la route. Viens, nous parlerons.

— Ne peux-tu tout simplement arrêter l'hiver ? demanda Peggy Sue.

— Non, fit le papillon. L'hiver est né de ma tristesse, et je ne puis commander à mes sentiments. L'été reviendra quand j'aurai retrouvé la joie de vivre.

— J'arrive, lança Peggy. Envoie l'oiseau.

— Ne t'écarte surtout pas du sentier, répéta la voix. De part et d'autre, le temps est gelé. Tu te changerais en statue.

*

Le chien bleu trépignait. Il aurait voulu accompagner Peggy Sue. Il ne pouvait se résoudre à l'idée de la laisser traverser seule le couloir temporel ouvert par le papillon.

— En fait, grommela-t-il, on ne sait rien de cette bestiole. Au début, elle semblait plutôt sympa, mais les humains l'ont tellement enquiquinée qu'elle est peut-être devenue mauvaise. Je comprendrais ça. C'est vrai qu'il faut une sacrée dose de patience pour supporter tes congénères !

— Je n'ai pas le choix, coupa la jeune fille. Il y va de notre survie. Combien de temps crois-tu que nous pourrons encore résister au froid ?

Le perroquet albinos apparut soudain au-dessus de leurs têtes. Ses plumes raidies par le gel produisaient un crissement désagréable lorsqu'elles glissaient les unes sur les autres.

— Je dois y aller, fit Peggy.

— *Dois y aller...* répéta le perroquet.

— Si tu n'es pas revenue dans une demi-heure je vais te chercher ! déclara le chien bleu d'un ton péremptoire.

Peggy Sue le gratta affectueusement entre les oreilles et s'élança dans le sillage de l'oiseau blanc. Elle s'appliqua à suivre l'ombre que le volatile dessinait sur la neige. Plus il s'approchait de la montagne, plus le perroquet albinos volait lentement, comme si l'air lui opposait une sorte de mur élastique et invisible.

« On dirait que son ombre va geler, songea l'adolescente. Au début, elle se déplaçait normalement, *à présent elle frotte sur la neige.* J'entends le bruit qu'elle fait. C'est comme une feuille morte filant sur un trottoir. »

Elle respirait avec difficulté. Elle avait du mal à réfléchir. Ses pensées coulaient dans les méandres de son cerveau avec la lenteur d'un miel épaissi par les frimas.

« Applique-toi à mettre un pied devant l'autre, s'ordonna-t-elle. Tu n'es plus en état de faire autre chose. »

Regardant de part et d'autre du chemin temporel, elle aperçut des libellules figées en plein vol, des flocons de neige immobiles. L'oiseau croassa pour la rappeler à l'ordre, et les lettres de glace formant son cri tombèrent sur la tête de Peggy Sue.

Le C de *crooaa* meurtrit le nez de la jeune fille, lui arrachant un gémissement qui, lui aussi, se matérialisa dans l'espace sous forme d'un alphabet gelé.

\*

L'adolescente atteignit enfin les premiers contreforts de la montagne. Elle avançait à la façon d'une somnambule.

« C'est comme si je marchais pendant mon sommeil », pensa-t-elle en s'ébrouant.

Maintenant qu'elle gravissait la colline, elle se sentait moins idiote. Aux abords du papillon, le temps semblait plus fluide.

Le perroquet la guida jusqu'à l'entrée d'une caverne. L'insecte se tenait là, perché au sommet d'une pierre pointue. Ses ailes pendaient lamentablement. Elles étaient constellées de trous, et brûlées sur les bords. Mais le plus stupéfiant, c'est qu'elles avaient considérablement rapetissé.

Le lépidoptère n'avait plus rien de la créature fabuleuse qui frôlait, jadis, le ventre des nuages et dont l'envergure dépassait celle des avions les plus prestigieux.

Aujourd'hui, il offrait l'image d'une bête souffreteuse, recroquevillée sur elle-même, au bord de l'épuisement.

— Salut, dit Peggy Sue, intimidée. On ne s'est jamais rencontrés, mais c'est moi qui ai fait sauter la forge des Invisibles.

— Je sais qui tu es, fit le papillon d'une voix sourde. Tu es célèbre dans les mondes parallèles pour tes combats contre les fantômes. Tu n'as guère de pouvoirs magiques, mais tu es courageuse et entêtée. Tu n'en as que plus de mérite à triompher. Quand on a des pouvoirs, tout devient un peu trop facile, non ?

— Je ne sais pas, bredouilla Peggy. Parfois j'aimerais en avoir, et parfois non... Je veux rester une fille normale. Je trouve que c'est déjà assez compliqué comme ça. Et puis, avec des pouvoirs, j'aurais l'impression de tricher.

Le papillon agita ses antennes. D'étranges étincelles bleuâtres s'en échappèrent.

— Je ne suis pas ton ennemie, insista la jeune fille.

— Je sais, fit l'animal. Tu as essayé de m'aider, mais il n'en va pas de même pour tes semblables. Ils sont fous, mauvais. Ils me harcèlent. À cause d'eux, je suis tombé malade. Ils m'ont volé mon énergie. Ils se conduisent comme des vampires. Chaque fois qu'ils marchent sur mon ombre, ils me dévorent un peu plus. Regarde mes ailes... Tu vois comme elles ont raccourci ?

— Oui.

— Si je ne me soigne pas, la maladie va empirer. Je vais continuer à rétrécir. Au bout du compte, un matin, je ne serai pas plus gros qu'un timbre-poste. Si fragile qu'un simple courant d'air me fera tomber en poussière. C'est ce qui arrive quand on profite un peu trop de quelqu'un.

— Puis-je t'aider ?

Le papillon s'agita sur son perchoir rocheux. Une poudre argentée s'éleva de ses ailes pour danser dans les rayons lumineux provenant de l'entrée de la crypte.

— Comme on a dû te l'apprendre, lança-t-il, j'ai l'habitude de terminer mon tour du monde annuel par Shaka-Kandarec. Là, je plonge dans le gouffre pour gagner le royaume souterrain... Je ne procède pas ainsi par hasard. La caverne est pour moi une sorte d'hôpital où je reconstitue mes forces. J'y reste tapi jusqu'à ce que mon capital énergétique soit de nouveau restauré. Ici, je suis à l'abri des attaques, je peux cicatriser en paix... Du moins, je le pouvais avant que les humains ne se mettent en tête d'envahir mon domaine pour m'y persécuter.

— Du coup, tu ne peux plus guérir, compléta Peggy. Tu ne disposes d'aucun temps de repos.

— Exact, confirma le lépidoptère. C'est pour cette raison que tu me vois dans cet état.

— Et que faisais-tu pour te soigner ? interrogea la jeune fille. Prenais-tu des... médicaments ?

— Tu ne crois pas si bien dire, fit le papillon. En fait, j'utilisais un remède magique, qu'on ne peut trouver nulle part ailleurs qu'aux confins de la plaine du nord. Ce remède rénovait complètement mes ailes et mon corps. Son pouvoir me rendait neuf.

— Et tu veux que j'aille le chercher pour toi, c'est ça ?

— Oui, mais je ne puis t'y contraindre. C'est une mission extrêmement dangereuse. Et les humains n'ont guère de chance d'en revenir vivants. Tu es brave et généreuse, je ne voudrais pas être à l'origine de ta mort.

Peggy prit une profonde inspiration et dit :

— Si je t'aide, il faudra que tu t'arranges pour tous nous ramener à la surface, c'est d'accord ?

Le papillon hocha sa curieuse tête aux yeux proéminents. Vu de près, comme tous les insectes, il était assez affreux, et l'adolescente se sentait plutôt mal à l'aise en sa compagnie.

— D'accord, fit le lépidoptère. Je vais t'expliquer de quoi il s'agit. Il y a, à l'extrême pointe de la lande du nord, au-delà des brouillards, un château fantôme. Le jour, ce n'est qu'un tas de ruines. Un amas de pierres éparpillées, mais la nuit tout change. Il se recompose. Les blocs se remettent en place.

— Il se reconstruit ?

— Oui, il est comme neuf. Les salles, les appartements sont remplis de meubles, de vaisselle d'or, de tapisseries merveilleuses. Et l'on y croise les fantômes des gens qui vivaient là jadis : de belles dames, des chevaliers, des pages, des troubadours…

— Ce doit être étonnant, souffla Peggy Sue.

— Exactement, confirma le papillon. Tout paraît si réel qu'on finit par oublier ce qu'on est venu y faire. On écoute les musiciens, on danse, on se laisse courtiser par les jeunes gens… et c'est ici que réside justement le piège. On ne voit pas le temps passer. Dès que le jour se lève, le manoir reprend son apparence de vieille ruine ; si l'on est toujours à l'intérieur, on est mis en pièces. Bras, jambes, tête, tout est déchiqueté et expédié aux quatre vents. On est détruit, comme le château, écartelé, haché menu.

— Quelle horreur ! haleta la jeune fille.

— Je préfère être franc avec toi, dit sévèrement l'animal. Tu courras un grand danger car les humains sont faibles et se laissent souvent distraire. Il suffit d'un rien : un air de danse, une chanson… et les voilà qui oublient le principal. Or, comme tu le sais, la durée des nuits est inégale dans le royaume souterrain. Elle dépend des mouvements capricieux du soleil. Si le vent est faible, l'astre roulera au ralenti, et l'obscurité régnera vingt-quatre heures… Si, par contre, la bourrasque souffle fort, le soleil peut faire le tour de la caverne en cinq heures à peine. Il convient de rester vigilant. Le mieux est de placer un guetteur à l'extérieur du château fantôme, il signalera à celui qui est entré dans les ruines le retour de la lumière.

Peggy Sue grimaça. Présentée de cette manière, la mission paraissait fort périlleuse.

— Mais que devrai-je faire une fois dans le manoir ? s'enquit-elle.

Le papillon poussa un long soupir, comme si les remords le gagnaient déjà.

— D'abord ne pas te laisser distraire, énonça-t-il. Les spectres qui hantent le château ne sont pas méchants, mais ils mettront tout en œuvre pour te retarder.

Ils s'appliqueront à te charmer, et tu oublieras peu à peu de surveiller le ciel, tu te diras que tu as du temps devant toi…

— Et si je parviens à leur résister ?

— Alors il te faudra trouver où est caché l'œuf du perroquet, et le voler.

— L'œuf du perroquet ?

— Oui. Je ne sais pas où il se trouve. Tous les ans, les fantômes le changent de place. Il est très fragile, et tu devras faire attention à ne pas le casser. Ensuite, si tu réussis à sortir du château avant le lever du jour, tu devras réchauffer cet œuf jusqu'à ce qu'il éclose. En quelque sorte, il te faudra le couver.

— Quoi ? Je ne vais tout de même pas m'asseoir dessus comme une poule !

— Non, bien sûr, mais tu l'envelopperas de chiffons chauds. Tu veilleras à ce qu'il ne refroidisse jamais, sinon le poussin qu'il contient mourrait dans sa coquille.

— Combien de temps avant l'éclosion ?

— Cela dépend. Si l'on chauffe un peu trop l'œuf, on cuit le poussin, et tout est fichu.

— Berrkkk ! gémit Peggy Sue.

— Lors de l'éclosion, l'oiseau fera exploser la coquille. Ensuite, il ouvrira le bec et criera un mot… Une formule magique. Il prononcera ce mot *une seule fois*, et tu devras le mémoriser, car l'oiseau s'envolera pour ne plus revenir.

La jeune fille se gratta la tête.

— Je suppose que ce mot sera *très* compliqué… siffla-t-elle.

— Probablement, admit le papillon. J'espère que tu as une bonne oreille et une excellente mémoire, car tu devras courir me répéter ce mot sans en déformer ne serait-ce qu'une syllabe. Dès que je l'aurai prononcé à voix haute, je guérirai. Mes ailes repousseront. Je serai de nouveau fort et beau.

— Formidable, grogna Peggy. Et si je me trompe ?

— Alors je brûlerai vif, et vous serez tous condamnés à finir vos jours ici, dans le royaume souterrain.

— Charmant, marmonna l'adolescente. Je suppose que je n'ai pas le choix ?

— C'est à toi de voir. Je ne veux pas te forcer. Je te le répète, rien ne sera facile.

— Avant, tu te débrouillais tout seul ?

— Oui, mais je ne suis pas humain. Je ne prêtais aucune attention aux fantômes du château, et mon instinct me renseignait très exactement sur la course du soleil. L'œuf, je le plaçais sous mon ventre, et je le couvais sans problème… Aujourd'hui, hélas, je ne suis plus en état de faire un si long voyage, les hommes me harcèleront dès que je ferai mine de sortir de ma cachette. Je deviens de plus en plus froid, l'œuf n'arriverait jamais à maturité. Si je ne me soigne pas, l'hiver de ma tristesse va progressivement figer le temps, et tout ce qui vit à l'intérieur de la caverne se métamorphosera en statue de glace… et cela pour l'éternité.

Peggy prit le temps de réfléchir à toutes ces informations. La mission ne serait pas facile, et elle aurait bien aimé être secondée par Sebastian, hélas ! il ne fallait pas y compter.

— D'accord, murmura-t-elle. Je tenterai le coup.

— Si tu réussis, promit l'animal, je vous ramènerai là-haut. En plus, je te donnerai le moyen de te débarrasser *définitivement* des Invisibles.

— C'est possible ? bredouilla l'adolescente, ébahie.

— Oui, assura le papillon. Je suis le seul à vraiment savoir comment les détruire. Même Azéna, la fée aux cheveux rouges[1], ignore comment s'y prendre.

Peggy ne savait si elle devait croire à cette promesse, mais la destruction des Invisibles était un mobile suffisant pour tenter l'aventure.

— L'oiseau vous guidera jusqu'aux ruines, toi et tes amis, expliqua le papillon. Ne le perdez jamais de vue et posez toujours les pieds là où son ombre est passée. C'est votre seule chance de n'être pas pétrifiés par le ralentissement du temps. Maintenant va, je suis fatigué. Sois vigilante.

Peggy salua son interlocuteur et tourna les talons pour suivre l'oiseau blanc qui s'impatientait.

Dehors, le froid lui parut encore plus vif. Elle fut heureuse se retrouver Sean et le chien bleu.

Elle partagea avec eux les derniers morceaux de flammes congelées qui traînaient dans ses poches, et leur raconta son entrevue.

— Couver un œuf par un tel froid ! grogna le chien, ce sera loin d'être facile !

---

1. Voir *Le Jour du chien bleu*. Azéna vit dans une dimension parallèle. C'est elle qui a jadis fourni à Peggy Sue ses fameuses lunettes destructrices de fantômes. Lunettes qui, aujourd'hui, ont épuisé tout leur pouvoir.

— Ce qui m'ennuie, avoua Peggy, c'est ce mot magique. L'oiseau le prononcera une seule fois... Si nous le comprenons de travers, ce sera la catastrophe.

— Il faudrait un magnétophone, dit Sean Doggerty, mais je n'ai pas ça dans mes bagages.

— Moi non plus, soupira Peggy Sue.

— À nous trois, nous réussirons sans doute à le mémoriser correctement, assura le garçon. J'ai une assez bonne oreille. Je joue du banjo. Généralement, il suffit qu'on me siffle une mélodie pour que je sois capable de la reproduire sans fausse note.

— C'est bien, fit la jeune fille quelque peu rassurée. Alors il n'y a plus qu'à se mettre en route.

## 23

## Belles dames et charmants fantômes

L'oiseau blanc volait avec peine. Peggy Sue, Sean et le chien bleu suivaient son ombre qui semblait peinte à l'encre de Chine sur la neige. Il faisait si froid que, par instants, cette ombre gelait et adhérait au sol telle une feuille de papier enduite de colle. Le volatile était alors arrêté dans sa course aérienne. Il avait beau battre désespérément des ailes, il n'avançait plus et restait suspendu dans le ciel, condamné à faire du surplace. Chaque fois, Peggy et ses amis s'agenouillaient autour de l'ombre et soufflaient dessus pour la réchauffer.

Quand elle consentait enfin à s'arracher du sol verglacé, le perroquet reprenait sa course.

*

Au fur et à mesure qu'ils s'éloignaient de la montagne, le froid produit par le papillon alla en diminuant. La couche de neige commença à s'amincir, pour finalement disparaître. Une certaine tiédeur s'installa. L'herbe chatouilleuse retrouva sa vivacité. Désormais, quand on allumait un feu, les flammes restaient souples et brûlantes.

Peggy marchait mécaniquement, prisonnière d'un demi-sommeil. Elle ne sut jamais combien de temps dura le voyage. Elle sortit de sa torpeur quand les ruines du manoir se dessinèrent à l'horizon.

— Woah ! souffla le chien bleu. On dirait qu'un enfant a sauté à pieds joints sur une maquette de château fort. Difficile d'imaginer quelle allure avait cette bicoque lorsqu'elle était encore debout.

Peggy approuva d'un hochement de tête. D'énormes blocs de pierre couverts de mousse avaient roulé sur la plaine. Les remparts, les tours, tout avait été émietté, presque réduit en poussière. Çà et là, on devinait la forme d'un rempart, un bout de créneau, une colonne, une gargouille… mais, dans l'ensemble, le castel ressemblait davantage à un monceau de corn-flakes parfumés à la moisissure qu'à un manoir effondré.

— Il a fallu un sacré cataclysme pour aboutir à ça, chuchota Sean, impressionné.

Peggy retenait son souffle. Le lieu dégageait une atmosphère maléfique. Malgré elle, la jeune fille se surprit à scruter les blocs de maçonnerie pour s'assurer qu'il ne s'agissait pas d'animaux déguisés. Des dinosaures, par exemple… car rien ne ressemble plus à un tas de pierres qu'un dinosaure qui cache sa tête et ses pattes sous un camouflage de lierre, tout le monde sait ça.

— Allons explorer les ruines, décida-t-elle, je veux savoir où je vais mettre les pieds.

Les trois amis entrèrent à petits pas dans le labyrinthe chaotique du château fracassé. La pierre grisâtre avait été taillée en des temps reculés. Les herbes folles, la mousse recouvraient la plupart des murailles.

— Hé ! lança Sean. Ce truc, là… Ce ne serait pas un morceau d'armure ?

— On dirait un casque de chevalier tout aplati, admit Peggy Sue.

En furetant dans les décombres, ils dénichèrent des tronçons d'épée, mais aussi des chandeliers, des coupes et des plats merveilleusement décorés. Tout avait été broyé par la catastrophe, toutefois il était facile de deviner que le château avait, du temps de sa splendeur, renfermé mille richesses toutes plus éblouissantes les unes que les autres.

— Tu as vu ? grommela le chien bleu. Il n'y a plus rien d'entier. Même les armures ont explosé. Cet endroit est un puzzle en trois millions de morceaux.

— Tu dis qu'il va s'autoréparer à la tombée de la nuit ? s'enquit Sean.

— Oui, fit Peggy Sue. Normalement, nous devrions assister à ce prodige dès que le soleil s'en sera allé à l'autre bout de la caverne. Mais le problème, c'est la nuit… Nul ne peut prévoir combien d'heures elle durera.

— Nous posterons un guetteur sur ce monticule, décida Sean. Le chien bleu pourra sans peine jouer les sentinelles. Il aboiera très fort dès qu'il verra le soleil revenir vers nous.

— Non, coupa Peggy. J'aurai besoin de son flair pour localiser l'œuf magique. Il m'accompagnera dans le château. Toi, tu monteras la garde.

Sean Doggerty se renfrogna. Comme tous les garçons, il ne voulait laisser échapper aucune occasion de devenir un héros.

— Ton rôle est d'une importance capitale, insista Peggy. Si le soleil se lève avant que nous soyons sortis du manoir, le chien bleu et moi, nous serons mis en pièces, avec les murs et les tourelles. Ce sera comme si un coutelas invisible nous découpait en mille morceaux.

— D'accord, assura le jeune homme. J'ouvrirai l'œil.

— Mon flair, mon flair… grogna le chien, c'est vite dit. D'abord ça sent quoi un œuf ? La volaille ?

— Peut-être pourrions-nous le trouver avant la nuit ? proposa Sean Doggerty. Il suffit de passer les ruines au peigne fin…

— Je n'y crois pas, lâcha l'adolescente. Ce serait trop facile. Tu as vu ces blocs ? Ils sont énormes. Il faudrait trois grues pour les remuer, et autant de bulldozers. Si l'œuf est enterré dessous, comment veux-tu le récupérer ? Non. En outre, le champ de ruines est trop étendu. À nous trois, nous mettrions six mois pour l'explorer. Et dans six mois la tristesse du papillon aura gelé le temps. L'hiver nous aura rattrapés et nous serons tous changés en statues qui rêvent.

242

Ils s'assirent au sommet de la colline pour manger leurs dernières provisions. Malgré leurs efforts, ils ne réussissaient pas à détourner leurs regards du château détruit. De temps à autre, Sean levait la main pour estimer la force du vent. Le soleil ne paraissait pas décidé à bouger. Il flottait au ras de la voûte, grosse boule orangée dont la lumière palpitait.

Profitant de ce que le chien bleu courait derrière une carotte munie de pattes qui avait commis l'erreur de venir le narguer, Sean prit la main de Peggy dans la sienne.

— Tu sais, dit-il en rougissant (ce qui faisait que la couleur de son visage avait pratiquement celle de ses cheveux !), je suis amoureux de toi… depuis que je t'ai vue dans la forêt. C'est vrai que tu as un petit ami… Mais c'est un type bizarre. Pas vraiment humain. Je ne veux pas le dénigrer, mais il te faudrait un garçon normal… Comme moi.

Peggy baissa les yeux, gênée. Sean semblait souffrir énormément. Il avait quelque chose de comique et d'attendrissant.

— J'aime Sebastian, fit Peggy Sue le plus doucement possible. C'est vrai qu'il est étrange, mais je n'y peux rien.

— *Il a 70 ans et il est fait de sable !* protesta Sean. Tu ne pourras pas vivre avec lui !

— Je sais, éluda la jeune fille. Je ne veux pas penser à ça pour le moment. Mais je t'aime bien, toi aussi. Tu es vraiment très cool. Et, si je n'avais pas rencontré Sebastian, je serais sûrement tombée amoureuse de toi.

Elle parlait vite pour masquer son trouble, car, en réalité, elle ne savait plus où elle en était. Son cœur battait pour Sebastian, mais la raison lui affirmait qu'elle n'avait aucun avenir avec lui. Que devait-elle écouter ? Son cœur ou son cerveau ?

Le retour du chien bleu mit fin à ces confidences embarrassantes.

— J'ai raté la carotte, grogna-t-il. Elle courait plus vite que moi.

*

Peggy Sue essayait de dissimuler sa nervosité. Elle prenait très au sérieux les mises en garde du papillon.

Enfin, le vent se leva. Un prodigieux courant d'air bouscula le soleil, l'envoyant rouler tel un ballon à l'autre bout de la caverne. Au fur et à mesure que l'astre miniature s'éloignait, la lumière diminuait. Les ténèbres s'installaient.

— Nous y sommes, haleta la jeune fille. Le miracle devrait se produire maintenant.

Peggy, Sean et le chien bleu eurent un hoquet de stupeur en voyant soudain les blocs de pierre se soulever au-dessus du sol comme si la main d'un géant invisible venait de les saisir. Avec une rapidité fulgurante, les débris s'assemblaient, telles les pièces d'un puzzle. La poussière grise modelait des briques, les morceaux épars s'empilaient pour former des colonnes, des murailles, des tours. Le manoir se reconstruisait à toute allure, à la manière d'un film passant à l'envers… et en accéléré. C'était à la fois comique et effrayant.

En quelques minutes à peine, le château sortit de terre, magnifique avec ses remparts, ses étendards claquant au vent. Des torches, fichées sur le chemin de ronde, éclairaient la cour intérieure. Même les planches pourries, gisant dans la boue des douves, s'étaient réassemblées pour former le pont-levis.

Peggy Sue se leva.

— Il faut y aller, souffla-t-elle. Sean, je compte sur toi pour surveiller le soleil. Pousse un cri dès que tu le verras revenir vers nous.

Le jeune Irlandais hocha la tête. Il avait la gorge nouée et ne pouvait prononcer une parole. Au moment où Peggy allait se mettre en marche, il se pencha vers elle et l'embrassa rapidement sur les lèvres.

— Ne commets pas d'imprudence, chuchota-t-il, je ne pourrais pas vivre sans toi.

À ces mots, le chien bleu poussa un soupir de lassitude. Les turbulences amoureuses des humains lui avaient toujours paru inutilement compliquées.

Alors qu'il descendait la colline aux côtés de Peggy, il dit :

— Tu es presque aussi rouge que la carotte que je viens de rater. Attention ! Tes joues vont bientôt prendre feu !

— Arrête de faire l'imbécile et concentre-toi, siffla la jeune fille. À présent, il s'agit d'ouvrir l'œil.

Alors qu'ils atteignaient le pont-levis, une musique ponctuée d'éclats de rire vint à leur rencontre.

— On donne une fête, murmura Peggy. Le papillon m'avait prévenue. Nous allons devoir traverser le bal des fantômes. Ne te laisse pas distraire. On va sûrement essayer de nous intercepter.

Les semelles de Peggy Sue résonnaient étrangement sur les planches du pont-levis. La cour intérieure se révéla illuminée. Des lévriers blancs, au cou enrubanné de soie rouge, se prélassaient sur les marches d'un grand escalier de marbre. Ils ne prêtèrent aucune attention au chien bleu.

« Quels prétentieux ! » grommela ce dernier. Des hommes d'armes montaient la garde de part et d'autre de la porte d'honneur. Leurs cuirasses étincelaient. Alors que Peggy arrivait à leur hauteur, ils s'inclinèrent.

— Salut à toi, princesse, dirent-ils en chœur d'une voix qui semblait sortir d'un tuyau de fer.

— Je ne suis pas une… commença Peggy Sue.

— Tais-toi et marche ! lui ordonna mentalement le chien bleu. Ne leur parle pas.

Dans la grande salle, une foule richement vêtue se pressait. De belles dames en robes longues dansaient avec des damoiseaux aux pourpoints de velours rebrodés d'or.

— On se croirait au Moyen Âge, balbutia Peggy.

— C'est une image du passé, fit le chien. La foudre a dû s'abattre sur le château au cours de cette fête. Ils sont tous morts ce soir-là, écrasés par les décombres.

La musique devenait si forte que Peggy Sue avait du mal à comprendre les paroles de son ami. Une farandole se constitua. Quelqu'un lui prit la main et l'entraîna à la suite des autres. Les doigts du fantôme – ni froids ni gluants – paraissaient tout à fait réels.

— Comment vous nommez-vous, belle damoiselle ? dit-il en se tournant vers Peggy.

Il était blond, très mignon. Ses dents blanches lançaient des étincelles dans la lumière.

— Je vous reconnais ! lança-t-il avant que l'adolescente ait eu le temps de répondre, vous êtes la princesse de Trembleterre. Vous vivez dans le Blanc Manoir du Ponant, entourée de vos mille chats.

— *Des chats !* grogna le chien bleu. Manquerait plus que ça !

La farandole tournait trop vite, Peggy Sue se sentait gagnée par le vertige.

Déjà, d'autres jeunes gens se pressaient autour d'elle.

— Vous êtes si belle ! disaient-ils. Voulez-vous m'épouser ? Je suis le fils du baron de Verte Écume…

— Et moi l'aîné du comte de Sombre Bois…

— Et moi…

— Et moi…

Peggy aurait voulu les repousser, mais ils étaient si nombreux, si beaux… et si amoureux. C'était agréable d'être ainsi courtisée. Ayant longtemps vécu dans un camping-car, elle n'était guère habituée à côtoyer tant de richesses. Jamais, dans ses rêves les plus fous, elle n'aurait espéré être traitée comme une princesse, et voilà que subitement…

Elle fit un effort pour se rappeler où elle se trouvait. La farandole lui donnait le tournis. Elle avait perdu de vue le chien bleu.

— Mon père, lança l'un des garçons en s'approchant d'un homme à la barbe noire taillée en pointe, permettez-moi de vous présenter la princesse de Blanc Manoir, je souhaiterais la prendre pour femme, y voyez-vous quelque inconvénient ?

— Que nenni, fit l'homme. Les Blanc Manoir sont de belle et haute lignée. J'aurais grand honneur à accueillir cette gente demoiselle dans notre famille.

— Hé ! bredouilla Peggy Sue, attendez… Je n'ai pas…

Mais, encore une fois, la farandole l'entraîna plus loin, à l'autre bout de cette salle qui semblait immense.

— Je suis Thibault de Bleu Corbeau, déclara un nouveau garçon, en s'inclinant. Vos vêtements ont piteuse allure, ils ont diantrement souffert du voyage. Nos cavéristes vont y remédier, suivez-les, elles vous habilleront d'atours dignes de votre beauté.

Avant que Peggy ait pu ouvrir la bouche, deux chambrières l'avaient saisie par les poignets pour l'entraîner par les couloirs dallés. Peggy Sue maudissait son manque de réactions. Pourquoi se sentait-elle si molle ?

Les cavéristes ouvrirent des coffres, étalant sous ses yeux des robes d'or et d'argent, aux miroitements vivants. De vraies parures de conte de fées.

— Laquelle voulez-vous, Votre Altesse ? s'enquit l'une des servantes.

— Je… je ne sais pas, balbutia Peggy. D'habitude je mets un T-shirt et un jean.

— Quoi ? coassa la camériste. Ces oripeaux de manant ? Ce ne sont que déguisements pour dérouter les brigands de grands chemins. Laissez-nous vous vêtir selon votre rang.

Les chambrières tournaient comme des toupies en folie autour de Peggy Sue, l'enveloppant de coûteuses étoffes aux reflets de clair de lune. D'un écrin de cuir noir, elles tirèrent un collier de diamant, des bagues, un diadème. Poussant Peggy devant un miroir, elles lui dirent :

— Regardez ! Regardez comme vous êtes belle ! Maintenant tous les damoiseaux voudront être votre champion au tournoi de demain.

— Il n'y aura pas de tournoi ! gémit Peggy Sue. La foudre va tomber sur le château. Vous allez tous mourir dans quelques heures… Laissez-moi ! Vous n'êtes que des fantômes !

Elle se débattit au milieu des rires des chambrières qui ne l'écoutaient pas. On la força à remonter le couloir pour rejoindre la salle de bal. Au passage, elle entrevit le chien bleu, planté près d'une table chargée de victuailles, il salivait d'envie, l'œil trouble.

« Je ne suis pas là pour danser, ni même me marier, se dit-elle. J'ai quelque chose à faire, de beaucoup plus important… *L'ennui, c'est que j'ai oublié quoi !* »

Les jeunes gens parlaient du tournoi du lendemain. Ils se défiaient, vantaient leurs armures, leurs lances, leurs chevaux. Chacun se targuait de ne faire qu'une bouchée de ses adversaires.

« Au Moyen Âge, les garçons étaient déjà aussi vantards qu'aujourd'hui ! » constata Peggy Sue.

Son instinct la poussait à se rapprocher du chien bleu. Peut-être saurait-il ce qu'ils faisaient là tous les deux ?

— Hé ! lui lança-t-elle mentalement. Je suis un peu perdue. Qu'est-ce qu'on fiche ici ?

— Toi, je ne sais pas, maraude, répondit l'animal avec hauteur, mais moi, on vient de me faire baron. Demain on m'offrira une armure à ma taille, et je participerai au tournoi.

— Imbécile ! cria Peggy en lui expédiant un coup de pied dans le derrière. Tu es un chien, pas un chevalier ! Reviens sur terre !

— Fille de rien ! Comment oses-tu ? hoqueta l'animal. Traiter ainsi un prince du sang ! Je suis le frère du roi, mon blason est composé de trois saucisses atomiques sur fond rouge bifteck... Je vais te faire bâtonner par mes valets !

C'en était trop. Cette fois, Peggy le saisit par la peau du dos et le secoua comme un paquet.

— Bon sang ! glapit la pauvre bête. Je crois que j'étais en train de perdre la tête !

— *L'œuf...* haleta la jeune fille. Il faut trouver l'œuf. Les fantômes nous ont volé un temps précieux. L'aube va peut-être se lever dans quelques minutes. Je ne sais absolument pas depuis combien d'heures nous sommes ici.

Ils luttèrent pour se frayer un chemin au milieu des spectres souriants qui les encerclaient. Tous les garçons saisissaient Peggy par la main, toutes les belles dames se baissaient pour caresser le chien bleu et l'étourdir de compliments.

L'espace d'une minute, les deux amis crurent qu'ils ne parviendraient jamais à sortir de la salle de bal. Quand ils eurent enfin gagné le couloir, ils se mirent à courir pour échapper à leurs poursuivants.

— Où cherche-t-on? demanda le chien. As-tu seulement une idée de l'endroit où est dissimulé cet œuf?

— C'est un œuf magique, soit, fit l'adolescente, mais il est réel. Je ne sais pas si tu as remarqué, mais rien de ce qui emplit le château n'a d'odeur… La peau des femmes n'est pas parfumée, les victuailles n'ont aucun fumet.

— Normal, puisque tout cela est fantomatique.

— Oui, mais l'œuf est réel, lui. Magique, mais réel. Il a donc une odeur.

— Une odeur de volaille?

— Sûrement.

Le chien flaira l'atmosphère avec ardeur. L'inquiétude de Peggy ne cessait de croître.

« Si Sean avait poussé un cri d'alarme, je ne l'aurais pas entendu, se dit-elle. J'avais tellement la tête ailleurs que le sol aurait pu s'ouvrir sous mes pieds sans que je m'en aperçoive. »

Elle se haussa sur la pointe des orteils pour essayer de voir le ciel par la découpe d'une meurtrière. Faisait-il toujours nuit noire ?

— Cherche ! lança-t-elle au chien bleu, mais cherche vite.

— Pour le moment, je ne sens pas grand-chose, s'excusa l'animal. On dirait qu'il n'y a rien de vivant entre ces murs.

Peggy luttait pour résister à l'attrait hypnotique qu'éveillaient en elle les échos de la fête. Elle ne pouvait s'empêcher de tendre l'oreille pour écouter la musique en provenance de la salle de bal. Comme elle avait envie de danser ! Jamais dans toute sa vie, elle n'avait porté de robe aussi belle. Elle aurait aimé vire-volter au bras de l'un de ces jeunes chevaliers qui semblaient si amoureux d'elle. Elle aurait adoré présider au tournoi, nouer son écharpe autour de la lance du champion pour lui faire porter ses couleurs ! Comme ce devait être excitant de vivre dans la peau d'une princesse !

« Reprends-toi ! hurlait la voix de la raison au fond de sa tête, c'est un piège ! »

— Là ! lança soudain le chien bleu, ça empeste le poulet. Aide-moi à creuser ! Vite !

Peggy fronça les sourcils. Qu'osait donc lui demander ce faquin de corniaud à poil indigo ? Comment osait-il donner des ordres à la princesse de Blanc Manoir ? Elle allait de ce pas demander au maître du chenil de lui appliquer une bonne correction à coups de fouet pour lui apprendre le respect !

— Hé ! gronda l'animal. Réveille-toi, bon sang ! Tu as l'air d'une somnambule.

Peggy s'ébroua. La tête lui tournait. Elle avait du mal à comprendre ce qu'elle faisait là.

Elle s'agenouilla et se mit à creuser, mécaniquement, pour imiter le chien bleu qui travaillait déjà des pattes avec ardeur, projetant la terre en tous sens.

« Une jeune fille de mon rang ne devrait pas s'abaisser à une telle besogne, continuait-elle à penser. C'est là un travail pour les paysannes ! »

Elle se demanda quelle robe elle porterait pour le tournoi… Et quel garçon elle choisirait pour champion. Thibault ? Benoît ?

Le chien dut lui mordre le poignet pour la ramener à la réalité.

— Résiste, bon sang ! lui cria-t-il mentalement. Les fantômes du château sont en train de t'ensorceler.

Il n'en dit pas davantage car ses griffes crissèrent sur le couvercle d'un coffret d'acier enterré à soixante centimètres de profondeur.

— Ça y est ! haleta-t-il, on l'a trouvé !

— Essayons de le hisser hors du trou, souffla Peggy. Si on pouvait transporter ce coffre, l'œuf serait à l'abri.

Malheureusement, la boîte de fer se révéla si lourde que l'adolescente fut incapable de l'extraire de la cavité. Sebastian, lui, aurait pu sans peine la charger sur son épaule… Hélas, Sebastian n'était pas là.

— J'espère qu'elle n'est pas fermée à clef, balbutia l'adolescente, sinon nous sommes fichus.

Alors qu'elle ouvrait le coffret, un cri résonna dans le lointain.

— C'est Sean ! hoqueta Peggy Sue. Il nous prévient du retour du soleil ! Le jour se lève !

— Il faut sortir d'ici, haleta le chien. Dans quelques minutes tout le château volera en éclats… *et nous avec !*

Peggy plongea les mains dans le coffre de fer et saisit le gros œuf qui s'y trouvait caché. Elle n'osait le serrer trop fort de peur de l'écraser. Sa coquille était d'un rose vif tacheté de points verts.

— Fichons le camp ! aboya le chien bleu. Je ne veux pas finir écartelé dans les ruines de cette bâtisse d'outre-tombe !

Il galopait, ventre à terre. Peggy Sue lui emboîta le pas, mais la robe longue dont elle était revêtue l'embarrassait. Habituée à porter un jean, elle craignait de se prendre les pieds dans l'ourlet et de se casser la figure. Si elle tombait à plat ventre, l'œuf s'écraserait sous son poids ; ce serait la catastrophe.

— Nous sommes perdus ! souffla le chien. Je ne retrouve pas la sortie. Ce château n'a aucune odeur. Impossible de retrouver une piste !

Ils commençaient à s'affoler. À l'extérieur, Sean s'époumonait pour leur signaler l'imminence du danger.

Peggy ne savait plus quelle direction prendre. Tous les couloirs se ressemblaient. De plus, ils étaient remplis de fêtards qui lui barraient la route en souriant. Leurs mains blêmes essayaient de l'agripper pour l'entraîner dans la farandole.

Leurs bouches pâles proféraient mille compliments dont le doux poison anesthésiait l'esprit de Peggy Sue. Elle comprit qu'ils essayaient de lui reprendre l'œuf. Heureusement, leurs doigts ectoplasmiques manquaient de force.

— Par là ! lui cria le chien bleu. Je flaire l'odeur crasseuse de Sean Doggerty ! C'est la première fois que je suis content de la sentir !

Il galopa en direction de la sortie, et Peggy Sue se lança dans son sillage, en essayant d'oublier les paumes caoutchouteuses des spectres qui s'accrochaient à sa robe.

« Ne pas trébucher ! se répétait-elle. Surtout ne pas trébucher. »

Lorsqu'elle aperçut enfin le ciel par la découpe de la porte d'honneur, elle frissonna. La nuit se délayait comme du café dans lequel on verserait lentement du lait condensé. Autour d'elle, les pierres des murs paraissaient agitées d'un étrange mouvement convulsif. On eût dit qu'elles grelottaient.

« Elles vont se défaire, songea la jeune fille. Au premier rayon de soleil tout va éclater, comme un puzzle dans lequel on donnerait un coup de pied. »

Elle atteignait le grand escalier, quand un beau garçon en pourpoint de velours argenté lui barra le chemin.

— Douce damoiselle, lui dit-il, vous nous quittez déjà ? Est-ce possible, alors qu'on va bientôt sonner le début du tournoi ?

— Je suis désolée, bredouilla Peggy. Mais il n'y aura pas de tournoi. *Il n'y a jamais eu de tournoi…* Vous êtes tous morts avant la première joute. Vous revivez chaque soir la même nuit, celle qui précéda la catastrophe. C'est triste, mais je ne peux rien pour vous. Dans quelques minutes, le château va redevenir une ruine et vous allez tous vous dissoudre. Je dois partir.

— Quel conte me servez-vous là, ma mie ? s'étonna le chevalier. Je n'ai point souvenance d'avoir été réduit en morceaux. Vous affabulez. Le vin vous aura troublé l'entendement.

Peggy Sue essaya de le repousser, mais il était mou, collant, et elle eut l'impression de se battre contre un bonhomme de guimauve.

Le chien bleu voulut planter ses crocs dans le mollet du damoiseau, mais ses mâchoires claquèrent dans le vide. Le spectre était déjà en voie de dissolution.

L'adolescente le contourna pour dévaler l'escalier. À chaque pas, elle manquait de se prendre les pieds dans l'ourlet de sa robe. Il fallait encore traverser la cour, puis le pont-levis…

« Tant que nous serons à l'intérieur du manoir nous courrons le risque d'être déchiquetés, se dit-elle. Il faut à tout prix regagner la lande ! »

À présent, les lévriers fantômes l'encerclaient, essayant de la faire trébucher. Ils ressemblaient moins à des chiens qu'à des méduses, car le jour naissant effaçait leurs contours.

Sean Doggerty apparut sur le pont-levis. En trois bonds, il fut près de Peggy Sue, la souleva dans ses bras et se mit à courir. Ses pieds foulaient à peine l'herbe de la prairie que les premiers rayons du soleil tombèrent sur les remparts, illuminant le donjon. Aussitôt, le château explosa à la façon d'un ballon de baudruche piqué par une épingle. Murailles, tours, créneaux volèrent en éclats sans qu'aucun bruit ne retentisse. C'était une chose extrêmement curieuse de voir s'effondrer une telle bâtisse dans le plus complet silence. La catastrophe dura une seconde à peine.

Dès le jour installé, le manoir reprit son aspect de ruines éparses couvertes de mousse.

— On l'a échappé belle, soupira Peggy Sue.

— J'ai eu très peur pour toi, haleta Sean. J'ai bien vu que les spectres faisaient tout pour te retenir.

— Ils n'étaient pas méchants, fit rêveusement l'adolescente. Ils n'ont pas conscience d'être morts, c'est tout.

— Nous avons l'œuf! triompha le chien bleu. C'est tout ce qui compte.

# 24

## Le poussin infernal

À la seconde où Sean la déposait sur le sol, Peggy réalisa qu'elle ne portait plus la robe fastueuse dont l'avaient revêtue les caméristes du château. Elle était de nouveau habillée d'un T-shirt et d'un jean, comme à son habitude.

« Ces vêtements n'existaient pas vraiment, se dit-elle. Comme tout le reste. »

Les trois amis gagnèrent le sommet de la colline et s'agenouillèrent pour contempler l'œuf posé sur une pierre plate.

— Maintenant, il s'agit de le couver, soupira Peggy Sue. Ce ne sera peut-être pas le plus facile.

Ils se regardèrent, embarrassés.

— Nous le glisserons tour à tour sous nos vêtements, proposa la jeune fille. Pour qu'il prenne la chaleur de notre peau.

— Comment ferons-nous pour dormir ? s'enquit Sean.

— On se relayera, fit Peggy Sue. La sentinelle gardera l'œuf sur elle, et ainsi de suite.

Pour donner l'exemple, elle glissa l'étrange coquille rose sous son T-shirt, contre son nombril.

— Brrr… gloussa-t-elle, c'est froid.

— Combien de temps avant l'éclosion ? demanda Sean.

— Je n'en sais rien, avoua l'adolescente. C'est un œuf magique.

— Ce qui m'ennuie, grommela le chien bleu, c'est cette histoire de poussin. Il ne prononcera la formule magique qu'une seule fois, c'est ça ?

— Oui, confirma Peggy. Il faudra sacrément faire attention.

— J'ai un mauvais pressentiment, cracha l'animal. Je suis prêt à parier qu'il va s'agir d'une formule interminable, un truc comme : *Abracadacadetrousselloptérix…*

— Ou *Crocodilopopotamovercingétocassepipe*, proposa Sean.

Ils pouffèrent de rire.

— Ça n'a rien de rigolo, protesta Peggy.

— Je sais, admit Sean, c'est nerveux.

— J'espère qu'on y arrivera, soupira la jeune fille. On ne peut pas faire confiance aux démons. La magie, c'est un truc incontrôlable. Tout est piégé.

— C'est vrai, renchérit le chien bleu. Regarde ce qui s'est passé pour Sebastian. Le génie l'a bel et bien roulé dans la farine. Ce cri d'oiseau ne me dit rien qui vaille. Il faut s'attendre au pire.

— Si ça se trouve, supposa Sean, il va parler si vite que nous n'aurons pas le temps d'enregistrer ce qu'il dira.

— Peut-être, admit Peggy Sue. À partir de demain, nous nous entraînerons à mémoriser des mots invraisemblables. Ce sera un bon exercice.

*

Ils passèrent les trois jours qui suivirent au sommet de la colline, n'osant se mettre en marche de peur de trébucher et de casser l'œuf.

Tous les soirs, ils assistaient à la renaissance du château, et la musique du bal venait troubler leur sommeil. Tous les matins, ils voyaient les murailles exploser, et les débris du donjon rouler sur la lande.

Ils se repassaient l'œuf à tour de rôle. Même le chien bleu avait été mis à contribution. Il n'appréciait guère ce rôle de poule couveuse et ne se privait pas de grommeler.

Pour passer le temps, ils s'entraînaient à mémoriser des mots sans queue ni tête. Le résultat n'était pas concluant. En moyenne, ils oubliaient une ou deux syllabes. L'attente les rendait fous.

*

Un matin, Sean donna l'alarme. Il venait de repérer quelque chose de bizarre au milieu de la lande. À l'endroit où aurait dû normalement se dresser la montagne, s'élevait à présent un énorme morceau de glace dont le sommet frôlait la voûte de la caverne.

— On dirait un iceberg, murmura Peggy. Il enveloppe complètement la colline où se cache le papillon.

— C'est le froid, dit Sean. Il s'intensifie. L'air et le temps sont en train de geler. Peu à peu, le glacier va s'épaissir jusqu'à remplir la totalité du royaume.

— Ça se rapprochera de nous, grommela le chien bleu. Tous les jours un peu plus. Ça recouvrira la prairie, mètre par mètre…

— S'il fait trop froid, souffla Peggy Sue, nous grelotterons, c'est inévitable. Très vite, nous ne produirons plus assez de chaleur pour permettre à l'œuf d'éclore.

Cette mauvaise nouvelle les atterra.

— Il y aurait peut-être un moyen de se réchauffer, suggéra l'adolescente, ce serait d'aller, chaque nuit, chercher refuge dans le château fantôme.

— *Quoi ?* hoquetèrent Sean et le chien bleu.

— Mais oui, insista Peggy. Là-bas il fait chaud. Des troncs d'arbres entiers brûlent dans les cheminées. Il faudrait simplement être assez malins pour s'enfuir avant le lever du soleil…

— Tu es complètement inconsciente, haleta Sean Doggerty. Tu ne te souviens pas de ce qui a failli t'arriver la première fois ?

— Si, bien sûr. Mais je dis qu'il n'existe pas d'autre moyen pour amener l'œuf à maturité. Si nous restons ici, nous claquerons bientôt des dents vingt-quatre heures sur vingt-quatre. Le poussin va mourir au creux de sa coquille, et tout sera perdu. Il faut prendre le risque d'aller se réfugier chez les châtelains fantômes. L'un de nous trois restera dehors pour guetter le retour du soleil. Il suffira d'établir un roulement.

— Je vois que tu as tout prévu, grogna Sean. Je continue à penser que c'est une idée de dingue.

— Mais Peggy Sue est raide dingue, tout le monde le sait, assura le chien bleu, c'est pour ça qu'elle finit toujours par trouver une solution aux problèmes les plus insolubles. Moi, je suis d'accord. Allons nous réchauffer les fesses chez les fantômes. Là-bas, on m'appelle « Monseigneur », j'aime assez ! C'est trop cool.

— Vous êtes tous les deux givrés, soupira Sean, au comble du désespoir.

— Bien sûr, ricana le chien bleu, sinon Serge Brussolo n'écrirait pas nos aventures !

\*

Les légumes fuyaient la glaciation. Désormais, il n'était pas rare de voir des troupeaux de bananes géantes traverser la prairie, tels des crocodiles entamant une longue migration. Les forêts suivaient. Parfois, les arbres marchaient en cadence, comme des soldats en train de défiler, parfois aussi, ils se bousculaient en une horrible débandade. Les pommes de terre étaient les plus dangereuses car elles formaient des avalanches. On eût dit de gros rochers terreux roulant sur eux-mêmes, et bien décidés à ne se laisser arrêter par aucun obstacle. Si on avait le malheur de se dresser sur leur chemin, on était aplati.

Chaque soir, Peggy Sue et ses amis tiraient à la courte paille pour savoir qui resterait posté en sentinelle au sommet de la colline. Les deux autres allaient s'abriter à l'intérieur du château. Une fois au milieu des spectres moyenâgeux, Peggy Sue s'approchait de la cheminée pour se réchauffer aux flammes du foyer et permettre à l'œuf de poursuivre sa croissance.

Elle parvint à oublier les farandoles, les courtisans et les jeunes gens au beau sourire. Elle prêtait une oreille distraite à leurs bavardages et ne s'occupait que de profiter de la bonne chaleur montant de l'âtre seigneurial. Peu à peu, elle eut l'impression que l'œuf devenait plus lourd contre son nombril.

Malgré tout, le danger subsistait car les fantômes déployaient mille ruses pour lui faire perdre la notion du temps. Elle remarqua rapidement que les musiciens l'encerclaient dès qu'elle s'installait aux abords du foyer.

« Ils s'appliquent à faire le plus de bruit possible pour couvrir le cri d'alarme annonçant l'arrivée du soleil, se dit-elle. Ils sont malins. »

À plusieurs reprises, elle faillit se laisser berner par ce stratagème. En outre, la chaleur avait tendance à provoquer chez elle un assoupissement auquel il aurait été bien agréable de céder.

— Nous jouons avec le feu, grommela Sean. Chaque fois, il s'en faut d'un cheveu.

— L'œuf ne parviendra pas à maturité si nous restons à grelotter dans le froid, tu le sais bien, répéta l'adolescente.

Elle disait vrai. Il devenait difficile d'allumer un feu car les arbres avaient presque tous émigré à l'autre bout du royaume pour fuir les désagréments de l'hiver. Quand on dénichait une branche cassée, il fallait se mettre à plusieurs pour l'immobiliser car elle se défendait avec une rare énergie, n'hésitant pas à rouer de coups ses agresseurs. Sean était couvert d'hématomes.

*

Enfin, Peggy Sue entendit bouger à l'intérieur de l'œuf. Des petits coups timides ébranlaient la coquille.

— Ça y est ! cria-t-elle. Le poussin va sortir. Ouvrez grand vos oreilles.

Elle déposa prudemment l'œuf sur une pierre plate et s'agenouilla. Sean l'imita. Le chien bleu reniflait avec ardeur. Le tapotement reprit. Un réseau de craquelures se dessina sur la coquille rose.

Les trois amis étaient très nerveux. Ils savaient qu'à partir de maintenant ils n'avaient plus le droit de se tromper. S'ils comprenaient mal le mot bizarre prononcé par l'oiseau, la glaciation continuerait à s'étendre, engloutissant l'univers souterrain.

Un premier fragment tomba, puis un autre. Une petite tête apparut, duveteuse, prolongée par un énorme bec.

Le cœur de Peggy Sue battait si fort qu'il lui emplissait les oreilles d'un tumulte assourdissant.

— Attention… bredouilla Sean d'une voix étranglée. *Il va parler.*

— Tais-toi ! lui intima le chien bleu.

Ils étaient au comble de l'excitation et de l'angoisse.

Le poussin se dégagea de la coquille. Ses plumes poussaient à une vitesse accélérée, remplaçant le duvet dont il était jusque-là couvert. Il fit trois pas hésitants, puis battit des ailes. Au moment où il s'élança dans les airs, il ouvrit le bec et lança un chant étrange qui ne ressemblait à rien de connu. La seconde d'après, il filait dans le ciel, abandonnant les trois amis interloqués au sommet de la colline.

— Il… il n'a pas parlé ! hoqueta Sean indigné. *Il a chanté !*

— C'est de la triche ! lança Peggy. Je ne m'attendais pas à ça, j'ai été prise au dépourvu…

— C'est parce que vous n'êtes pas chanteurs, déclara le chien bleu avec suffisance. Quand on a la chanson dans le sang, on est capable de retenir une mélodie à la première audition.

— Parce que tu es chanteur, toi ? s'esclaffa Sean.

— Parfaitement, répliqua l'animal. Je compte bien entamer une carrière de rocker canin d'ici peu… J'enregistrerai des CD pour chiens, je passerai à la télé, je…

— Ça suffit ! coupa Peggy. Si tu as retenu cette mélodie, chante-la-nous !

Le chien bleu aboya trois fois pour se dégourdir les cordes vocales et entreprit de restituer la chanson de l'oiseau.

— C'est pas du tout ça ! fit Sean avec dédain.

— Bien sûr que si ! s'entêta l'animal. Tu n'as pas d'oreille, c'est tout.

— Si, j'ai de l'oreille, je joue du banjo !

— Ça n'a rien à voir.

— Si !

Peggy Sue hurla :

— Arrêtez ! Vous me rendez folle !

Elle était ennuyée car elle chantait comme un ressort rouillé et se sentait totalement incapable d'imiter le cri du poussin infernal.

— Calmons-nous, suggéra-t-elle. Puisque nous n'avons rien d'autre, il faudra se contenter de l'interprétation du chien bleu. Je vous propose de nous mettre en route au plus vite pour regagner la montagne. La glace progresse. Regardez « l'iceberg », il est encore plus gros qu'hier.

Tournant le dos aux ruines du château fantôme, ils s'en retournèrent par où ils étaient venus.

*

Pendant les deux jours qui suivirent, ils se déplacèrent à contre-courant de la grande migration des végétaux. Parfois, il leur fallait chercher refuge derrière les rochers pour éviter de se faire piétiner par un troupeau de pommes de terre lancées au galop, ou par une meute de bananes-crocodiles filant ventre à terre en direction des régions chaudes.

Le chien bleu et Sean ne cessaient de rivaliser en vocalises diverses, chacun prétendant détenir la « vraie » chanson de l'oiseau magique. Leurs roucoulements devenaient épuisants. Peggy était presque certaine que le chien avait raison. Seul un animal pouvait reproduire le cri d'un autre animal.

Le froid se faisait plus vif, et l'adolescente s'inquiétait pour les cordes vocales de son ami à quatre pattes.

— Tais-toi, lui ordonna-t-elle, ou tu vas finir par attraper une angine. Chante dans ta tête. Par précaution, nous allons te nouer une écharpe autour du cou ; il ne manquerait plus que tu deviennes aphone !

Peggy finit par remarquer que le soleil ne se couchait plus. Autour d'eux, il y avait beaucoup d'oiseaux figés en plein vol, et de flocons de neige immobilisés au cours de leur descente.

« Nous entrons dans la zone du temps suspendu, songea-t-elle. Espérons que le couloir qui mène à la montagne est encore ouvert. »

Butant sur une pierre, elle trébucha. Elle tomba au ralenti et mit plus de *trois heures* à toucher le sol ; il lui en fallut quatre pour se relever.

Dans le tunnel ouvert par le papillon, le temps restait relativement fluide, mais il coulait avec la lenteur d'un sirop épaissi par le gel.

Cette contrainte exaspérait Sean. Comme la plupart des garçons, il manquait de patience et s'entêtait à forcer l'allure. Peggy Sue réalisa bientôt que des craquelures se formaient sur les jambes du jeune homme.

— Ralentis ! souffla-t-elle. Tu te fendilles comme une potiche ! Si tu continues à lutter contre le temps, tu vas tomber en morceaux !

Interloqué, Sean examina ses mains. Des lézardes sillonnaient ses paumes ! Il était devenu une espèce de puzzle humain. Les craquelures gagnaient son visage, le partageant en pièces aux découpes inégales.

— Ralentis ! supplia Peggy Sue. Il faut avoir de la patience. Si tu vas trop vite, le temps te réduira en miettes ! Il faut épouser son mouvement, se laisser porter. C'est comme une vague…

Mais le garçon ne l'écoutait pas. Il s'obstinait à essayer de courir. Sans doute espérait-il être le premier à chanter pour le papillon ?

Tout à coup, son corps s'éparpilla en un millier de pièces, tel un puzzle sous lequel exploserait un gros pétard. Son visage se fragmenta en dernier. Son nez, sa bouche, ses yeux se séparèrent, transformés en autant de débris.

— Ho ! Non ! gémit Peggy, et les mots s'échappèrent de sa bouche sous la forme de cubes de glace alphabétiques.

Les pièces composant le puzzle qu'était devenu Sean Doggerty mirent trois heures à toucher le sol. Peggy Sue n'essaya pas de les rattraper au vol, ç'aurait été commettre la même erreur que le jeune homme.

Si on ne voulait pas être détruit, il fallait suivre le rythme imposé par le temps ralenti.

« Je ne dispose même pas d'un sac assez grand pour ramasser les morceaux, constata-t-elle. Je ne peux rien faire que le laisser ici en attendant de venir le rechercher. »

Elle était désespérée.

— C'est triste, lui dit mentalement le chien bleu, mais il ne faut pas s'arrêter, les minutes sont en train de durcir comme du caramel dans un frigo. Nous allons nous retrouver pris dans cette gangue à la manière des insectes englués dans la résine. Nous devons continuer. Seul le papillon peut remédier au chaos général. Nous lui demanderons de « réparer » Sean… bien que ce soit un chanteur exécrable.

Peggy Sue renifla. Pleurer lui faisait mal, car ses larmes se changeaient en perles de glace au coin de ses paupières.

Le chien bleu avait raison, elle le savait. La mort dans l'âme, elle se résolut à le suivre. Décidément, elle n'avait pas de chance avec les garçons !

Ils entrèrent dans « l'iceberg » en empruntant le tunnel que le papillon y avait ménagé. La buée s'échappant de leur bouche se métamorphosait immédiatement en neige poudreuse.

Peggy eut l'illusion qu'elle mettait deux siècles pour parvenir jusqu'à la caverne où l'attendait l'insecte malade. En dépit de l'impatience qui la rongeait, elle prenait bien garde à ne jamais accélérer le pas. Seule la lenteur pouvait la maintenir en vie.

Le lépidoptère avait piteuse mine. Ses ailes fripées avaient l'air de vieilles crêpes au fromage moisies. Il se tenait, la tête penchée, les yeux clos, dans la posture d'une bête qui s'est résignée à mourir.

— Nous sommes de retour ! lui lança mentalement Peggy Sue. Mon chien a appris la chanson de l'oiseau magique. Il peut te la chanter.

Le papillon ouvrit péniblement un œil.

— Hum ? fit-il, peut-être vaut-il mieux ne pas essayer… Je doute fort qu'un chien puisse chanter comme un oiseau. S'il se trompe, ce sera la catastrophe. Je mourrai et le temps s'immobilisera pour l'éternité. Tu ferais peut-être mieux de filer vers la cheminée du volcan. Avec un peu de chance, tu pourras te joindre aux squelettes musiciens, ce sera toujours mieux que d'être transformée en statue.

— Non ! Pas question ! trépigna Peggy. Nous n'avons pas pris tous ces risques pour capituler à la dernière minute. Mon chien va te chanter la chanson magique et tu guériras.

— Mouais… fit le papillon peu convaincu. Essayons. En tout cas, je t'aurai prévenue.

Peggy se tourna vers le chien bleu et le libéra de l'énorme écharpe qui lui enserrait la gorge.

— Vas-y ! lui murmura-t-elle. Et tire-nous de ce guêpier. Tout repose sur toi, maintenant.

Le petit animal s'éclaircit les cordes vocales et se mit à chanter. L'insecte l'écouta, la tête penchée.

— Encore une fois, ordonna-t-il.

Le chien bleu obéit, sans varier d'une note. Il chantait aussi bien qu'un ténor d'Opéra.

— D'accord, soupira le papillon. Je vais essayer. Dans dix secondes tout sera rentré dans l'ordre… ou bien je prendrai feu et vous serez définitivement métamorphosés en sculptures de marbre.

## 25

## Le secret des Invisibles

Alors le papillon chanta.

Peggy Sue et le chien bleu connurent trois secondes d'intense terreur, puis quelque chose se passa qui leur donna l'impression d'être balayés par un vent violent provenant des entrailles de la terre. L'univers se contracta comme un vieux chewing-gum rabougri de sécheresse ; la seconde suivante, il se dilatait telle une bulle de savon. Des étincelles crépitèrent, rouges, bleues, jaunes… Étourdie, Peggy avait instinctivement fermé les yeux. Quand elle les rouvrit, elle ne se trouvait plus dans les entrailles de la terre mais allongée sur l'herbe, à proximité de Shaka-Kandarec, le village de sa grand-mère.

Le chien bleu se tenait près d'elle, et aussi tous les gens qu'elle avait croisés dans le royaume souterrain. La magie de l'animal mythique les avait ramenés à la surface, le temps d'un claquement de doigts.

Hagards, ils titubaient, sans rien comprendre à ce qui venait de se produire.

— Où est Sebastian ? gémit Peggy Sue. Et Sean ?

— Ne t'inquiète pas, fit la voix télépathique du papillon dans sa tête. Ils sont là. J'ai « réparé » Sean Doggerty comme j'ai pu. S'il ne veut pas se casser en mille morceaux une deuxième fois, il sera désormais condamné à marcher très lentement. Je regrette, il m'a été impossible de faire mieux.

Peggy se redressa, étourdie. Granny Katy se précipita pour l'aider.

— Ma petite-fille ! sanglotait-elle. Tu as réussi ! Je suis fière de toi ! Tu les as tous ramenés. Je ne sais pas comment tu t'y es prise, mais il y a eu une sorte d'explosion électrique. Quand j'ai rouvert les yeux, vous étiez là, et le papillon volait dans le ciel, plus beau que jamais.

Peggy Sue regarda autour d'elle. Les villageois se levaient, penauds, comme s'ils prenaient conscience de la manière aberrante dont ils s'étaient comportés ces derniers temps.

La jeune fille cherchait à localiser Sebastian. Elle le vit enfin… en compagnie de Sean. Les deux garçons se soutenaient l'un l'autre, tels des soldats blessés sur un champ de bataille. Sebastian avait l'air d'aller à peu près bien, mais Sean avait la peau couverte de minuscules cicatrices rosâtres délimitant le contour des pièces de puzzle dont il était constitué.

— Ne me regarde pas ! lança-t-il à la jeune fille en détournant le visage. Je suis affreux. Le papillon m'a dit qu'il était désolé mais qu'il n'y pouvait pas grand-chose. En compensation, il m'a donné le pouvoir de m'orienter dans n'importe quel labyrinthe, de deviner les combinaisons secrètes et de résoudre les énigmes. Ai-je vraiment gagné au change ? Je suis désormais condamné à marcher comme une tortue, et à tout faire très lentement. À la moindre accélération, je tomberai en morceaux… et tu devras assembler le puzzle toute seule.

Peggy Sue l'embrassa sur les deux joues pour lui prouver qu'il ne lui faisait pas horreur. En fait, Sean Doggerty n'était pas devenu laid… seulement un peu bizarre.

— Décidément, soupira Sebastian, tu n'as pas de chance avec les hommes ! Tous ceux que tu connais se transforment en monstres.

— Vous n'êtes pas des monstres ! protesta la jeune fille. Ou alors c'est que j'en suis un, moi aussi.

Elle était bien embêtée mais s'efforçait de ne pas le montrer pour éviter de désespérer un peu plus ses compagnons.

— Le combat n'est pas terminé, dit-elle. Le papillon m'a promis de m'aider à détruire les Invisibles. Voulez-vous m'accompagner dans cette dernière bataille ?

— Évidemment ! lança Sebastian. Pourvu qu'il y ait de l'eau pure là où nous allons…

— Et que nous ne nous déplacions pas trop vite, ajouta Sean.

*

— Voilà, dit le papillon, c'est un peu compliqué, mais je vais tâcher d'être clair. Vous avez vu les dessins, sur mes ailes ? En réalité, ils ne sont pas là pour faire joli. Ils représentent le tracé d'une galaxie perdue à l'autre bout de l'univers. Mes ailes sont en quelque sorte une carte des étoiles...

— Une carte ? haleta Peggy.

— Oui, reprit l'insecte. Et même davantage. Ces taches, ces ronds, ces pointillés sont autant de planètes. Si vous grimpez sur mes ailes, et que vous marchez sur ces dessins, vous serez transportés dans une autre dimension. Plop ! d'un coup... La carte vous aspirera comme les sables mouvants, et vous vous retrouverez projetés dans un autre monde, à des milliards d'années-lumière de la Terre, dans un système solaire dont vous n'avez jamais entendu parler.

Peggy Sue écarquilla les yeux.

— Il suffira, pour cela, de marcher sur ton dos ? insista-t-elle.

— Exactement, confirma le papillon. Toutefois, tu ne devras pas te tromper de planète, car certains de ces mondes sont peuplés de monstres abominables. Une fois les pieds posés sur le bon dessin, tu te sentiras aspirée par la bouche du cosmos. La seconde d'après, tu seras dans un autre univers.

— Et comment ferai-je pour en revenir ?

— Je te dirai le mot magique qu'il te faudra prononcer pour déclencher le processus de retour. Toutefois, ce mot est autoprotégé par un mécanisme d'effacement.

— Quoi ?

— Cela signifie que la formule disparaîtra de ton esprit au bout de trois heures. Si tu ne l'as pas prononcée d'ici là, tu ne t'en souviendras plus… et tu resteras à jamais prisonnière de la planète horrible sur laquelle tu as débarqué.

— C'est affreux. Et si j'écris le mot sur un bout de papier ?

— Non, trop dangereux ! Des monstres pourraient le lire et s'en servir pour envahir la Terre. Tu imagines quelle catastrophe cela déclencherait. Interdiction de noter la formule ! Elle sera dans ta tête, un point c'est tout. Ta mémoire la retiendra pendant trois heures. Ensuite, elle se dissoudra comme un cachet effervescent dans un verre d'eau.

Peggy Sue se dandina. L'idée de se retrouver emprisonnée pour le restant de ses jours sur une planète habitée par des créatures épouvantables l'enthousiasmait moyennement.

— Je ne te force pas, rappela le papillon. C'est juste une proposition. Il se trouve que je sais où se cachent les Invisibles. Personne, à part moi, ne connaît ce secret. Je sais d'où ils viennent, je sais qui ils sont réellement. Je pensais que cela pouvait t'intéresser.

— Ça m'intéresse ! lança Peggy Sue, j'ai peur, c'est tout !

— Normal… dit doucement l'insecte géant.

— Si je vais là-bas, reprit l'adolescente, j'aurai vraiment la possibilité d'en finir avec eux ?

— Oui, si tu as de la chance. En restant sur la Terre, tu n'arriveras jamais à rien. Tu t'épuiseras à leur livrer d'interminables petites batailles qui ne les empêcheront pas de revenir encore, et encore… Si tu vas sur leur planète, tu connaîtras leur secret. Tu pourras détruire le mal à la racine.

— Azéna, la fée aux cheveux rouges, ne m'a jamais parlé de tout ça…

— Azéna n'est qu'une petite fée de rien du tout. Soit dit sans l'offenser. Moi, je suis presque un dieu. J'ai accès à des informations qui la dépassent. Je suis le seul à pouvoir t'offrir cette occasion. Je le fais parce que tu m'as sauvé de la décrépitude et que j'aime payer mes dettes sans attendre. Azéna ne viendra plus t'aider. Elle est trop vieille, trop fatiguée. Les voyages à travers l'espace l'ont épuisée. Tu t'en es bien rendu compte. Cela fait des mois qu'elle n'est pas apparue pour changer tes lunettes. Résultat : tu n'es plus capable de faire rôtir le moindre fantôme. Ceux-ci ne tarderont pas à s'en apercevoir. Tu seras alors complètement désarmée… En fait, je pense que tu n'as pas le choix. À présent, il te faut prendre une décision rapide car je ne compte pas m'attarder. Mon périple terrien s'achève, je dois maintenant me rendre sur Mars.

Peggy Sue sentait sa cervelle bouillir comme une casserole de lait oubliée sur le feu.

— D'accord ! haleta-t-elle. Je tente le coup. J'en ai assez de chasser les Invisibles, je veux tourner la page, je veux commencer une nouvelle vie. Devenir une fille normale.

— C'est bien, fit le papillon. Je savais que tu accepterais. Tu es courageuse. Je vais me poser pour te permettre de grimper sur mes ailes. La planète des Invisibles ressemble à un oursin bleu hérissé de piquants rouges. Elle est dessinée quelque part sur mon aile gauche. Fais attention, ne te trompe pas, car tu n'auras droit qu'à un seul voyage.

Peggy Sue serra les dents. Elle avait les mains aussi moites qu'un morceau de gruyère oublié au soleil un jour de canicule.

— Ah ! ajouta le lépidoptère, autre chose : quand tu seras sur mon dos, marche *sans t'arrêter* jusqu'à la planète des Invisibles. Dès que tu t'immobiliseras, en effet, tu seras aspirée par le cosmos. Si tu n'es pas au bon endroit à ce moment-là, tu risques de te retrouver propulsée n'importe où.

— *Gloup !* gémit la jeune fille. C'est tout ?

— Oui, fit le papillon. Avec un peu de discipline, tu devrais t'en sortir. N'oublie surtout pas : au bout de trois heures, la formule magique du retour s'effacera de ta mémoire. J'espère que ta montre fonctionne.

— Elle est en bois ! glapit Peggy Sue, ma grand-mère m'a confisqué la vraie lors de mon arrivée, à cause des éclairs !

— Oh ! maugréa l'insecte. Alors elle doit donner l'heure exacte à trente-cinq minutes près ! Dans ce cas, tu devras t'en remettre à ton chien. Les bêtes ont un sens aigu de l'écoulement du temps.

*

Peggy décida de partir avec le chien bleu. Elle ne voulait pas courir le risque d'emmener Sebastian et Sean, car elle ignorait tout du monde des Invisibles. Y aurait-il de l'eau pure ? Faudrait-il courir ? Ne disposant d'aucun élément pour répondre à ces questions cruciales, elle préférait tenter l'aventure avec son compagnon de toujours. Ils s'étaient l'un et l'autre tant de fois sauvé la vie qu'il s'était créé entre eux des liens dépassant tout ce qu'on pouvait imaginer.

Les deux garçons protestèrent, mais Peggy resta ferme. Granny Katy se contenta d'embrasser sa petite-fille sur les deux joues.

Comme il l'avait annoncé, le papillon se posa au ras du sol pour permettre aux deux amis de grimper sur ses ailes. Il était si grand qu'il couvrait la lande. Peggy prit le chien bleu dans ses bras, se hissa sur un escabeau, et, de là, sauta sur le dos de l'insecte. Elle eut l'impression d'atterrir sur un trampoline, et rebondit dans les airs.

« Je ne dois jamais m'arrêter tant que je n'aurai pas localisé la planète des Invisibles, se répétait-elle. Surtout marcher, toujours marcher… »

Dès que ses semelles effleurèrent de nouveau l'aile du papillon, elle se mit à courir. Ce n'était pas facile car l'élasticité du « sol » avait tendance à la déséquilibrer. À trois reprises, elle faillit se tordre les chevilles et s'affaler de tout son long. Si cela s'était produit, elle aurait été immédiatement expédiée quelque part dans le cosmos, en un lieu où elle serait peut-être morte asphyxiée faute d'atmosphère respirable.

« Je viens d'implanter le mot magique dans ta mémoire, lui souffla mentalement l'insecte. C'est ton ticket de retour. N'y pense pas pour le moment. Tu l'userais inutilement, et son délai d'utilisation s'en trouverait abrégé. Quand tu en auras besoin, il te viendra naturellement aux lèvres. »

Vues de près, les ailes offraient au regard un tableau magnifique. Ce n'étaient que tourbillons d'or et spirales d'un bleu profond ; les astres les saupoudraient de taches palpitantes. Peggy Sue avait l'illusion de déambuler au cœur d'un jardin cosmique où les constellations auraient été des parterres de fleurs scintillantes. Le vertige la gagnait. Elle courait en zigzag, essayant de s'orienter. Hélas, comme il était hors de question qu'elle s'arrête, elle avait parfois du mal à identifier les planètes.

— Elles se ressemblent toutes ! dit-elle au chien bleu. Si je me trompe, nous allons être expédiés à l'autre bout de l'univers, chez des monstres peut-être encore pires que les Invisibles !

— Dépêche-toi, lui souffla l'animal. Le compte à rebours a commencé. Le mot magique est dans ta tête, il s'effacera dans trois heures mais il est déjà en train de fondre comme un morceau de beurre dans une poêle à frire.

Peggy localisa enfin l'astre hérissé de piquants rouges dont lui avait parlé le papillon. Elle retint son souffle, ferma les yeux, et sauta à pieds joints au centre de cette tache menaçante dont la forme évoquait un oursin diabolique. Elle fut aspirée par une tornade argentée et tomba dans un puits aux parois constituées d'étincelles électriques crépitantes. Au moment où elle éprouvait les premières atteintes du mal de mer, ses pieds heurtèrent le sol. Elle était arrivée à destination.

*

Elle s'attendait à débarquer dans un univers extravagant, aussi fut-elle extrêmement surprise de se découvrir plantée au milieu d'un carrefour, dans une ville dont les immeubles se ressemblaient tous. La cité ne différait guère des agglomérations terriennes… à ceci près qu'elle était déserte.

— C'est une ville fantôme, murmura le chien bleu. Regarde : il n'y a personne à l'horizon. Personne sur les trottoirs, personne dans les boutiques.

— Une ville fantôme pour des fantômes, réfléchit l'adolescente, c'est peut-être normal.

Elle fronça les sourcils. Jamais elle n'avait observé jusqu'alors un tel souci d'uniformité. Non seulement les maisons étaient pareilles, mais toutes les voitures étaient du même modèle… et de la même couleur grisâtre.

— Les bâtiments sont gris, chuchota le chien. Les automobiles sont grises. Même les affiches publicitaires sont grises… On dirait qu'on ignore tout de la couleur, ici.

Le silence planant sur la cité déserte avait quelque chose d'impressionnant.

— C'est curieux, avoua Peggy. Je pensais que les Invisibles vivaient dans un endroit beaucoup plus pittoresque. Ce monde est d'une incroyable banalité !

Se décidant enfin à bouger, elle traversa le carrefour pour s'approcher d'une boulangerie. On y vendait une seule espèce de pain… gris, lui aussi !

Un peu plus loin, Peggy Sue avisa un magasin de vêtements.

— Bon sang ! haleta le chien bleu. Tu as vu ça ? Il n'y a qu'une sorte de costume. Entièrement gris. Tout le monde doit s'habiller pareil…

— Il n'y a pas de vêtements pour femme, remarqua l'adolescente. C'est curieux.

Le chien bleu, qui furetait entre les rayons, poussa un nouveau glapissement de stupeur.

— C'est encore pire ! lança-t-il. Les vestes, les chemises, les pantalons, les chaussures… *Ils sont tous de la même taille !*

La jeune fille et l'animal décidèrent de poursuivre leur exploration. Hélas, la suite des événements ne fit que confirmer leur première impression.

— Les librairies ne vendent qu'un seul et unique livre, annonça Peggy. Un roman qui s'appelle *Prolégomènes au parallélisme transcendantal…* et qui n'a pas vraiment l'air passionnant.

— Les restaurants n'ont qu'un seul plat inscrit au menu, ajouta le chien bleu, de la saucisse *grise* à la purée… *grise*.

Ébahis, ils remontèrent ce qui semblait être la rue principale. Une plaque indiquait qu'il s'agissait du boulevard Zébélius. En fait, toutes les voies de la ville portaient le même nom ! On pouvait aller dans n'importe quel sens, on se retrouvait toujours sur un quelconque boulevard Zébélius en tous points identique aux précédents. Mêmes boutiques plantées aux mêmes endroits, mêmes affiches…

Les boulangers y vendaient du pain gris, les charcutiers de la saucisse grise, et les libraires le même livre à couverture grise, et dont les pages se révélaient imprimées en gris foncé sur papier gris clair. *C'était dé-ses-pé-rant !*

— On n'a encore rencontré personne, souffla le chien bleu. Ça semble inhabité.

— J'ai une idée, lança Peggy. Entrons dans une maison pour jeter un coup d'œil.

— D'accord, fit l'animal. Il faut bien tenter quelque chose car le temps passe vite.

Poussant la porte d'un immeuble, Peggy Sue examina les boîtes aux lettres. *Tous les locataires s'appelaient Gloubolz.*

— Ça doit être pratique pour distribuer le courrier ! ricana le chien bleu.

— Oui, si tout le monde écrit la même chose ! pouffa nerveusement la jeune fille.

Ils grimpèrent au premier. Les appartements n'étant pas fermés à clef, ils n'eurent aucun mal à entrer. Comme on pouvait s'y attendre, le mobilier était partout le même. Les étagères des bibliothèques se révélèrent encombrées par des dizaines d'exemplaires de *Prolégomènes au parallélisme transcendantal.* Les réfrigérateurs regorgeaient de saucisses grises, et les penderies de costumes tous identiques.

— C'est bizarre, murmura Peggy. On dirait que cette ville est habitée par une unique et même personne.

Mal à l'aise, ils quittèrent l'immeuble. Un peu plus loin, ils avisèrent un cinéma. On y jouait *Gloubolz contre Gloubolz*. Les acteurs en étaient Gloubolz dans le rôle de Gloubolz... et aussi Gloubolz dans le rôle de Gloubolz. Sur les photos, tout le monde avait la même tête.

— Ça suffit ! gémit le chien bleu. Tirons-nous d'ici, je suis en train de devenir fou !

— Non, s'entêta Peggy Sue. Il faut continuer. C'est notre unique chance d'en finir avec les Invisibles. Je ne peux pas la laisser passer.

— Quel univers horrible ! se lamenta l'animal. Tout y est pareil. C'est à mourir d'ennui !

— *C'est peut-être justement ça, la cause de tout,* fit la jeune fille d'un ton rêveur. J'ai toujours entendu les Invisibles répéter qu'ils s'ennuyaient. Ça semble une maladie chronique chez eux.

— Comment ne pas s'ennuyer dans un tel monde ? grommela le chien bleu. À lire tous les jours le même livre, à manger la même saucisse, à voir le même film, encore et encore... Il y a de quoi tourner cinglé !

Les deux amis pressèrent le pas. Toutes les rues étant semblables, ils avaient le plus grand mal à s'orienter.

— Nous tournons probablement en rond, s'énerva Peggy. Cette ville est un vrai labyrinthe. Il faudrait faire des marques à la craie, sur le sol.

Elle se tut car elle venait de tomber en arrêt devant une affiche publicitaire.

*Vous vous ENNUYEZ ?* disaient les mots gris clair imprimés sur fond gris foncé. *Tout vous semble affreusement monotone... Avez-vous pensé à VOYAGER ? La Terre constitue peut-être la solution à votre problème. La Terre... Une planète chaotique, absurde, peuplée de créatures stupides aux dépens desquelles vous pourrez enfin vous AMUSER !*

*Contactez votre agence de voyage ! retenez dès aujourd'hui votre billet pour la Terre, le grand parc d'attractions où vous pourrez inventer les blagues les plus folles ! La Terre : le paradis des farceurs !*

— Bon sang ! haleta Peggy Sue, voilà qui explique bien des choses. Viens, il faut trouver cette agence.

Ils dénichèrent assez vite la boutique. Elle était vide, mais un téléviseur diffusait une séquence publicitaire montée en boucle. Les images défilant sur l'écran essayaient de décrire la vie sur la Terre comme l'aurait fait un documentaire animalier.

— Les Terriens sont plutôt bêtes, énonçait la voix sortant du haut-parleur. Il vous sera d'autant plus facile de les berner qu'ils ne pourront pas détecter votre présence. En effet, par un caprice scientifique assez amusant, il se trouve qu'à leurs yeux vous serez... *invisibles !* N'est-ce pas comique ? Une fois sur la Terre, vous serez libres de jouer avec eux comme avec des poupées tirées d'un coffre à jouets, d'organiser des catastrophes, des accidents. Les Terriens ne sont guère intelligents, et leur niaiserie est une source d'amusement inépuisable… Sur Terre, vous serez dotés de pouvoirs fabuleux. Vous pourrez changer de forme à volonté, vous déguiser en n'importe quoi ! Traverser les murs et vous faire passer pour des fantômes. Car les Terriens sont aussi affreusement superstitieux.

— Ça suffit, gronda Peggy. J'en ai assez entendu.

De fort méchante humeur, elle quitta la boutique, suivie du chien bleu. Des panneaux fléchés indiquaient la direction de l'aéroport. Alors qu'elle hésitait à s'engager dans cette voie, l'adolescente aperçut enfin des gens qui sortaient de chez eux, une petite valise à la main. Vêtus de gris, ils présentaient un visage mou et translucide, complètement anonyme. Un visage qui, d'un individu à l'autre, ne variait guère.

— Ils sont tous pareils, murmura Peggy. On dirait le même bonhomme fabriqué à des dizaines d'exemplaires. Voilà donc la vérité sur les Invisibles : des extraterrestres qui s'ennuient chez eux et qui viennent s'amuser sur la Terre à nos dépens, parce qu'ils ont chez nous des pouvoirs qui leur font défaut dans leur monde d'origine…

— Tu veux dire qu'ici ce sont des petits bonshommes sans importance, et que sur la Terre…

— *Ils se comportent comme des dieux…* Oui, des dieux mauvais. Quand je pense à toutes les histoires à dormir debout dont ils m'ont abreuvée ! Ils prétendaient avoir créé la Terre, fabriqué les dinosaures. Ils m'ont vraiment prise pour une crêpe !

Les deux amis emboîtèrent le pas aux étranges créatures qui couraient en direction de l'aéroport. Aux abords de celui-ci, une interminable file d'attente s'était formée. Tous les Gloubolz attendaient sagement leur tour, leur petite valise grise à la main. Tous avaient la même expression maussade, aux yeux éteints.

Un à un, ils s'engouffraient dans une machine plantée sur la piste d'envol. Une espèce de cylindre à peine plus grand qu'une cabine téléphonique. Chaque fois qu'un nouveau voyageur en passait le seuil, un éclair aveuglant le faisait disparaître… puis le candidat suivant s'avançait.

— C'est une machine de téléportation, expliqua Peggy Sue. Elle les propulse à travers l'espace-temps, si bien qu'ils atterrissent sur la Terre une seconde à peine après être partis d'ici.

— Ils sont nombreux… s'inquiéta le chien bleu. Vraiment nombreux.

— Une véritable armée, tu veux dire ! soupira l'adolescente désemparée. Je comprends maintenant pourquoi tout va si mal chez nous. Le pire, c'est qu'ils ne sont même pas méchants. Ils sont persuadés qu'ils peuvent s'amuser avec les Terriens, comme nous le faisons, nous, avec les taureaux lors des corridas. Ça leur paraît sans importance.

— Peggy, gémit l'animal, le temps file ! Il nous reste à peine une heure pour trouver une solution. Si nous ratons le créneau de retour, nous serons condamnés à rester ici… à manger de la saucisse grise et à lire *Prolégomènes au parallélisme transcendantal* pour le restant de nos jours. Autant se faire hara-kiri tout de suite !

— Je sais, je sais… lâcha la jeune fille en serrant les poings. Nous pourrions peut-être saboter la machine de téléportation ?

— Ils sont trop nombreux, ils ne nous laisseront pas faire, surtout si cet engin représente leur seul espoir d'échapper à l'ennui.

Alors que Peggy se rongeait les ongles, une voix inconnue explosa dans son esprit. L'adolescente frissonna comme si elle venait de mordre dans un citron.

— *Au secours !* disait la voix. *Aidez-moi ! Je vous attends depuis si longtemps !*

Peggy Sue ferma les yeux. Le message télépathique était si puissant que la cervelle manqua de lui jaillir par les oreilles comme de la crème à la vanille mal cuite !

— Qui êtes-vous ? demanda-t-elle.

— Gloubolz, répondit l'inconnu.

— J'aurais dû m'en douter, soupira l'adolescente, déçue.

— Non, insista la créature. Je suis le *vrai* Gloubolz. Le seul, l'unique. Venez à mon secours et vous comprendrez.

— Où êtes-vous ?

— Je vais vous guider. Suivez mes instructions.

Peggy s'élança, obéissant aux directives du guide mystérieux. Elle souffrait d'un point de côté et elle était terrifiée à l'idée de manquer l'heure du départ. Pourtant, elle ne voulait pas s'avouer battue et s'enfuir sans avoir rien tenté.

Après avoir longuement zigzagué dans les rues de la cité grise, elle arriva en vue d'une étrange machine dont l'aspect général rappelait celui d'une photocopieuse géante. Des éclairs s'allumaient à son sommet, à intervalles réguliers, puis un grondement s'élevait de ses entrailles… enfin, une trappe s'ouvrait au ras du sol, et un Gloubolz ébahi en tombait, vêtu d'un costume gris, semblable à tous les autres Gloubolz. Titubant, il prenait alors le chemin de la ville, avec, sur le visage, l'air de s'ennuyer déjà.

— Là ! indiqua le chien bleu, cet escalier permet de grimper tout en haut.

— Allons-y ! cria Peggy Sue. Je crois que la solution se cache au sommet de ce machin.

Pendant qu'ils escaladaient les marches métalliques, la machine continuait à ronronner et à produire d'autres Gloubolz au regard vide. Des Gloubolz qui semblaient pétris dans de la gélatine triste.

À bout de souffle, les deux amis atteignirent enfin l'étage le plus élevé. Les éclairs lumineux provenaient d'une sorte de cabine blindée hérissée de câbles électriques et de canalisations glouglouttantes. Peggy en poussa la porte. Au centre d'un laboratoire encombré d'appareils indescriptibles – comportant 33 000 boutons, tout autant de cadrans et 40 millions de kilomètres de fils électriques –, un homme reposait sur une table de verre semblable à la vitre d'une photocopieuse. De temps à autre, une lueur bleuâtre venue d'en bas balayait son corps. Ses poignets et ses chevilles étaient attachés, de manière qu'il ne puisse se relever. Des tuyaux, fichés dans ses veines, le nourrissaient.

— Entrez ! supplia-t-il. N'ayez pas peur. Je prie depuis si longtemps pour que quelqu'un ait enfin le courage de venir me délivrer ! Approchez ! Allez jusqu'à cette machine et tapez sur le clavier le code que je vais vous donner, cela me libérera.

Peggy Sue n'avait pas vraiment le choix. Elle se pencha sur l'ordinateur et pianota les chiffres indiqués par l'inconnu. Aussitôt, les menottes de fer s'ouvrirent, et l'homme se redressa en se frictionnant les poignets.

— Merci, balbutia-t-il. Il y a trente ans que j'attends ce moment. Nous n'avons pas beaucoup de temps pour parler. La machine va s'arrêter… Dès qu'ILS s'en rendront compte, ils se précipiteront pour la remettre en marche, et m'attacher de nouveau sur la table de duplication.

— Qui ça, « ils » ? s'enquit Peggy Sue.

— Les Gloubolz, dit l'homme. C'est-à-dire moi-même. Ou plutôt mes autres moi-même.

— Je n'y comprends rien, soupira la jeune fille. Expliquez-vous, les minutes filent.

— Je sais, fit Gloubolz. Je vais essayer d'être bref. Je m'appelle Gloubolz, je suis le dernier homme de cette planète… Une terrible épidémie a tué tous ceux de ma race. J'étais l'unique survivant d'un monde mort. Comme je suis également un savant, j'ai eu alors l'idée folle d'inventer une machine qui me dupliquerait moi-même, comme une photocopieuse. C'était une monstruosité, mais la solitude m'était devenue insupportable. Il me fallait parler à quelqu'un, à n'importe quel prix. C'était cela ou me pendre !

— Je commence à comprendre, fit Peggy Sue. La machine s'est mise à fabriquer des reproductions de vous-même, c'est ça ? Des dizaines et des dizaines de « photocopies »…

— Oui, fit Gloubolz en baissant la tête. Une folie, je l'avoue. Chaque double était un peu moins réussi que celui qui le précédait. C'était comme si l'on photocopiait une photocopie de photocopie de photocopie… Vous saisissez ?

— Oui. Ils étaient de plus en plus… *rudimentaires* ?

— Exactement. Au fil des années, ils ont eu de moins en moins d'imagination, d'énergie, de joie de vivre. Ils ne lisaient que mon livre préféré, ne mangeaient que mon plat préféré, s'habillaient tous comme j'avais l'habitude de le faire. Ils étaient incapables d'inventer, de créer, de lutter contre la routine. Ils construisaient toujours la même maison, la même voiture.

— Alors ils ont succombé à l'ennui, compléta Peggy.

— Un ennui terrible, qui les a poussés à chercher des distractions extrêmes, sur d'autres planètes, plus « amusantes ».

Peggy Sue hocha la tête.

— Ils envahissent la Terre, dit-elle. Là-bas, ils font des ravages.

— Je sais, souffla l'homme. Il n'y a qu'un moyen de les en empêcher. Détruire le duplicateur. Je vais le faire tout de suite, avant qu'ils ne viennent voir ce qui se passe. Une fois la machine sabotée, ils ne seront pas capables de la réparer. Ils ne sont plus assez intelligents pour ça. Aujourd'hui, ils n'ont pas plus de cervelle qu'un saladier de pâte à crêpes.

— Mais tous ceux qui sont déjà partis… objecta Peggy.

— Ils s'autodétruiront, expliqua l'homme en se précipitant vers les écrans de la salle de contrôle. Ne vous inquiétez pas. Les doubles ont une durée de vie limitée. Un an, tout au plus. C'est pour cette raison qu'ils tiennent à ce que le duplicateur fonctionne jour et nuit. D'ici douze mois, les derniers Gloubolz installés sur la Terre se décomposeront comme des méduses échouées sur une plage, et vous serez définitivement débarrassés de leur présence.

Il s'activait, pianotant sur les claviers. Un peu partout, des lampes s'allumaient. Les aiguilles bondissaient sur les cadrans.

— Voilà, annonça-t-il, le souffle court. La machine va exploser. On ne peut plus rien arrêter. Le compte à rebours est lancé. Il faut évacuer le centre de duplication…

Il n'eut pas le loisir d'en dire plus car l'escalier métallique se mit soudain à résonner sous les pas d'une foule grimpant les marches à toute allure.

— Les Gloubolz, bredouilla l'homme. *Ils arrivent…* Partez ! Partez vite ! Cette trappe mène au toit… J'essayerai de les retenir.

— Vite ! s'impatienta le chien. On n'a plus que quelques minutes ! La formule de retour va s'effacer de ta mémoire !

— Saute dans mes bras ! ordonna Peggy.

L'animal obéit. Des coups furieux ébranlaient la porte que Gloubolz (le vrai !) tentait désespérément de bloquer.

— Partez ! hurla-t-il en regardant par-dessus son épaule. Tout va sauter dans trente secondes ! Je suis désolé de vous mettre dehors, mais si vous tenez à la vie…

Peggy Sue ne pouvait rien pour lui. Fermant les yeux, elle chercha au fond de son esprit le mot magique qui allait les ramener à leur point de départ. Pendant trois secondes, elle crut que la formule s'était déjà dissoute… puis quelque chose sortit doucement de la nuit. Quelque chose qui se prononçait : *Dinosaurus-bulldozerocaracoloum…*

L'espace et le temps se replièrent telle une feuille de papier sous les doigts d'un écolier.

Vaguement, à la lisière de sa conscience, Peggy Sue entendit exploser la machine à dupliquer, mais la détonation était si lointaine qu'elle paraissait venir de l'autre bout du cosmos.

Serrant le chien bleu contre sa poitrine, elle se laissa aspirer par le tunnel électrique qui la ramenait chez elle.

Elle avait réussi.

*Elle en avait fini avec les Invisibles.*

## 26

## Tournons la page…

Peggy Sue et sa grand-mère marchaient à travers la lande. Le chien bleu folâtrait à la poursuite des minuscules sauterelles qui s'obstinaient à le narguer en bondissant sous son nez.

— Le papillon est parti, murmura Granny Katy. Je ne suis pas sûre qu'il revienne de sitôt.

— Comment réagissent les gens du village ? demanda l'adolescente.

La vieille dame haussa les épaules.

— Ils ont un peu de mal à se réveiller, dit-elle les yeux tournés vers la ligne d'horizon. Ils ont tout de même fini par comprendre qu'on doit fabriquer son bonheur soi-même et non l'acheter tout fait. Le papillon leur livrait le bonheur à domicile, comme une pizza, c'était commode. Un peu trop, sans doute. Il faut se méfier des paradis artificiels.

Elle posa son bras sur les épaules de Peggy Sue.

— L'important, ajouta-t-elle, c'est que les Invisibles vont progressivement sortir de ta vie. Quand le dernier des doubles sera dissous, tu cesseras de voir des choses qui échappent aux gens normaux. Tout rentrera dans l'ordre. C'est l'affaire d'un an.

— Je n'arrive pas à y croire, murmura Peggy Sue. J'attends ce moment depuis si longtemps. J'ai du mal à me représenter ce que peut être l'existence d'une fille normale.

Le chien bleu se retourna.

— Le pire, grogna-t-il, c'est que nous pourrions bien finir par nous ennuyer autant que les Gloubolz... et regretter le temps des Invisibles.

*(À suivre...)*

# Le courrier des lecteurs

*Les lecteurs parlent de Peggy Sue, du chien bleu et... des fantômes !*

*Vous avez été très nombreux à écrire sur le site et la messagerie de Peggy Sue, trop nombreux pour qu'il soit possible de reproduire tous vos messages. Vous trouverez ici quelques exemples de mails, parmi les plus frappants !*

**INTER-CDI,** la revue des bibliothèques et des centres de documentation des collèges, écrit :

Serge Brussolo, dont l'œuvre abondante et multiforme a su conquérir un public très nombreux au fil des années, fait une incursion réussie dans le domaine de la littérature pour les enfants. Il met son imagination féconde au service d'un récit riche en péripéties et invente « un jardin des merveilles » véritablement saisissant. À déguster donc.

*À partir de 12/13 ans.*

C'est trop bien, quand je lis Peggy Sue je n'ai plus envie de m'arrêter de lire, et je vous le dis : je n'aime

pas lire MAIS par contre j'adore Peggy Sue ! ! !
CONTINUEZ JE VOUS LE DIS C'EST TROP
BIEN ! ! ! ! ! ! !

Sophie.

Je trouve « Peggy Sue » bien mieux que « Harry
Potter ». À mon avis, si ce dernier est plus lu, c'est
qu'il est plus ancien et qu'il y a, pour l'instant, davantage d'épisodes.

Clément. 11 ans.
*Courrier des lecteurs de **L'Hebdo des Juniors.***

Ce livre est plein de suspense. L'histoire est tellement bien imaginée que l'on a envie de croire que
c'est vrai ! J'ai été pris de façon extraordinaire par la
lecture de ce livre original.

Basile. 12 ans.
*La critique livre des lecteurs. **Mon Quotidien.***

J'ai beaucoup apprécié ce roman. L'histoire est
belle, même si la fin est assez triste. On se met très
vite dans la peau des personnages. Tout est irréaliste,
mais très bien décrit.

Aurore. 12 ans.
*La critique livre des lecteurs. **Mon Quotidien.***

J'ai aimé ce livre, même si c'est irréel, on entre
bien dedans. Le côté fantastique m'a beaucoup plu. Je
le conseille à tous ceux qui ont apprécié la série des
*Harry Potter.*

Gwenhaëlle. 9 ans.
*La critique livre des lecteurs. **Mon Quotidien.***

J'ai dévoré les deux premiers tomes des aventures de Peggy Sue, et je trouve que « le sommeil du démon » est encore plus réussi que « le jour du chien bleu ». Il y a plus de suspens. Je me suis demandé pendant tout le livre où étaient passés les Invisibles. Quel coup de théâtre quand Peggy Sue les découvre ! J'ai aussi préféré le deuxième car Peggy n'est plus seule, elle a enfin quelqu'un qui la comprend.

Lucie. 12 ans.

Le tome I de Peggy Sue était déjà super, mais alors là, je dis bravo ! Ce livre fait preuve d'une imagination débordante. C'est vraiment captivant. Si Serge Brussolo continue comme ça, le troisième tome sera encore plus génial ! Note moyenne : 10/10

France/*fnac.com*

Ce livre est vraiment génial. J'ai trouvé ce livre vraiment bien écrit. J'ai beaucoup apprécié le premier tome, mais j'ai littéralement dévoré le deuxième. Ce livre est plein d'action, il est très actif et l'auteur ne nous laisse pas le temps de souffler, ce que je trouve très bien ! Le dynamisme du texte fait que l'on ne se rend absolument pas compte que nous lisons le texte à une allure folle ! « Le sommeil du démon » est extrêmement détaillé et Serge Brussolo a vraiment cherché très loin dans son imagination pour écrire un roman aussi fantastique. Peggy Sue est une jeune fille comme les autres, un peu différenciée par ses grosses lunettes rondes et son comportement plus qu'étrange, mais elle est surtout comparable à chacune d'entre nous. Cette trilogie pourrait certainement avoir un aussi gros succès qu'Harry Potter si on lui faisait un peu plus de publicité. Ce livre est plus que fantastique. Il mélange le suspense, le fantastique et le comique avec une grosse touche d'imagination. Quel que soit l'âge que vous avez, je vous en conseille la lecture, car il est apprécié des plus jeunes comme par les plus vieux ! Note moyenne 10/10

Claire/*fnac.com*

Je trouve Peggy Sue NULLISSIME ! J'aime les histoires avec des cadavres pourris qui sortent de leur tombeau pour venir couper la tête des gens dans leur lit. Il n'y a rien de tout ça dans Peggy Sue. J'ai été déçu. Dans le tome I, on nous dit que des gens sont dévorés par les cannibales, MAIS ON NE VOIT RIEN ! Il n'y a pas assez de détails horribles ! C'est mal fait ! Si Monsieur Brussolo veut qu'on continue à lire ses histoires, il ferait bien de rajouter des cadavres, du sang et des couteaux, comme dans *Scream 1, 2 et 3* ! Salut.

Marc. 14 ans.

Je suis folle de Sebastian ! ! ! Il est trop mignon ! Je voudrais qu'il y ait plus d'AMOUR dans les aventures de Peggy Sue.

Nathalie. 13 ans.

Salut à tous les fans de Peggy Sue qui passent sur ce site ! Je n'ai pas encore lu ce livre mais ma sœur les a déjà lus et m'a dit que c'était hyyyyper cool ! ! ! ! Je voulais dire que ce site était hyyyyper chouette et plein d'originalité ! ! ! !

Moi moi et remoi.

Moi je trouve que c'est super, je vais peut-être faire un site dessus si vous me laissez faire. Je suis sûre qu'il va être aussi connu que Harry Potter. J'attends le 3 avec impatience.

Cléa.

Je m'appelle Aurélien, j'ai 13 ans et je viens de terminer ton premier tome : j'ai adoré ! ! ! C'est la première fois qu'un livre aussi épais m'a autant intéressé.

Aurélien. 13 ans.

J'ai trouvé le livre génial ! ! ! Peggy est parfaite, je n'ai qu'un conseil à lui donner : demande à Azéna de te donner des lentilles ! ! !

Laura.

J'adore les aventures de Peggy Sue ! J'ai lu beaucoup de livres de littérature de jeunesse, mais ceux-là font partie des meilleurs que j'ai lus ! J'espère que les prochains tomes seront aussi passionnants que les deux premiers !

Marine.

Je viens de découvrir les livres de Peggy Sue et ils sont super bien !

Doggy.

Je trouve que Peggy Sue est GÉNIALE ! ! ! Vivement le prochain tome ! ! !

Lolita.

Ça y est, j'ai fini le 2$^e$ tome de Peggy Sue depuis un petit bout de temps. Je voulais vous dire qu'il était vraiment bien imaginé. Quand est-ce que le 3$^e$ tome paraîtra ? Peggy va-t-elle faire revivre Sebastian ?

Marion.

Le tome I m'a ennuyé, c'est trop gentil, on dirait un livre pour les filles… mais le tome II est super-délirant ! C'est comme un jeu vidéo avec des niveaux de difficulté de plus en plus forts. C'est génial ! ! ! J'avais l'impression d'être sur ma PS2 ! Écrivez-moi pour me dire quand sortira le jeu vidéo Peggy Sue, je l'achète tout de suite ! ! !

Éric. 13 ans.

Fa-BU-Leux ! ! ! C'est le seul mot qui me vient à l'esprit ! J'ai dévoré le 1$^{er}$ tome des aventures de Peggy en une nuit blanche ! (dur dur, le collège le lendemain !) Ce bouquin m'a passionné bien qu'il soit un peu court ! J'apprécie particulièrement le chien bleu qui, je le crois bien, est mon personnage préféré. Un formidable livre que j'ai fait connaître auprès de mes amis !

Nicolas (Coco pour les intimes).

Franchement, j'adore les aventures de Peggy Sue ! C'est 100 fois mieux que Harry Potter ! On se laisse

transporter dans l'univers magique de cette jeune fille !
C'est extra !

Héléna.

J'ai bien aimé les livres, j'espère qu'il y aura une suite mais j'espère que le chien bleu restera chien parce qu'il est bien comme ça.

Marion.

J'ai lu les deux premiers volumes de Peggy Sue et j'ai franchement adoré. Je me demande s'il faut classer le « sommeil du démon » dans la catégorie conte de fées ou la catégorie écrit sous influence de stupéfiants ? Quand j'ai voulu en faire un résumé à ma collègue, elle a sérieusement cru que je souffrais d'une insolation. Tout cela pour vous dire que c'est rafraîchissant, drôle et non conventionnel. Félicitations.

Thomas.

D'habitude je n'aime pas trop les livres faits pour les jeunes. C'est toujours des histoires de gentils poneys ou de jolies danseuses. Je trouve que c'est pour les filles un peu nunuches. Mais Peggy Sue, c'est TOP ! ! ! Elle est ravagée de la tête, et c'est trop bien. Je me reconnais complètement ! Pourtant, Monsieur Brussolo est très vieux, et il arrive à faire comme si le livre était écrit par une fille jeune. Je dis bravo ! Peggy Sue, c'est moderne, ça change des magiciens et des types habillés en armure qui se fichent des coups d'épée dans la chetron. Des histoires comme ça, ça me gave.

Latifa. 13 ans.

Je trouve Peggy Sue moche parce qu'il n'y a pas assez de combats avec des chevaliers, et des guerres avec des épées magiques ! Je n'aime pas quand le héros est une fille. Je n'aime pas le chien bleu, il est bête. L'histoire aurait été mieux avec un chevalier armé d'une hache géante, et au lieu du chien, un dragon.

Luc. 11 ans.

Je voudrais que Peggy Sue et le chien bleu s'en aillent dans l'espace découvrir des planètes inconnues où il y aurait des créatures. Ce serait mieux que des fantômes.

Je ne veux pas que Peggy ait trop de pouvoirs magiques, comme ça, elle est comme nous. C'est mieux.

Aurélie. 11 ans.

Est-ce qu'on trouvera bientôt dans les magasins des statuettes de Peggy Sue et du chien bleu ? Et aussi des masques et des déguisements ? Est-ce que vous ferez des stylos et des objets marrants avec leurs têtes dessus ? Et des autocollants qu'on trouverait dans le livre et qu'on pourrait détacher.

Thibault. 11 ans.

Ce serait bien si Peggy Sue ne grandissait pas. Je préfère qu'elle reste à mon âge. Mes copines sont d'accord avec moi. On adore le chien bleu. J'ai essayé de mettre une cravate à mon chien Kizou, mais il l'a déchirée. Ça le rendait fou. Bisous ! ! !

Antonella. 12 ans.

Le chien bleu est débile. J'aurais préféré un loup féroce. Ou un gorille, comme King Kong, mais plus petit. J'espère que les fantômes le dévoreront.

Max. 12 ans.

J'ai lu « le sommeil du démon » très vite ! C'est un livre encore plus captivant que le premier. Dans celui-ci je me suis beaucoup identifiée à l'héroïne. Ce sont les passages dans le jardin qui m'ont le plus captivée ! Je ne pouvais plus m'arrêter de lire ! J'ai bien aimé les Minuscules et l'histoire du jardin avec les tentacules, c'était génial !

Emma. 11 ans.

Rigolo, fantastique, mystérieux, passionnant et bizarre, en un seul mot : un chef-d'œuvre. Ce livre me passionne vraiment beaucoup.

Thomas.

Je suppose que ce n'est pas la première fois que tu vas lire ça, mais je tenais à te le dire, je trouve ton histoire géniale, et c'est vrai que tu es plutôt mignonne sans tes lunettes.

Damien.

Je vous adore ! Je m'appelle Cécile et j'ai 11 ans, et j'ai lu vos deux super-livres que j'ai dévorés tout crus ! ! ! !

Cécile.

Je trouve « Peggy Sue » génial. J'adore le chien bleu, je le trouve génial et très marrant. Monsieur Brussolo, continuez à écrire et à nous faire rêver.

Marcel.

C'est trop cool ! C'était la première fois que je lisais *Peggy Sue et les fantômes*, et maintenant j'aimerais avoir la collection entière (même si je fais des cauchemars après !).

Sandrine.

Je trouve Peggy Sue super car c'est triste, marrant ou horrible. J'aime aussi le chien bleu quand il gouverne la ville. Dans le deuxième tome, j'adore quand Peggy prend l'avion de cristal, mais j'ai été triste quand Peggy a dû quitter Sébastian.

Camille.

Je trouve les aventures de Peggy Sue géniales ! En ce moment je lis le deuxième tome et je n'arrive pas à m'en séparer ! Ce soir, je ne suis pas près de dormir car je ne dormirai pas sans le finir. Félicitations à Monsieur Brussolo, et merci !

Starwitch.

Je suis au 2e tome, j'adore. Je me réjouis de commencer le 3e, quand paraîtra-t-il ???? J'adore lire. Un jour, une copine me l'a prêté, j'ai adoré ! Merci mille fois.

Alizée.

J'ai trouvé Peggy Sue, et je nage dans le bonheur depuis que le tome II existe. Peggy Sue arrive toujours à se sortir des situations les plus embarrassantes et je trouve ça très fantastique. Moi aussi, je me suis attachée au chien bleu et j'avais envie qu'il soit sauvé. J'adore l'imaginaire et le fantastique. Je crois que je suis comblée.

Charley.

Un livre génial dont même le fantastique change de l'ordinaire ! Un livre tout simplement !

Charlotte.

Je trouve que Peggy Sue est un livre vraiment génial que je conseillerai vivement car il est plein d'action, et puis c'est un livre facile à comprendre et à lire.

Marie.

J'adore les aventures de Peggy Sue et les fantômes ! J'ai lu beaucoup de livres de littérature de jeunesse, mais ceux-là font partie des meilleurs !

Marine.

Cool ! ! ! ! Je m'appelle Caroline et j'ai 13 ans, ma mère m'a acheté le premier livre de Peggy Sue quand il est sorti, et il est vraiment bien fait. Il y a deux jours ma mère m'a acheté le 2e tome, je ne l'ai pas encore beaucoup lu mais j'ai déjà envie de me replonger dans l'aventure. Ce livre est extra ! ! ! ! ! Je remercie l'auteur pour la création d'une histoire pas comme les autres !

Caroline.

J'adore ces bouquins.

Sophie.

J'ai vraiment été très contente de lire Peggy Sue. J'ai adoré, vraiment. L'histoire est tellement surréaliste qu'on se plonge carrément dans le livre.

Noémie.

Bonjour, je m'appelle Marilou, j'ai 11 ans et j'habite Chambéry (Savoie). Je suis une fan (une grande fan) de « Peggy Sue ». J'ai lu les deux tomes. Mon préféré c'est le « Sommeil du démon ». Bravo à Brussolo.

Marilou.

Vos aventures me passionnent. J'ai lu les 2 premiers livres de Peggy Sue et j'attends impatiemment le 3. Une admiratrice de vos livres.

Laura.

Bonjour Peggy. Je viens de lire ton livre « le jour du chien bleu ». Je l'ai trouvé super. Bisou.

Pauline, 12 ans.

Je m'appelle Asma, et je suis fan de toi. Je viens de lire ton livre « le jour du chien bleu » et j'ai adoré ! Dommage quand même que l'histoire entre toi et Dudley ne soit pas allée plus loin. Salut, j't'adore !

Asma.

Salut Peggy, je m'appelle Binta, j'ai 13 ans, je suis en 4e. J'ai commencé de lire le 1er livre de « Peggy Sue et les fantômes » Le jour du Chien bleu. Rien qu'à voir le début, il a l'air terrible. Tu es mon personnage préféré, et toi et Dudley vous faites un très beau couple.

Binta.

Salut Peggy ! Tu sais, tu es la première à me faire peur, et c'est difficile ! J'ai beaucoup aimé ton livre. Gros bisous.

Laura.

J'ai adoré Peggy Sue et les fantômes : Le jour du chien bleu. Quand paraîtra le prochain tome ? Auriez-vous un résumé à me donner si possible ? Je pose beaucoup de questions, mais depuis que j'ai lu ce livre, je veux absolument lire le tome suivant.

Élisabeth.

SUPER ! ! ! ! ! ! TROP BIEN ! ! ! ! ! ! ! ! ! Il n'y a pas de mots pour définir. On dit que Peggy Sue est pour les déçus de Harry Potter, mais pourquoi les comparer ? Les 2 séries sont aussi passionnantes l'une que l'autre ! À quand le film ?

Margot.

Je fais du théâtre depuis longtemps et la dernière fois, on s'est amusé à faire une improvisation sur Peggy Sue ! C'était trop bien ! On imaginait les invisibles, on essayait de tracer un portrait de la sœur de Peggy, on imitait le chien bleu… J'aimerais dire 2 ou 3 mots sur la soi-disant ressemblance avec Harry Potter ! Je ne vois vraiment pas le rapport avec Harry Potter ! Après tout, il n'est vraiment pas question de sorciers et de magiciens ! ! ! De plus, Harry Potter et Peggy Sue ne traitent pas du même sujet ! Il faut savoir lire entre les lignes, parfois. Moi, même si j'adore Harry Potter, je préfère Peggy Sue car on arrive mieux à se mettre à sa place, et quand on commence le livre on est emportée loin de nos soucis ! ! ! Ce livre est vraiment génial car à travers Peggy Sue, c'est des milliers d'ados qu'on voit ! ! ! Alors chapeau à son auteur !

Nehla.

J'adore Peggy, elle est intelligente et elle est différente des autres personnages de livres. Elle n'est pas populaire et c'est ça que j'aime chez elle. Elle est exceptionnelle !!!!

Manierem.

J'ai dévoré les 2 premiers tomes, ils sont vraiment super ! On n'a qu'une envie, c'est d'aller te rejoindre ! On est vraiment plongée dans l'histoire ! Bravo !

Marilou. 13 ans.

Je suis très contente que vous ayez publié le livre Peggy Sue et les fantômes, j'ai déjà lu les deux premiers et j'attends le troisième impatiemment. Quand je lis ces livres, je pénètre dans un monde merveilleux mais plein de dangers. J'aime passionnément ces livres.

Flo.

*Serge Brussolo remercie du fond du cœur tous les jeunes lecteurs qui l'ont encouragé à poursuivre les aventures de Peggy Sue et du chien bleu. S'il n'a pu répondre personnellement à chacun d'entre eux, c'est qu'ils sont trop nombreux, mais il sera, bien sûr, toujours extrêmement heureux de les lire... aussi n'hésitez pas à lui écrire !*

*Plusieurs moyens sont mis à votre disposition pour nous faire part de vos réactions :*

La messagerie : peggy.fantomes@wanadoo.fr
Le courrier : Peggy Sue et les fantômes
Plon - 76, rue Bonaparte - 75284 Paris Cedex 06

*Et maintenant, pour tous ceux qui, faute d'accès à internet, n'ont pas pu lire l'histoire du tigre caché...*

## La chose qui grattait derrière le mur
*Une aventure de Peggy Sue et du chien bleu*

Alors qu'elle venait tout juste d'emménager dans sa nouvelle maison, Peggy Sue découvrit qu'un tigre habitant dans le voisinage voulait la dévorer. Cette nouvelle la contraria.

Depuis que la famille Fairway s'était installée en ville, Peggy n'avait remarqué aucune présence des fantômes dans le voisinage ; c'était insolite et son instinct lui soufflait que ses vieux ennemis se cachaient forcément à proximité.

« Ils ont opté pour une autre stratégie, se disait-elle. Je dois me tenir sur mes gardes. »

Le chien bleu donnait lui aussi des signes de nervosité. Peggy Sue l'avait récupéré en quittant Point Bluff, où, un temps, grâce aux tours de magie des spectres, il avait régné sur la ville en véritable tyran. Aujourd'hui, s'il avait perdu sa belle couleur indigo, il avait conservé un certain don pour la télépathie... et la stupide manie de se promener affublé d'une cravate noire. Il ne « parlait » plus autant qu'avant, mais, de temps en temps, sa petite voix de lutin ronchonneur grésillait dans l'esprit de Peggy comme un morceau de beurre dans une poêle à frire.

— *Ce n'est pas bon,* disait-elle. *Des événements inquiétants se préparent. Il faut s'enfuir, loin... très loin d'ici.*

Les choses ne tardèrent pas à aller de mal en pis.

Peggy Sue n'aimait pas le nouvel appartement situé au rez-de-chaussée, avec ses fenêtres protégées par des barreaux, et où la lumière n'entrait que trois heures par jour, au plus fort de l'été. L'hiver, ce serait – à n'en pas douter – la nuit assurée du matin au soir. On avait l'illusion que les ténèbres campaient là, paresseusement, pour éviter d'avoir à rentrer chez elles, leur travail fini. La nuit stagnait partout dans les placards, derrière les portes.

Dès qu'elle se retrouvait seule dans le logement obscur, Peggy Sue pressait les interrupteurs, un, deux, trois... et les ampoules s'allumaient les unes après les autres tandis que la voix mentale du chien bleu résonnait dans sa tête, égrenant le même message : « Il faut partir. Les fantômes se rapprochent. Ils savent que nous sommes là. »

— Partir, grognait l'adolescente, c'est plus facile à dire qu'à faire. Pour déménager il faut de l'argent.

— Je sais, sifflait le chien bleu, *mais ils sont là...*

Ce fut Willie Shonacker, un garçon du collège, qui finit par révéler à Peggy Sue le secret de l'appartement.

Shonacker était constellé de taches de rousseur ; il trouvait drôle de manger de la peinture rouge lors des cours de dessin. Il bavait ensuite des bulles « sanglantes », pour faire peur aux filles, en hurlant qu'un extraterrestre était en train de le dévorer de l'intérieur. Peggy le soupçonnait d'être un parfait crétin.

— Je connais bien ta maison, déclara-t-il un jour. L'obscurité, c'est rien du tout ; le vrai danger ne vient pas de là… *Est-ce que tu as entendu parler du zoo ?*

Non, Peggy Sue n'avait pas entendu parler du zoo. Depuis qu'on avait emménagé dans la maison sombre, on ne sortait plus guère. Le chômage de P'pa avait sonné la fin des distractions familiales. M'man avait dû prendre un travail d'aide-bibliothécaire au centre municipal où elle recollait de vieux romans d'amour dont les pages s'éparpillaient ; quant à Julia, elle peinait sur ses hamburgers et passait sa vie à se laver les cheveux pour se débarrasser de l'odeur de graisse frite dont ils étaient imprégnés.

— Ta maison, expliqua Shonacker, elle jouxte le jardin zoologique. Elle est mitoyenne avec la cage du tigre de Malaisie. T'étais pas au courant ?

Peggy Sue ne comprenait pas le sens du mot « mitoyen ». Willie dut tracer un dessin dans la poussière du sol pour lui faire comprendre que les deux maisons avaient un mur commun et qu'elles s'appuyaient l'une sur l'autre.

— Elles sont soudées entre elles, conclut-il. Dans le cas de ta baraque, le mur commun sépare ta chambre de la cage du tigre de Malaisie. Sans déconner.

D'abord Peggy Sue refusa de croire à cette fable. On ne bâtissait pas les maisons d'habitation et les zoos dos à dos, ça tenait du délire ! Mais Shonacker haussa les épaules.

— T'y connais rien ! siffla-t-il. La municipalité a redistribué le quartier. Dans le temps, ta maison faisait partie des dépendances du zoo, et, quand on a réduit le jardin zoologique qui coûtait trop cher en subventions, on a récupéré certains bâtiments pour loger les nécessiteux, les employés de la mairie. On a bouché les passages, les anciennes portes, c'est tout.

Il fit une pause avant de murmurer, les yeux soudain rétrécis :

— Ma petite chérie, je ne voudrais pas être à ta place. Cette baraque, elle a des murs en carton. Si ça se trouve, le tigre a reniflé ta présence, il a déjà commencé à creuser de son côté.

— À *quoi* ? couina Peggy Sue.

— À creuser ! insista Shonacker, pour te rejoindre, hé ! pauvre pomme ! Avec les griffes que ça a, ces bestiaux-là, il ne lui faudra pas longtemps pour ouvrir un tunnel dans la paroi.

— Mais c'est de la pierre ! gémit Peggy Sue.

— Tu parles ! éluda Willie. C'est pourri d'humidité, ça s'effrite comme de la craie. Je suis sûr que, si tu collais ton oreille contre le mur de ta chambre, tu entendrais le tigre en train de creuser.

Il s'agissait là probablement d'une taquinerie, d'un délire enfantin, mais Peggy Sue ne le perçut pas de cette manière. Il lui fut assez facile de vérifier que la maison s'adossait bel et bien au long mur gris qui entourait le jardin zoologique. Un mur humide, dont l'enduit mou acceptait toutes les inscriptions. Il suffisait d'un clou pour graver à sa surface tout ce qui vous passait par la tête. Shonacker n'avait pas menti : l'immeuble, planté de guingois, s'adossait à la fauverie.

À partir de ce jour, chaque fois que M'man, P'pa et Julia quittaient l'appartement, Peggy Sue éteignait la télévision pour que le silence s'installe à l'intérieur du logement.

Elle s'asseyait ensuite sur une chaise et essayait d'identifier les bruits environnants. Elle les connaissait tous : le ronron du réfrigérateur, le clapotis des canalisations enterrées dans la maçonnerie, et même le clong-clong de la baignoire du voisin dont le robinet mal fermé gouttait en permanence. Quand elle avait isolé chacun des bruits familiers, elle guettait l'écho lointain des griffes se frayant un chemin dans l'épaisseur du mur. Elle guettait le tigre creusant son tunnel, jour après jour, pour venir la chercher.

L'animal avait senti son odeur de fillette à peau tendre. Mal nourri par des gestionnaires qui trafiquaient sur les crédits alloués à l'alimentation des pensionnaires, le prédateur avait envie d'un surplus de chair fraîche, il savait que la pierre spongieuse du mur mitoyen ne résisterait pas à la puissance de ses griffes. La paroi cédait sous ses pattes comme de la craie mouillée, et la cavité progressait, gagnant chaque jour quelques centimètres. Bientôt, le fauve ne serait plus séparé de l'appartement du rez-de-chaussée que par une mince pellicule d'enduit, il lui suffirait alors d'un coup de tête pour crever le papier peint et faire irruption dans la chambre de la gamine. Oui, c'était de cette manière que cela se passerait : un grand coup sourd, et, tout de suite après, une grosse bosse sur le papier de la chambre, juste au-dessus du lit. Le papier se déchirerait, et le mufle du tigre émergerait de la cloison trouée, la fourrure blanchie de plâtre… Sa gueule hérissée de crocs s'ouvrirait comme pour un rire formidable, et il aurait l'air de dire :

— Alors, petite idiote ! Tu vois que j'y suis arrivé !

Avant que Peggy Sue ait le temps d'esquisser un mouvement de fuite, les pattes de l'animal s'abattraient sur elle.

Peggy Sue sentait que cela se passerait ainsi si elle commettait l'erreur de s'attarder à cette adresse. Elle allait plaquer son oreille contre le mur de la chambre, sur le papier qui déteignait à cause de l'humidité. À force de l'ausculter, elle avait les joues tatouées de fleurs vertes.

Elle ne sortait plus guère de la maison, refusant d'aller se promener avec Willie Shonacker et sa bande. Sentinelle des couloirs, elle prenait l'affût, cherchant à détecter l'endroit précis où la bête allait émerger de la maçonnerie.

Avec son argent de poche, elle acheta une entrée au zoo. Là, elle s'avança dans les allées comme un soldat en territoire ennemi, un bloc de papier et un crayon à la main, pour faire un plan du mur d'enceinte. Elle comptait ses pas, prenait des repères. Elle n'eut pas trop de mal à localiser la maison, *sa* maison. Une fois de plus, elle constata que Willie Shonacker avait dit vrai : le bâtiment s'adossait *très exactement* à la cage du tigre de Malaisie, une construction grise entourée de gros barreaux. Le fauve, bien sûr, fit semblant de ne pas reconnaître son odeur. Couché sur le flanc, il léchait ses griffes comme pour mieux les faire briller au soleil.

« Il astique ses fourchettes », songea Peggy Sue sans que la plaisanterie réussisse à l'amuser.

La masse du monstre, son odeur âcre, lui firent prendre conscience de la réalité de la menace. Les yeux plissés, l'adolescente essaya de repérer des traces de plâtre sur le pelage du prédateur, mais ce dernier lui coula un regard vert chargé d'ironie qui semblait dire : « Me crois-tu si stupide ? pourquoi penses-tu que je me lèche ? Pour me débarrasser de la poussière du tunnel, évidemment. Personne ne doit savoir. Et personne ne sait… *hormis toi et moi.* »

Peggy Sue s'en alla à reculons, incapable de se décider à tourner le dos au prédateur. Les promeneurs la regardèrent drôlement, ne pouvant comprendre pourquoi cette adolescente regagnait la sortie en marchant d'une si curieuse façon.

« À bientôt, paraissait ricaner le tigre étalé de tout son long derrière les barreaux. À bientôt, *chez toi…* »

Longtemps, l'image de la bête, avec son mufle énorme, hanta Peggy Sue. Le soir surtout, quand il lui fallait réintégrer sa chambre et se glisser dans son lit. Elle restait des heures les yeux ouverts dans le noir, étendue sur le dos, les bras le long du corps, à écouter…

À écouter le bruit des poils du tigre brosser le mur, là-bas, de l'autre côté… C'était un va-et-vient rêche de plus en plus proche. Quand toute la famille était couchée, quand toutes les lampes étaient éteintes dans l'appartement, Peggy Sue levait le bras pour palper le papier peint tout autour du lit, localisant les lézardes. Mais des lézardes, il y en avait partout, comment déterminer dans ce cas d'où allait jaillir la bête ? Elle palpait tout de même, tremblant de sentir ses doigts s'enfoncer tout à coup dans le vide. Combien de centimètres la séparaient encore de l'animal ? Trente, quarante ? Beaucoup moins ? Elle avait mesuré le mur d'enceinte lors de sa visite au zoo. Elle avait noté qu'il était épais, et cela l'avait momentanément soulagée. Peut-être que le tigre se lasserait de creuser ? Peut-être qu'il s'abîmerait les griffes et se verrait contraint de renoncer à son projet ? Quand, lassée de retourner ces hypothèses, elle s'endormait enfin, c'était pour sombrer dans des rêves qui la dressaient sur sa couche, haletante et les draps collés au corps par la transpiration.

Parfois, lorsqu'elle était seule à la maison, elle se surprenait à accumuler des armes à proximité de son lit : un lourd marteau qu'elle laissait traîner là, comme par mégarde. Est-ce qu'on pouvait tuer un tigre d'un coup de marteau ? En frappant très fort entre les yeux, *crac* ?

Il faudrait faire vite, alors, le cueillir au moment même où sa tête toute couverte de plâtre émergerait du papier peint…

— Ce sont les fantômes, répétait le chien bleu. Ils se sont introduits dans la tête du tigre pour le manipuler. Ce n'est qu'un jouet entre leurs mains. Ils veulent se servir de lui pour t'éliminer.

— As-tu essayé d'entrer en contact télépathique avec lui ? demanda la jeune fille.

316

— Oui, avoua le chien en frissonnant. Mais c'est un animal sans intelligence, entièrement gouverné par son instinct. Il ne pense qu'à manger, à dormir, et à paresser au soleil.

— Si nous en parlons, personne ne nous croira, il faut se débrouiller autrement, soupira Peggy Sue. Il existe peut-être une solution. Serais-tu capable de te glisser dans l'esprit du tigre pour dérégler son sens de l'orientation ?

— C'est possible, marmonna le chien bleu. Je peux toujours essayer. Tu espères qu'il va se perdre, c'est ça ?

— Oui, souffla Peggy. C'est notre seule chance de nous en tirer.

Dans les jours qui suivirent, le chien bleu s'appliqua à explorer télépathiquement le cerveau du fauve. Comme on dérègle une boussole, il sabota ses repères, lui faisant prendre la droite pour la gauche, le haut pour le bas…

C'est ainsi que le prédateur bifurqua dans la mauvaise direction et passa à proximité de la chambre de Peggy Sue sans y entrer.

Les gardiens du zoo ne l'ont jamais retrouvé. Depuis, il erre toujours à l'intérieur des murailles, incapable de retourner dans sa cage. Il passe ainsi de maison en maison, d'immeuble en immeuble, sillonnant la ville sans que personne ne se doute de sa présence…

Si, une nuit, tu entends gratter dans le mur, à la tête de ton lit, ne t'étonne pas, c'est le tigre qui continue à creuser dans l'espoir de trouver Peggy Sue. Bouche-toi les oreilles et hurle de toutes tes forces : « Elle n'est pas ici ! » ; alors, peut-être, le fauve poursuivra son chemin sans s'occuper de toi.

*Du moins je l'espère...*

# Table des matières

Composition : Francisco *Compo* - 61290 Longny-au-Perche
*Impression réalisée sur Presse Offset par*

**BRODARD & TAUPIN**

GROUPE CPI

19158 - La Flèche (Sarthe), le 17-09-2003
Dépôt légal : octobre 2003

*Imprimé en France*

12, avenue d'Italie • 75627 PARIS Cedex 13

Tél. : 01.44.16.05.00